森鷗外の西洋百科事典

『椋鳥通信』研究

金子幸代 著

Sachiyo Kaneko

鷗　出　版

2019

森鷗外の西洋百科事典

『椋鳥通信』研究

はじめに

鷗外の『椋鳥通信』は、鷗外研究史においてこれまで研究の対象とみなされたことがほとんどなかったと言えるだろう。今回、「『椋鳥通信』研究」と題した著書を出版するにあたって、そのように先行研究の乏しい研究状況のなかで、どのような意図で出版しようと考えたのか、ということを説明しておく必要があると思う。

鷗外の西洋文化紹介と呼べる『椋鳥通信』について、なぜこれまで真正面からの研究がなされてこなかったのか、という理由は三つあると思う。第一の理由は分量の問題である。『鷗外全集』で九〇〇ページにも及ぶ圧倒的な量である。ひと通り読み通すだけでも大変な時間と労力が必要である。第二の理由はその内容である。演劇、小説、美術など芸術関係の他、政治、事件、犯罪、科学など雑多な内容が無秩序に紹介されていて、とりとめのない印象がある。さらに、人名や作品名などが原語で書かれているので、はなはだ読みにくい。取り上げられている作家も、トルストイやストリンドベリなど大物もいるものの、今日では忘れられた作家や芸術家も多く、興味を引かない。第三の理由は、これが研究の対象と認められない最大の理由であろうが、『椋鳥通信』には種本ならぬ、種新聞があることである。種新聞の「ベルリナー・ターゲブラット」と『椋鳥通信』の関係については本書の資料編において証明しているが、いずれにせよ鷗外の創作ではなく、当時のドイツの新聞の文化欄から興味を覚えた記事を抜粋して紹介しただけであり、オリジナリティがない、したがって、鷗外研究の対象にはなりえない。以上のように考えられてきたのである。

しかし、私は『椋鳥通信』は鷗外研究において欠くことのできない対象であると以前から考えていた。その理由も三つある。一つ目は、種新聞があったといっても、当然ながらその文芸欄の記事すべてを引用するわけにはいかない。取捨選択という作業が必要になる。そして取捨選択においてはおのずから鷗外の鑑識眼が発揮されるのである。その鑑識眼には、「神は細部に宿る」で、鷗外という作家の本質が潜んでいる。この問題に関連して、翻訳という問題もある。梗概の名人技で知られる鷗外だけに記事の要約はお手のものであったし、その前提となる翻訳の腕もゲーテ『ファウスト』の名訳に見られるように、折り紙つきのものであった。種新聞があっても、その記事は翻訳の巧拙によって生きたり、死んだりする。二つ目の理由は、『椋鳥通信』は「通信」と銘打っているだけに、その宛先人がいる。それは、もちろん「スバル」の読者である。しかも、原語がふんだんに盛られているように、読者のなかでも独仏語を少なくとも発音でき、西洋文化について基本的な知識のあるインテリ層である。それら限定された知的読者層を想定しているだけに、鷗外は自らのもっとも伝えたいことを紹介しているとも言えよう。種新聞があっても、その記事を紹介するなかで、自らのもっとも伝えたいこと、すなわち自分の見解をうまく盛り込んでいる、と考えられる。種新聞があるだけに、逆に自分の意見を公然と伝えることができた、と考えられるのである。三つ目の理由は、読者に西洋の情報を定期的に伝える、という単純作業のなかで、鷗外も同時代の西洋の社会、文化、政治といったものの全体像がつかめるようになったことである。なにしろ、ドイツ留学を終えてからすでに二五年近く経過しているのだから、このような西洋紹介の機会がなければ、鷗外にとって同時代の西洋の全体像の把握はむずかしかったであろう。そして、そのような同時代の西洋の全体像の把握は、当然ながら鷗外の創作にも種々の影響を与える。『椋鳥通信』の執筆は、鷗外の創作にとっても種々の刺激を与えることになったのである。

以上の三点で明らかになったように、『椋鳥通信』は鷗外文学の解明にとって、なくてはならない研究分野である。「西洋百科事典」という題名をつけたのも、読者に提示するために鷗外が編集した「西洋百科事典」であるという意味と、鷗外が同時代の西洋を理解し、自らの創作の刺激にするための自家用「百科事典」というふたつの意味を持っているからである。このふたつの意味の解明だけでも、『椋鳥通信』研究は充分な意義があると言えるだろう。

目次

※本文中扉・表紙・カバー図版＝「スバル」明治四二年第一〇号の表紙・本文より掲載

『椋鳥通信』における鷗外の引用戦略

「市民的公共圏」を求めて

はじめに

西欧文化・文学・思想の受容・紹介は、森鷗外の多面的な作家活動を貫く背景であった。ドイツ留学やその後の戦闘的啓蒙の時期を経て、文壇再登場後の活躍の場となった「スバル」において、一九〇九年（明治四二）三月の第一年第三号以降、一九一三年（大正二）一二月発行の第五年第一二号（終刊号）まで途中三回の休載はあったが五年間という長期に及び、五五回にわたって鷗外は『椋鳥通信』を連載している。ロンドン、ニューヨーク、ウィーン、ミュンヘン、ベルリン、ライプツィヒ、ドレスデン、ローマ、ブリュッセル、パリ、さらに北欧や東欧の都市も含み、幅広い欧米各地の情報を伝えている。その内容も文壇動向だけにとどまらず多様であり、女性に関する記事も多く取り上げられるなど今日読んでもその新鮮さを失っていない。

記事は、作家の情報を始め、文学や演劇にかかわるものだけでなく、恋の破綻が殺人事件になったというゴシップや、結婚、離婚、誕生日、恋愛、葬式、悲報、病気、失踪、犯罪や裁判の他、化粧法やモードの流行なども取り上げられ、西洋文化情報のデパートともなっている。

筆者はこれまでに『椋鳥通信』を調査し、彫刻家、作家、俳優、歌手、家庭教師、弁護士、医者、画家、翻訳家、政治家、歯医者、女学校教師、電話交換手、建築士、看護士、裁縫師といった幅広い分野で女性が活躍していたことに着目し、『鷗外女性論集』（不二出版、二〇〇六・四）に女性関連の記事を収録した。

さらに、「鷗外『椋鳥通信』から『さへづり』へ――情報メディアと創作」（『鷗外と近代劇』所収、大東出版社、二〇一一・三）で指摘したように、明治期を代表する女性投稿雑誌「女子文壇」においては、創刊五周年にあたる一九一〇年（明治四三）に五回にわたり『椋鳥通信』の女性に関する記事の一部が抽出されて転載されている。一月号、三月号、四月号の「西洋婦人新聞」という項目がある。六月号では「西洋の婦人」、十一月号「文士の召使」という項目があり、それぞれ「西洋婦人新聞」と同じく海外の女性の動向が紹介されている。これらは『椋鳥通信』の中から女性に関する記事だけを抽出して転載したものであり、女性文芸誌への『椋鳥通信』の伝播や反響を跡づけることができよう。

形式面で注目されるのは、一九〇九年（明治四二）当初から鷗外の執筆が新聞で報じられている点である。『椋鳥通信』は「スバル」に「無名氏」の署名で（第六回のみ「无名氏」また第三十八回は署名なし）連載された。表題は第一回が『椋鳥通信』、第二回以降「むく鳥通信」となった。この他にも「むく鳥電報」があり、「スバル」連載の際「むく鳥通信」と同様「無名氏」の署名で掲載されているが、「読売新聞」（明治四二・六・三）の「文壇はなしだね」の中で、「雑誌スバルのスバルといふ名は、外語だらうと言ふ人もあれば、何かの語呂だらうと言ふ者もある、同誌の初めて出た時は其処らで色々な解釈があつたやうだが、とゞの結局は天体の星の名と解つた、さて此名をつけた人は森鷗外氏であるのださうだ」、「同誌の巻末の椋鳥通信と題した海外文壇の通信は、随分敏速なる道理、これも森鷗外氏が日々の新聞紙から抄摘して執筆されるのだと」と報じられているのである。

このように、「無名氏」が実は「スバル」の後ろ盾として支えていた鷗外であり、連載当初から鷗外が編んだものとして注目され、新聞メディアの関心を呼んでいたことが「読売新聞」の記事から裏づけられる。この点については、「森鷗外の『椋鳥通信』――『さへづり』・『沈黙の塔』へ」（「富山大学人文学部紀要」五四号、二〇一一・二）において既に論じた。加えて『椋鳥通信』の「スバル」への連載は、啓蒙的意味合いだけではなく、『さへづり』や『沈黙の塔』を始め、鷗外自身の創作を生み出す源泉ともなっていることを明らかにしてきた。

『椋鳥通信』は岩波書店版『鷗外全集』二七巻に収録されており、拾遺も含め総頁八五一ページにも及ぶ。海外事情を紹介するその内容の膨大さと多様さには目を見張るものがある。軍医として作家として多忙であった鷗外を執筆に駆り立てた情熱は一体なんだったのだろうか。本稿では、『椋鳥通信』にこめた鷗外の意図について具体的に検討していきたい。

一　鷗外の引用戦略

近衛秀健は、『椋鳥通信』について「固有名詞やデータの誤り、重複、取り消し、何でもござれ、発表の際の誤植もあろう。とにかく時間との勝負でかなりのスピードで書き下ろしていた様だ(1)」と述べている。この他の研究でも「ムクドリの群れの情報交換の速さ、かまびすしい群れの鳴き声を彷彿とさせるおしゃべりの中の一縷の真実を鷗外は求めたのかもしれない(2)」という情報の速さに注目した指摘もあるように、

『椋鳥通信』では、一カ月半から二カ月程度前の海外の情報、特にドイツの新聞の文芸欄を中心に鷗外が関心を持った多様な分野の海外情報が紹介されている。

目配りのきいた鷗外のジャーナリスト的才能が遺憾なく発揮され、『椋鳥通信』に見られる情報量の豊富さと速報性と影響の大きさは、二一世紀の現代から見ても高く評価できる。たとえば一九〇九年（明治四二）五月号掲載分で、マリネッティの「未来主義の宣言十一箇条」を翻訳紹介していることなど、文字どおり「同時」と言ってよい。『椋鳥通信』は日露戦争後の日本における西欧文化受容・伝播において牽引車の役割を果たしていると考えられる。

『椋鳥通信』の情報源については、小堀桂一郎（『森鷗外――文業解題〈創作篇〉』岩波書店、一九八二・一）が、鷗外が定期購読していたとされるドイツの日刊新聞などの他にはフランス、イギリス、イタリアなどで刊行されていた誌名も、『椋鳥通信』の記事の中に散見されることを指摘している。筆者は当時のドイツの新聞を実際に調査することで、主要な情報源が「ベルリナー・ターゲブラット」と確定してよいことを明らかにしてきた。(3)

しかも、原典になった新聞の文芸欄をそのまま翻訳紹介したというものではない。記事の全文ではなく、鷗外のエリミネが行われ、まさに編集者としての手腕によるものであることがわかる。文末の資料を参照していただきたい。

先ず、一九〇九年（明治四二）一月一六日発となっている第一回目の通信から見てみよう。そこで取り上げられている海外事情は次のような内容である。

一、パリの名優の死。
二、コメディー・フランセーズの滑稽劇が貴族を馬鹿にしているということで、王党青年会のメンバーが乱暴を働いた。
三、仮面舞踏会の化粧が変化した。
四、ドイツのヴュルツブルクで「日本及日本芸術」という講演があった。
五、ドイツ議会で男女の裸体の展示および写真が風俗壊乱にあたるかどうか議論された。
六、スイスで文学者の誕生祝賀会が催された。
七、パリのアカデミー会員が危篤である。
八、ロンドンでコナン・ドイルが大手術を受けた。
九、ミュンヘンの小劇場の卑俗な演目を新聞が批判し、劇場主が訴訟を起こしたが、裁判で新聞主筆らは無罪となった。
一〇、絵画の贋作が盛んになっている。
一一、ヨーロッパの最古の暦が今年で廃刊になった。
一二、トリノの商人が見た劇に刺激されて妻を射殺し、自殺した。
一三、ベルリンの作家が卒中で死んだ。
一四、ベルリンのダンサーが自分の裸踊りを代議士が議会で侮辱したということで、弁護士を通して発言の取り消しを求めた。

一五、イタリアの新聞記者がシチリアの盗賊の記事を書いたことで、家族共々殺害された。

このような雑多な一五の記事であるが、次のように分類することができよう。

A、文学者や俳優の消息（特に病気や死）　一、六、七、八、一三
B、文学・演劇・美術をめぐる諸事件　二、一〇
C、学術講演　四
D、芸術と裁判・政治　五、九、一四
E、風俗・流行　三、一一
F、犯罪　一二、一五

一年後の一九一〇年（明治四三）一月六日発の記事はどうなっているだろうか。驚かされるのは記事の分量が膨大になっていることである。ツェッペリン伯爵の潰瘍手術から始まり、記事は二〇三項目に及ぶ。第一回目の一五項目から約一四倍である。

それにしても、一五項目から始めて一挙に二〇三項目まで記事を増やした鷗外の紹介欲はどこからきたのであろうか。『椋鳥通信』の評判がよいことに鷗外が気をよくしたからであろうか。回を重ねるごとに海外事情を紹介する秘訣を鷗外が体得していったからだろうか。いずれにしても、これだけでは『椋鳥通

信』の紹介記事が激増したことの理由づけとしては弱いであろう。

連載を続けるなかで、鷗外は『椋鳥通信』の意義を単なる文芸を中心とした海外事情の紹介とは違うところに見出すことになったのではないか。そのために、鷗外は『椋鳥通信』を利用しようと考えたのではなかったか。引用する内容、引用の仕方を戦略的に考えるようになったのではないだろうか。そのことを鷗外の引用戦略と呼んでもよいであろう。

二 「市民的公共圏」

前章で示したように、『椋鳥通信』では文芸を中心に多様な海外事情の紹介がなされている。小堀桂一郎によって「ヨーロッパ文壇史」としての重要性が指摘されながら、これまで『椋鳥通信』の内容の分析は遅れていた。とりわけ政治との関わりについてはほとんど注目されてこなかった。『椋鳥通信』における政治との関わりを解明するために、ドイツの社会哲学者ハーバーマスから考えてみたい。

ハーバーマスは『市民的公共圏の構造転換』[4]で、一八世紀以降のイギリス、フランス、ドイツの社会を分析し、私的空間と対比される「市民的公共圏」の概念の発展を跡づけた。「市民的公共圏」とは、市民が政治など公的な問題を論議する場のことである。ハーバーマスの言葉に耳を傾けてみよう。

政府当局の監督をうけていた公共圏が、論議する私人たちの公衆によって略取され、公権力に対する批判の圏として確立されるにいたる過程は、すでに公衆の諸設備と討論の舞台とを備えている文芸的公共圏の機能変化として起こった。公衆に関心をもつ私生活の経験連関は、この文芸的公共圏の媒介をうけて、政治的公共圏の中へも取り入れられてくる。

一八世紀には、イギリスの喫茶店、フランスのサロン、ドイツの読書サークルで市民たちは文芸について意見交換してきたが、文芸論議をきっかけにして市民たちは広く政治についても関心を向けるようになり、自らの私生活と政治との関係についても意識するようになった。文芸についての自由な意見交換の経験が政治についての自由な議論にも役立つことになったのである。

しかし、自由に意見交換をする「市民的公共圏」を作り出すことの妨害になるのは、政治権力による検閲の問題である。検閲によって自由な意見表明が妨げられるからである。

『椋鳥通信』においても、検閲に関わる海外事情が繰り返し紹介される。すでに一九一一年（明治四四）二月から十月分については報告している[5]ので、ここでは端的な例として、一九一一年（明治四四）一二月一日発の記事を見てみよう。一四項目にもわたり文芸、演劇などの出版禁止や上演禁止に関する記事が掲載されている。以下その記事を取り上げてみたい。

一、Herbert Eulenberg の創作の上演が禁止された。

二、Alfred Nossigの劇がベルリンで上演されていたが、フランス大使館の抗議で中止された。
三、Max Reinhardtが演出していた劇が追加認可の手続きをしていなかったことで、ベルリンの警視総監によって上演禁止になった。
四、プラハでMaximilian HardenのKoepfe第二巻（フランツ・ヨーゼフ一世の伝記がある）が発売禁止になった。
五、ベルリンで上演されたCarl Sternheimの劇がミュンヘンで禁止された。
六、モスクワでトルストイの展覧会を開催したら、警察が来てトルストイの手紙などを押収した。
七、雑誌Simplicissimusがローマではボイコットされ、プラハでは最新号が押収された。
八、Franz Bleiの編集した詩のアンソロジーがベルリンで没収された。
九、Johannes Tralowの劇がダンツィヒで上演禁止された。
一〇、Franz Duelbergの劇が上演禁止になった。
一一、猥褻とされたHans Hyanの小説がプロイセンの地方裁判所で無罪になった。
一二、Kurt Muenzerの小説が猥褻だと告訴された。
一三、ミュンヘンでAdorée-Villanyのダンスが禁止された。
一四、ベルリンの劇場でレッシング『賢者ナータン』とクライスト『ホンブルク公子』を小学生に見せることが禁止された。

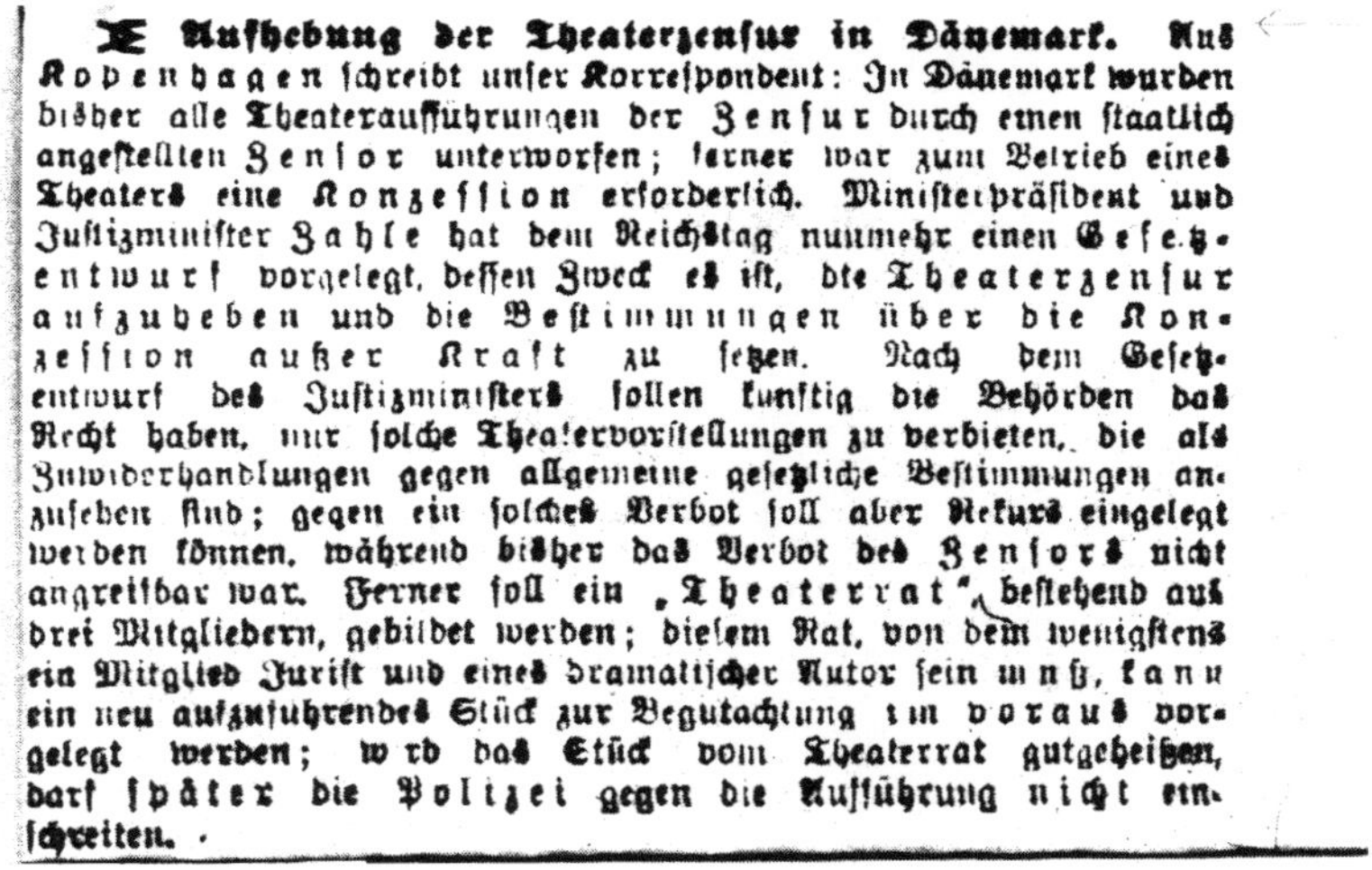

Aufhebung der Theaterzensur in Dänemark. Aus Kopenhagen schreibt unser Korrespondent: In Dänemark wurden bisher alle Theateraufführungen der Zensur durch einen staatlich angestellten Zensor unterworfen; ferner war zum Betrieb eines Theaters eine Konzession erforderlich. Ministerpräsident und Justizminister Zahle hat dem Reichstag nunmehr einen Gesetzentwurf vorgelegt, dessen Zweck es ist, die Theaterzensur aufzuheben und die Bestimmungen über die Konzession außer Kraft zu setzen. Nach dem Gesetzentwurf des Justizministers sollen künftig die Behörden das Recht haben, nur solche Theatervorstellungen zu verbieten, die als Zuwiderhandlungen gegen allgemeine gesetzliche Bestimmungen anzusehen sind; gegen ein solches Verbot soll aber Rekurs eingelegt werden können, während bisher das Verbot des Zensors nicht angreifbar war. Ferner soll ein „Theaterrat", bestehend aus drei Mitgliedern, gebildet werden; diesem Rat, von dem wenigstens ein Mitglied Jurist und eines dramatischer Autor sein muß, kann ein neu aufzuführendes Stück zur Begutachtung im voraus vorgelegt werden; wird das Stück vom Theaterrat gutgeheißen, darf später die Polizei gegen die Aufführung nicht einschreiten.

資料1　「ベルリナー・ターゲブラット」1910年3月2日朝刊2頁
Aufhebung der Theaterzensur in Dänemark
1910年3月1日コペンハーゲン発では、デンマークの演劇取締法案が紹介されている。

出版禁止や上演禁止の理由としては、猥褻など風俗壊乱を理由にしたもの、もう一つは政治的な理由、安寧秩序を紊したものである。しかし、理由はいかなるものにせよ、一四もの項目が並ぶと、検閲制度の愚かさが一目瞭然になるだろう。そもそも、古典として定評のあるレッシングやクライストの劇を小学生が見ることを禁止する当局の意図はどこにあるのか、という疑問を抱かざるをえない。

『椋鳥通信』において鷗外が海外の検閲事情を繰り返し取り上げたのには、連載当時の日本の言論統制を批判する意図があったと言っても誤りではないだろう。[6]

日本における言論統制は司法処分の裁判ではなく、行政官が下す行政処分であった。早くも一八六九年（明治二）に出版条例が太政官布告され、一八七五年（明治八）には新聞紙条例が布告される。さらに一八九三年（明治二六）には出版法が制定され、検閲が厳しくなる。一九〇九年（明治四二）には新聞紙法によって統制が強化されるようになる。二三条には「内務大臣ハ新聞掲載事項ニシテ安寧秩序ヲ紊シ又ハ風俗ヲ害スルモノト認ムルトキハ其ノ発売及頒布ヲ禁止シ必要ノ場合ニ於テハ之ヲ差押フルコトヲ得」とある。名称には「新聞」とあるが、実際には日刊新聞のほか、定期刊行物の雑誌にまで適用された。

「スバル」に発表した『ヰタ・セクスアリス』（明治四二・七）は発禁処分を受けている。自身の作品が検閲の対象となったことで、鷗外は検閲の脅威と理不尽さをより強く意識したことだろう。[7]

ところで、検閲について鷗外自身の見解は『椋鳥通信』で表明されているのだろうか。海外事情の紹介が趣旨の『椋鳥通信』ではあるが、鷗外の肉声が聞こえるところがある。[8]

たとえば資料1に示すように、一九一〇年（明治四三）三月一日コペンハーゲン発では、デンマークの演劇取締法案が紹介されている。法案の内容は、検閲官の廃止、興行願の廃止などを含み、脚本を審査委員会に提出して承認されたら、警察はこれに容喙することができない、というものである。この法案について、「（議会を）通過すると、大進歩である」と、鷗外は記している。デンマークの進歩的な法案と正反対の日本の理不尽な検閲がここで暗に対比されていると言えよう。

三　『椋鳥通信』における政治問題

『椋鳥通信』において政治問題はどのくらい取り上げられているのであろうか。二〇世紀初頭という激動するヨーロッパの政治情勢を反映して、『椋鳥通信』では政治についても多くの記事が取り上げられている。その内容として注目されるのは、四つのテーマである。一つ目は、無政府主義者らによるテロの問題であり、二つ目は王室をめぐる問題、三つ目はポルトガルの革命、四つ目は女性参政権運動である。

一、テロの代表的なものは、一九一一年九月十五日ペテルブルク発で、ロシアのキエフの劇場で反動的な政治姿勢で有名なストルイピン首相が社会革命党員によって暗殺された事件である。この他、一九一一年一〇月二〇日ローマ発で一八九八年九月一〇日にオーストリア皇帝フランツ・ヨーゼフの妃エリザベートを刺殺したイタリアの無政府主義者はベルンで終身禁固になっていたが、獄中で縊死した、など。

二、一九〇九年六月一日にベルギーの議会で社会党議員がブリュッセルの美術館にある絵は王の個人財産かどうか質問した。

一九一一年五月一日発では、ヴィスバーデンの宮廷劇場で女優が舞台での不規則発言により科料を取られた件で、プロイセン国王（ドイツ皇帝）を相手取って訴訟を起こし、国王が敗訴して科料を返すことになった、など。

三、一九一一年一〇月五日マドリッド発で、ポルトガルに革命が起こった。ポルトガル革命については驚くほど詳細に報道している。例えば、大統領選挙と憲法制定は社会主義によって実行される、など。報道は亡命した王の動向など一一月一二日ブリュッセル発まで続いている。(9)

四、資料2、3に示したように、イギリスの女性参政権運動についても、その激しい行動も含め、繰り返し紹介されている。(10)

以上のような政治報道の顕著な傾向を見ると、鷗外の時代認識も明らかになるであろう。すなわち、欧州においては、社会主義者や無政府主義者の勢いが高まり、王室や権力者に対するテロも広がっている。ポルトガル革命の例に見られるように王室といえども安泰ではなくなっている。王室もこれまでのように特権的な位置を占めることはできなくなり、市民と同等の義務を負う存在という見方も広まっている。沈黙を強いられていた労働者や社会主義者、無政府主義者が声を挙げ始めただけでなく、女性たちも自らの権利に目覚め、参政権を求める運動を激しく推し進めている。

注目すべきなのは、こういった政治情勢の紹介の間に先の検閲の問題が繰り返し取り上げられていることである。鷗外がどういった意図をもっていたかは明らかであろう。革命へ向かいつつある政治動向を検閲、出版禁止、上演禁止という小手先の対応では押しとどめられない、という現状認識である。

Politischer Tee.

(Bericht für das Berliner Tageblatt)

（中略）

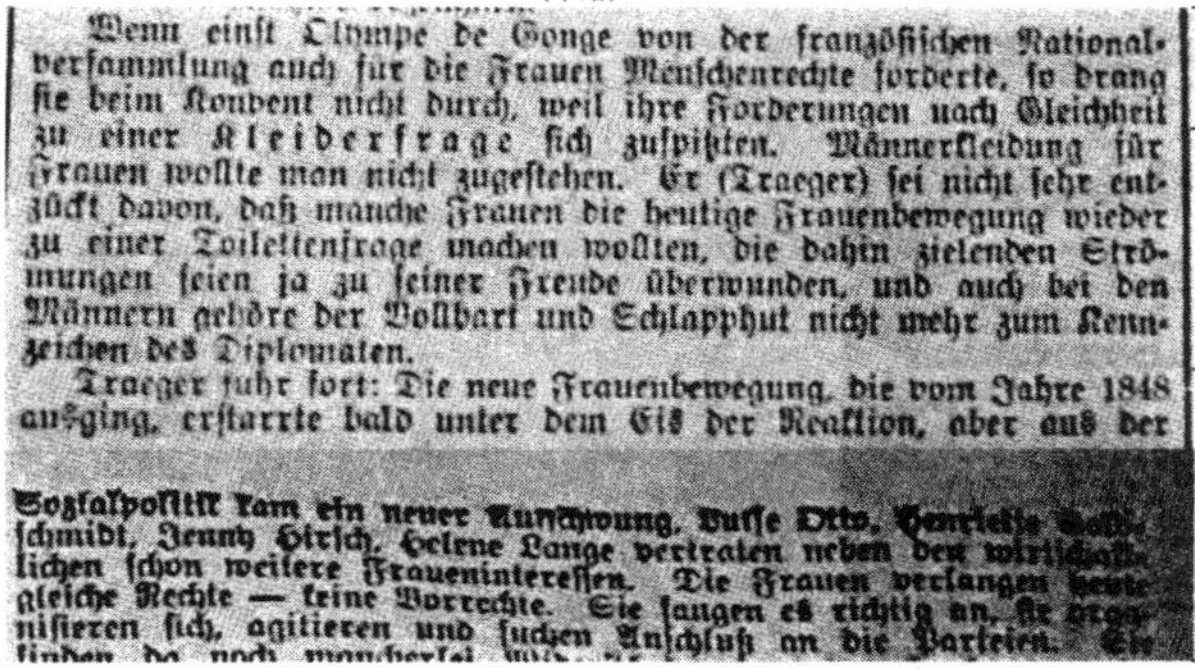

Wenn einst Olympe de Gonge von der französischen Nationalversammlung auch für die Frauen Menschenrechte forderte, so drang sie beim Konvent nicht durch, weil ihre Forderungen nach Gleichheit zu einer Kleiderfrage sich zuspitzten. Männerkleidung für Frauen wollte man nicht zugestehen. Er (Traeger) sei nicht sehr entzückt davon, daß manche Frauen die heutige Frauenbewegung wieder zu einer Toilettenfrage machen wollten, die dahin zielenden Strömungen seien ja zu seiner Freude überwunden, und auch bei den Männern gehöre der Vollbart und Schlapphut nicht mehr zum Kennzeichen des Diplomaten.

Traeger fuhr fort: Die neue Frauenbewegung, die vom Jahre 1848 ausging, erstarrte bald unter dem Eis der Reaktion, aber aus der Sozialpolitik kam ein neuer Aufschwung. Luise Otto, Henriette Goldschmidt, Jenny Hirsch, Helene Lange vertraten neben den wirtschaftlichen schon weitere Fraueninteressen. Die Frauen verlangen heute gleiche Rechte — keine Vorrechte. Sie fangen es richtig an, sie organisieren sich, agitieren und suchen Anschluß an die Parteien.

資料２　「女子問題の濫觴はフランス National Convent で Olympe de Gonge のした演説であらう。一八四八年に社会政策の萌芽と共に、女子問題が再興せられた。Luise Otto, Henriette Goldschmidt, Jenny Hirsch, Helene Lange なんぞの主張が基礎になつてゐる。女子選挙権の事は最後の冠冕であらう」と、紹介している部分。

「ベルリナー・ターゲブラット」1911 年 2 月 13 日朝刊 13 頁

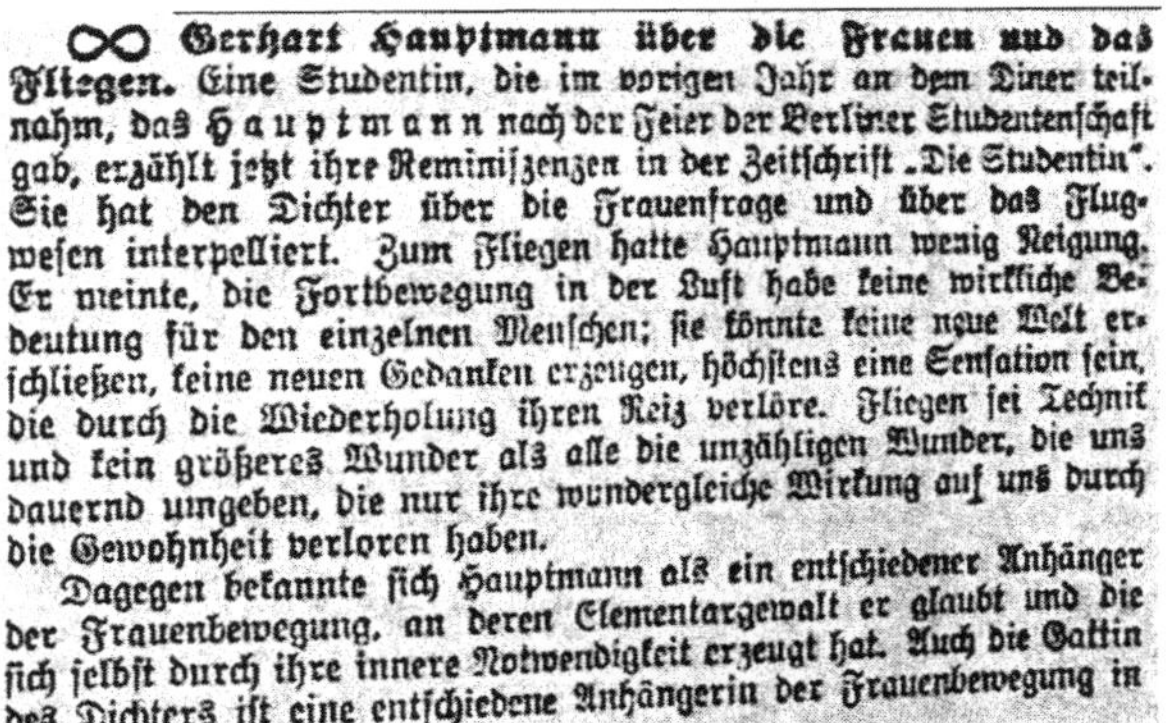

∞ **Gerhart Hauptmann über die Frauen und das Fliegen.** Eine Studentin, die im vorigen Jahr an dem Diner teilnahm, das Hauptmann nach der Feier der Berliner Studentenschaft gab, erzählt jetzt ihre Reminiszenzen in der Zeitschrift „Die Studentin". Sie hat den Dichter über die Frauenfrage und über das Flugwesen interpelliert. Zum Fliegen hatte Hauptmann wenig Neigung. Er meinte, die Fortbewegung in der Luft habe keine wirkliche Bedeutung für den einzelnen Menschen; sie könnte keine neue Welt erschließen, keine neuen Gedanken erzeugen, höchstens eine Sensation sein, die durch die Wiederholung ihren Reiz verlöre. Fliegen sei Technik und kein größeres Wunder als alle die unzähligen Wunder, die uns dauernd umgeben, die nur ihre wundergleiche Wirkung auf uns durch die Gewohnheit verloren haben.

Dagegen bekannte sich Hauptmann als ein entschiedener Anhänger der Frauenbewegung, an deren Elementargewalt er glaubt und die sich selbst durch ihre innere Notwendigkeit erzeugt hat. Auch die Gattin des Dichters ist eine entschiedene Anhängerin der Frauenbewegung in jeder Form.

資料３　「人に話した所によれば Gerhart Hauptmann は女子運動を殆必然なる結果だとしてゐる。飛行流行には興味を有せない。」

「ベルリナー・ターゲブラット」1913 年 6 月 11 日夕刊 11 頁

Gerhart Hauptmann über die Frauen und das Fliegen

早くもドイツ留学時代のミュンヘンで民政会Demokratischer Vereinの演説を聴きに行くなど、[11]鷗外には社会的関心が認められる。『椋鳥通信』においても、一九一〇年（明治四三）八月六日発でバイエルンの交通大臣の演説を紹介し、「ビスマルクの社会党法律（いわゆる社会主義鎮圧法のこと）は彼党を強大にする結果を呈した。今ならばビスマルクはあんな政策は取るまい。（中略）社会民政主義のやうな大きい運動は古来そんな手段で壓伏することの出来た例がない。そんな事をするのは乱を激成するのである」と報じている。

ドイツ社会民主党をビスマルクは弾圧したが、そのことによりむしろ社会民主党は強大になった、弾圧によって社会主義の勢いをとどめることはできない、という趣旨の演説である。ドイツでは支配層のなかにもこのような認識が広がっていたのである。

さらに、一九一〇年（明治四三）一一月一四日ローマ発では、イタリア統一の立役者であった政治家カヴールの「社会主義は銃剣を以てするよりも自由を以て折伏すべきものである」という言葉が紹介されている。最後に「現に社会主義は此政策によって地盤を失ふ最中である」と付け加えられている。

すなわち、検閲などで社会主義者らの発言の機会を奪い、弾圧を強め、政治的表舞台から排除したとしても、社会主義者らの勢いを押しとどめることはできない。むしろ、社会主義者らに自由な言論や政治活動の舞台を与えることによって、社会主義に対する幻想もなくなるだろうと、鷗外は考えていたのではなかろうか。

四　原文引用の戦略

前章までで見てきたように、『椋鳥通信』における海外事情紹介のなかでも、検閲や政治の記事を実に多く取り上げていることは看過できない。しかも、その内容を見ると、客観的な紹介の形を取りながらも、鷗外自身の検閲や政治についての見解が透けて見えるようになっている。それは、同時代の日本の検閲や政治の現状に対する批判的見解であると考えてよいだろう。

ただ、紹介した内容が検閲や政治についての自らの見解でもあることが直接に現れないよう鷗外は紹介のやり方を慎重に工夫している。端的な例をあげてみよう。『椋鳥通信』のなかでドイツ語やフランス語の文章がそのまま引用され、和訳されていない箇所がいくつかある。注目すべきなのは次の四カ所である。

最初は資料4に示すように、一九一〇年（明治四三）一〇月一一日に催されたベルリン大学創立百年祭に関する記事である。皇帝ヴィルヘルム二世の祝辞がドイツ語のままで引用されている。それを訳してみよう。

これからも大学が、フンボルトがみごとに表現したように、内部から変革し個性を作る純粋な学問を育てるという素晴らしい特権を行使するように願う。自らに法規を与えるという高貴な自由において、また全人類に与えられた宝物の管理者であるという気高い感情のもと、大学がそうすることを願う。

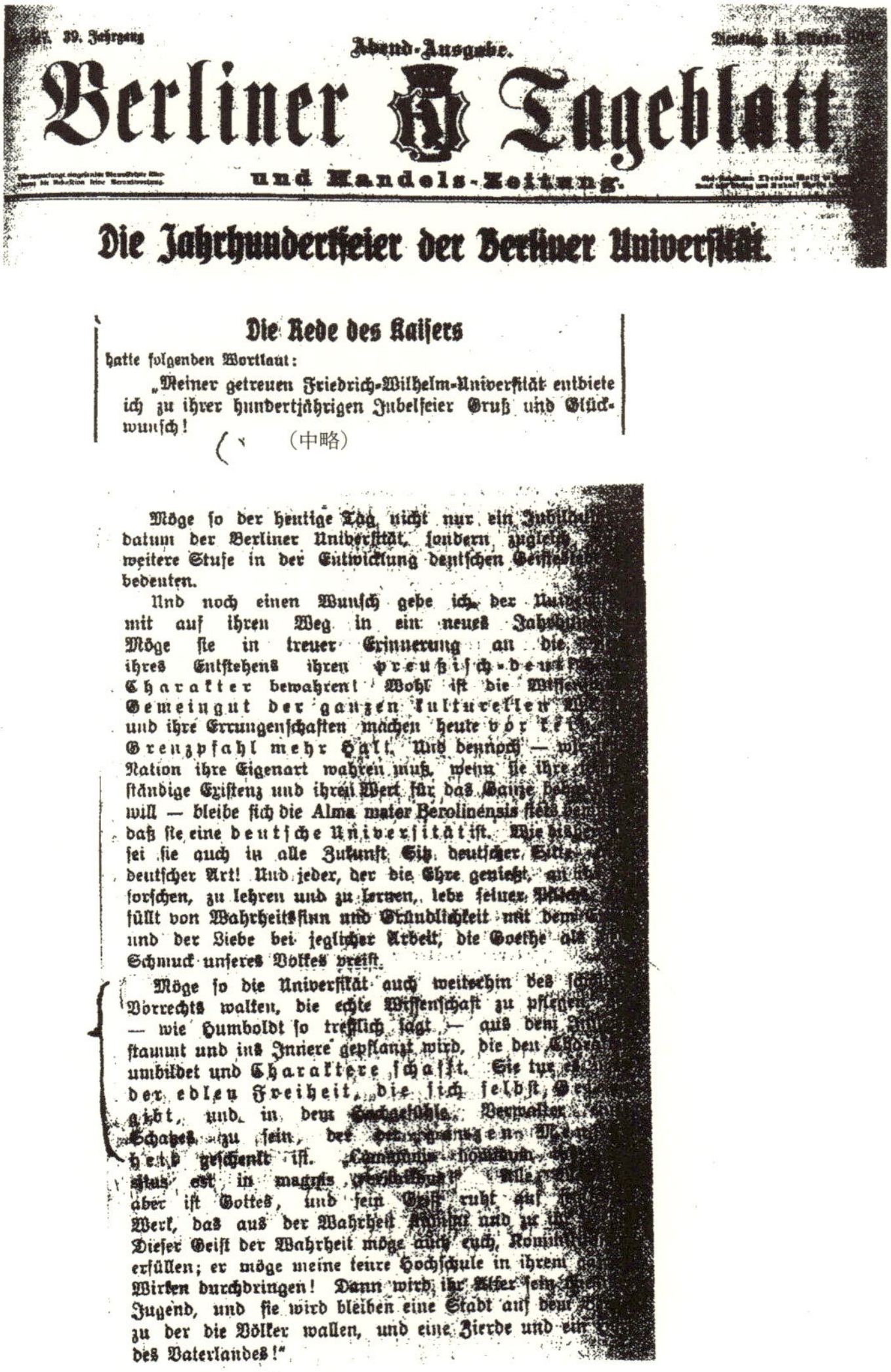

Abend-Ausgabe.

Berliner Tageblatt

und Handels-Zeitung.

Die Jahrhundertfeier der Berliner Universität.

Die Rede des Kaisers

hatte folgenden Wortlaut:

„Meiner getreuen Friedrich-Wilhelm-Universität entbiete ich zu ihrer hundertjährigen Jubelfeier Gruß und Glückwunsch!

（中略）

Möge so der heutige Tag nicht nur ein Jubiläums-datum der Berliner Universität, sondern zugleich … weitere Stufe in der Entwicklung deutschen Geisteslebens bedeuten.

Und noch einen Wunsch gebe ich der Universität mit auf ihren Weg in ein neues Jahrhundert. Möge sie in treuer Erinnerung an die … ihres Entstehens ihren preußisch-deutschen Charakter bewahren! Wohl ist die Wissenschaft Gemeingut der ganzen kulturellen Welt, und ihre Errungenschaften machen heute vor keinem Grenzpfahl mehr Halt. Und dennoch — wie … Nation ihre Eigenart wahren muß, wenn sie ihre … ständige Existenz und ihren Wert für das Ganze … will — bleibe sich die Alma mater Berolinensis stets bewußt, daß sie eine deutsche Universität ist. Wie bisher sei sie auch in alle Zukunft Sitz deutscher Sitte … deutscher Art! Und jeder, der die Ehre genießt, an ihr … forschen, zu lehren und zu lernen, lebe seiner Pflicht … füllt von Wahrheitssinn und Gründlichkeit mit dem … und der Liebe bei jeglicher Arbeit, die Goethe als … Schmuck unseres Volkes preist.

Möge so die Universität auch weiterhin des schönen Vorrechts walten, die echte Wissenschaft zu pflegen, … — wie Humboldt so trefflich sagt — aus dem Innern stammt und ins Innere gepflanzt wird, die den Charakter umbildet und Charaktere schafft. Sie tue es … der edlen Freiheit, die sich selbst Gesetze gibt, und in dem Hochgefühle, Verwalter … Schatzes zu sein, der … geschenkt ist. … est in magnis voluisse!" … aber ist Gottes, und sein Geist ruht auf … Werk, das aus der Wahrheit kommt und zu … Dieser Geist der Wahrheit möge auch euch, Kommilitonen, erfüllen; er möge meine teure Hochschule in ihrem … Wirken durchdringen! Dann wird ihr Alter sein … Jugend, und sie wird bleiben eine Stadt auf dem … zu der die Völker wallen, und eine Zierde und ein … des Vaterlandes!"

資料4　「ベルリナー・ターゲブラット」1面 1910年10月11日
ベルリン大学百年祭での帝の演説記事。鷗外は原文のまま引用している。

この後の学長エーリッヒ・シュミット（ドイツ文学）の挨拶も、資料5に示すように、ドイツ語のままで引用されているが、これはベルリン大学の誇るべき歴史を簡潔に振り返ったものなので省略する。次に首相の食卓演説が、資料6に示したようにドイツ語で引用されている。訳は以下のとおりである。

どの分野の誰であれ、精神的な進歩のために苦闘している者は、政治的に国民の偉大さのために努めていることになる。この点においてドイツは団結し、強力で、また勤勉である。しかしながら、自由に創造する精神がなくては、また国家の試練の時には現実の力であることが証明される理想主義が

Die Festrede des Rektors Erich Schmidt

...ktete:

Vor unserer Universität, in deren Namen ich jetzt tiefbewegt ehrerbietigstes und herzlichstes Willkommen so bündig, wie es die strenggemessene Pflicht gebietet, aussprechen soll, erheben sich die Monumente Wilhelms und Alexanders von Humboldt. Sie bezeichnen brüderlich zwei große Hemisphären der Geistes- und Naturwissenschaften. Das eine gilt dem Manne, der in ... Jahren, da alle Hochschulen in Trümmer gingen, der unsrigen aus aller Fülle seiner humanen Bildungsideale ... Dasein bescheren half, und der, seine im Reich der Ideen und im Dienste des Staates gefestigte Weltanschauung ewig fördernd, „ästhetische Erziehung" und Sprachforschung vertiefte und beschwingte. Das andere Denkmal ist gewidmet dem Erforscher und Schilderer des Kosmos. Beide Standbilder ehren an der Pforte einer geschlossenen Werkstatt unzünftige Meister, „dilettanti" im reinsten Sinne des Liebhabers, der unter uns, wo Abstempelung durch Amt und Titel leicht überschätzt wird, seltener ist als in anderen Kulturländern. Wir mögen am Portal mit geistigem Auge wohl auch als hohe Wächter Platon oder Aristoteles erblicken. Das neunzehnte Jahrhundert hat Unvergängliches fortgepflanzt und tiefen Wandel gebracht, seit es die Erbschaften der Aufklärung und der Gegenströmungen, der klassischen und der romantischen Bildungsmächte verarbeitet.

Die Wissenschaft konnte nicht reiner aufgefaßt werden als in den Tagen Humboldts, Fichtes, Schleiermachers. Philologie und Theologie standen hier sogleich auf der Höhe der Zeit. Geschichtliches Erkennen drang siegreich vor und eine historische Schule gedieh auch in der durch Savigny emporgeführten Jurisprudenz. Die Philosophie, der später in Berlin Hegel seine machtvolle systematische Ausprägung verlieh, stieß allmählich das naturphilosophische Zwitterkind von sich, den Taumelgeist, der erfahrungs- und beobachtungslos auch in die Medizin hineinorakelte und langhin ein Mißtrauen gegen weitere Flüge wachrief. Wir führen keinen Rangstreit der Disziplinen, mußten aber Proklamationen eines naturwissenschaftlichen Zeitalters trotz Darwin und anderen Bahnbrechern als einseitig ablehnen, so groß die Eroberungen in diesen Reihen sind, und welche Umschwünge auch bis ins tägliche Leben sich vollzogen haben. Unser Erd- und Weltbild ist ungeheuer erweitert, die Kunde der gesamten Natur wie aller menschlichen Kultur in Religion und Recht, Politik und Wirtschaft, Kunst und Sprache erstaunlich gewachsen, die Medizin zu anderen Grundansichten und Methoden gelangt. Moderne Gesetzgebung hat auf die juristische Fakultät tief gewirkt. Gegen 1810, welche Menge ganz neuer oder durch Spaltung selbständig gewordener Disziplinen, so daß der Lehrkörper Berlins mehr als verzehnfacht ist! Man nehme die Fülle der den Dozenten und Studenten winkenden Hilfsmittel hinzu, durchwandle die geräumigen, lichten, mit allen Erfordernissen ausgestatteten Kliniken und Institute, und man wird dankbar den gerade in den letzten Jahrzehnten gewonnenen Riesenfortschritt preisen, aber auch stets erwägen, was einst Liebig oder Johannes Müller im ärmlichen Kämmerlein vollbracht haben. Denn nicht Bauten und nicht Ziffern der Professoren und Frequenzen manifestieren eine wissenschaftliche Blüteepoche. So notwendig der selbst an kleineren Hochschulen aufgebotene Apparat ist, wollen wir uns zugleich aus schlichten Zeiten einen gesunden akademischen Konservatismus erhalten, wollen hier, wo ein örtliches Auseinanderstreben unvermeidlich ist, die Universitas der vier Fakultäten nach Kräften wahren und unseren ordo philosophorum nicht zerreißen. Und wenn die Professoren, denen teils Leipzig, teils das vornehme Göttingen im 18. Jahrhundert ihr gedrücktes Selbstgefühl hob, während des 19., das sie auch nicht ruhmlos zur Tagespolitik rief, urbaner und leutseliger geworden sind, so sei die Kehrseite nicht vergessen. Der Gestrenge, dem jeder Irrende gleich ein schlechter Mensch hieß, wurde oft von einer unselbstischen sittlichen Empörung entflammt. Der Eiferer, der vielleicht einerseits zu dem von Gelehrten miterrungenen Ruhm deutscher Schriftstellerkunst gar nichts beitrug, aber jeden gemeinverständlichen Anlauf in guter Form des Literatentums zieh, wollte doch die Tempelschwelle einhalten. Wir dürfen uns weder absperren, noch Tür und Tor der Universität selbst jeder sogenannten „extension" auftun. Wir müssen heute billig mit neuen Zutrittsscheinen rechnen, aber die Gebote der Vorbildung nicht leichthin lockern und unser Doktordiplom als einen Ehrenbrief heilig halten.

資料5　「ベルリナー・ターゲブラット」2面
1910年10月11日
学長のエーリヒ・シュミットの祝詞を原文のまま引用（長文）。

Morgen-Ausgabe.

Chef-Redakteur: Theodor Wolff in Berlin.

Druck und Verlag von Rudolf Mosse in Berlin.

Berliner Tageblatt

Nr. 518
39. Jahrgang

und Handels-Zeitung

Mittwoch
12. Oktober 1910

Das Festmahl.

P. S. An den Festakt in der Aula, bei dem noch eine Rede des Direktors Bellermann vom Grauen Kloster namens der Berliner höheren Lehranstalten tieferen Eindruck machte, schloß sich ein Festmahl im großen „weißen Saale" des Landesausstellungsparks, das vor allem den auswärtigen und ausländischen Gratulanten galt, die ausdrücklich vom Prorektor Kahl in einer humoristischen und auch hörbaren Rede (der Herr Professor verfügt über das, was man im Theaterjargon eine Röhre nennt) als „Gäste" bezeichnet wurden. Längs der einen langen Wand zog sich die weitgedehnte Haupt- und Stammtafel hin, von der sich 17 Zweigtafeln in die Breite ästelten. Den Vorsitz führte der Rektor Erich Schmidt. Rechts von ihm saß Prinz Ruprecht von Bayern, links Prinz August Wilhelm, der wissenschaftlichste der Kaisersöhne. Beide hohe Herren schienen sich in dieser Tafelrunde sehr zu behagen, plauderten lebhaft und heiter mit dem Rektor und gingen sehr geneigt auf Scherze ein, die hin und wieder aus den Tafelreden aufblühten. Rechts vom Prinzen Ruprecht saß der Reichskanzler, links vom Prinzen August Wilhelm der Kultusminister. Es war für mehr als 600 Personen Platz gemacht, und kaum ein Platz blieb frei. An der Ehrentafel sah man unter anderen Binding, den Leipziger Jubiläumsrektor, der sich in den 68 Semestern, seit ich sein Kolleg hörte, kaum verändert hat, Böhm-Bawerk, den Vizepräsidenten der Wiener Akademie, Dryander, Hegels Enkel, Graf Hülsen, die Oberbürgermeister Kirschner und Schustehrus, Stadtverordnetenvorsteher Michelet, Poincaré vom Institut de France, der am Vormittag für die Romanen gesprochen hatte, Adolf Wagner und Diels, die Minister und Staatssekretäre.

「式が畢つてからの宴会の連名を見てゐるとDryanderといふ人がある。それがHegelの孫だそうだ」と『椋鳥通信』で紹介している部分 ➡

Die Rede des Reichskanzlers.

Die oben erwähnte Rede, die beim Festmahl der Reichskanzler v. Bethmann Hollweg hielt, lautete wörtlich:

„In Zeiten tiefster Not nationalen Daseins, aber auch in Zeiten mutigster nationaler Verjüngung führen uns die Erinnerungsfeiern zurück, mit denen wir der Staatsakte gedenken, die vor einem Jahrhundert Preußen auf eine neue Grundlage stellten. Am Vaterlande nicht verzweifelt zu sein, das hatte Friedrich der Große dem Großen Kurfürsten als hohes Verdienst nachgerühmt. Am Vaterlande nicht verzweifeln, war auch der Grund, auf dem sich die Berliner Universität aufbaute, als das alte Preußen zusammengebrochen war. Ein Sammelpunkt aller geistigen und moralischen [illegible], die in dem zu Boden geworfenen Staat nach Befreiung [illegible], stellte sie den bisher so unpolitischen deutschen Idealismus in die vorderste Reihe der Kämpfer um des Vaterlandes Wiedergeburt. Der innere Zusammenhang zwischen dem wissenschaftlichen und dem nationalen Leben des Volks trat greifbar ans Licht. Und wie hat sich inzwischen die Bedeutung dieses Zusammenhanges vertieft! Keine Leistung der universitas literarum, die nicht eine Leistung wäre für die universitas populi! Materiell und geistig. Wer immer und auf welchem Gebiete es sei, um den geistigen Fortschritt ringt, schafft politisch mit an der Größe der Nation. (Bravo!) Geeint, stark und arbeitsfroh steht Deutschland da. Aber ohne den freischaffenden Geist, ohne den Idealismus, der sich in Zeiten nationaler Prüfungen als reale Macht erweist, haben auch die materiellen Werke einer Nation keinen Bestand. (Bravo!)

「食卓演説の中で、首相がこんな事を言つた」として、原文のまま引用

資料6 「ベルリナー・ターゲブラット」1面 1910年10月12日

なくては、国家の実質的な活動も永続しえないのである。

祝典の二日目には、資料7にあるように、歴史家マックス・レンツの演説があった。

我らの元首も知っているように、……研究の自由はとどめられないものであり、認識には世界を支配する力がある。……研究、特に歴史学の分析する力は元首を不安にすることはない。国家や教会が伝統として評価してきたもの（それは独善でも生活の単なる形式でもない）に歴史学は手を触れないからである。すなわち深く研究すればするほど、堅い地盤に到達するという確信で我々は研究しているからである。

ドイツ皇帝、それに首相も、ヴィルヘルム・フンボルトがベルリン大学創設の際に理念とした「学問の自由」や「大学の自由」を尊重する、と明言している。教授の側も、「研究の自由」は支配者にとって害になるものではないのだから、それを認めるべきだと訴えている。

長いドイツ語のまま引用されている二カ所目は同じ一九一一年（明治四四）一月九日発の号にある。ベルリン警察が自由劇場に興行禁止を命じた件で、抗議する「大會議」があり、決議があげられた。決議の本文がドイツ語のままで引用されている。

Das Jubiläum der Universität.

Der zweite Festakt. — Ehrenpromotionen. — Dr. Kaiser Wilhelm II.

Die Rede des Professors Lenz.

Nur auf ein Jahrhundert kann Berlins Universität zurückblicken; aber in diesem Jahrhundert drängen sich so viele Siege und Eroberungen im Reiche der Gedanken zusammen, daß alle vergangenen davor in den Schatten treten. So dürfen wir sprechen, ohne uns zu überheben. Denn wir bringen damit nur zum Ausdruck, was für alle Stätten wissenschaftlicher Forschung gilt, deren Abgesandte wir heute in unserer Mitte sehen. Es ist das Jahrhundert, in dem die Sehnsucht der Nation nach ihrer Einheit, ihrem Staate unter der Krone Hohenzollern erfüllt wurde; und alle Kämpfe, die dahin führten, mit ihren Idealen und Phantasien, ihren Irrtümern und Enttäuschungen, ihren Leidenschaften und Interessen, mit ihrem Ruhm und ihrer Schande spiegeln sich ab in der Geschichte unserer Universität. Dem Ziele, Preußen die geistige Vorherrschaft in Deutschland zu gewinnen, dienten bereits die ersten Pläne und Entwürfe, die, wenn auch nicht amtlich, so doch in unmittelbarer Nähe des Thrones gefaßt wurden, Jahre bevor die Universität ins Leben trat. In diese Richtung wiesen Fichtes Gedanken. Eine Universität im deutschen Sinne forderte Schleiermacher, als er in den Kampf der Meinungen eintrat, der die Pläne der Regierung begleitete. Der Glaube an die Nation tröstete auch Wilhelm v. Humboldt. Auf die Nation wollte er das Werk der Erziehung gründen, das er zögernd übernahm. Auch er meinte, es von der Verbindung mit dem Staate lösen, auf eigenes Vermögen und die Beiträge der Nation unmittelbar stellen zu können.

Dennoch darf man zugeben, daß heute diejenigen Fächer, [illegible] vor anderen dem unmittelbaren Nutzen dienen, auf den der prakti[illegible] materielle Sinn unserer Zeit gerichtet ist, von besonderem Ein[illegible] auf das unerhörte Anschwellen der Frequenzziffern in der phi[illegible]sophischen Fakultät geworden sind, und daß davon, mit Ausnahme der Theologie, alle Fakultäten die Wirkung gespürt haben. [illegible] Hauptanteil hieran trägt die Chemie. Es ist die wirtscha[illegible]liche Kraftentwickelung Deutschlands, welche darin zum [illegible]druck kommt. Mehr noch als der Zuwachs der philosophischen Fa[illegible]tät zeugen für dies Aufsteigen der nationalen Kraft die Akade[illegible] Institute, Sammlungen, Versuchsstationen, Techniken aller [illegible] welche, seien sie staatlicher, kommunaler oder privater Natur, in [illegible] letzten Jahrzehnten entstanden sind, ohne daß auch nur ein [illegible] davon abzusehen wäre, und welche durchweg zu der naturwi[illegible]schaftlichen Gruppe unserer Fakultät in Verwandtschaft stehen.

Auch unsere Regenten wissen, wie wir und wie jedermann, [illegible] die Freiheit der Forschung unhemmbar ist, daß die Erkenntnis [illegible] welterobernde Kraft hat, daß es der Geist ist, der sich den Kör[illegible] baut, und daß die Macht, welche nichts als Mechanismus ohne [illegible] und Seele ist, ein Körper ohne Leben ist und bald nur noch ein leere[illegible] Schatten sein wird. Sie ängstigt nicht die auflösende Kra[illegible] der Forschung, zumal der historischen Disziplinen, wel[illegible] nichts, was in Staat und Kirche Tradition und Geltung hat ([illegible] Dogma noch irgendeine Form des Lebens), unangetastet läßt, [illegible] und jedes ihrer Kritik unterwirft und es auf seine historische Grundlage, wie auf seine innere Berechtigung prüft — weil sie mit uns [illegible] Ueberzeugung leben, daß, je tiefer wir graben, um so fester [illegible] Grund wird. Wir aber danken ihnen dafür, in der Zuversicht, da[illegible] der Bund zwischen unserer Monarchie und unserer Universität [illegible] solchem Grunde ruht und also, weil in der Tiefe des [illegible] wurzelnd, unzerstörbar ist, sowie im Vertrauen auf die [illegible] des königlichen Stifters unserer Universität und der Männer, [illegible] sie gebaut und diesem Geiste geweiht haben.

*

4面

Ehrendoktoren.

Theologen.

Kultusminister **Trott zu Solz**,
Otto Naumann, Wirkl. Geh. Oberregierungsrat im Kultusministerium,
Bürgermeister **Johann Heinrich Burchhard**, Hamburg,
Heinrich Möller, Oberkonsistorialrat,
James Hope Moulton von der Universität Manchester,
Carl Girgensohn-Dorpat,
Otto Scheel, Professor der Kirchengeschichte in Tübingen.
Pastor **Harms**, Sunderland,
Professor **Niebergall**-Heidelberg,
Professor **H. Diele**-Baden,
Professor **v. Wilamowitz-Möllendorf**,
Pastor **Lahusen**, Pfarrer an der Dreifaltigkeitskirche, Berlin.
Professor **Jürgenson**, Dorpat,
Kaufmann **Schlueck**,
Professor **Max Lehmann**, Göttingen,

Philosophen.

Reichskanzler v. **Bethmann Hollweg**,
Staatsminister **Delbrück**,
Generaloberst Graf **v. Schlieffen**,
Präsident des Reichstags Graf **Hans v. Schwerin**,
Geheimrat **Ernst Rathenau**,
James Simon,
Baron **v. Wieser, Wien**,
Geh. Oberfinanzrat **Otto Schwarz**, Berlin,
Professor William **James Ashley**, Birmingham,
Professor Arthur **Hardley**.
Albert **Lowell**
A. v. Peez. Wien.
Professor **Otto Gierke**, Berlin.
Professor **Antoine Meillet**, Paris
Walter Aldeburg.
Professor **Arthur Evans**, Oxford.
Friedrich Halper, Rom.
Karl Rhamm. Wolffenbüttel.
Alex Schachmatow, Petersburg.
Großfürst **Nicolai Michaelowitsch**,
Professor **Engelbert Humperdinck**, Berlin,
Bildhauer Professor **Tuaillon**, Berlin,
Geh. Baurat **Thür**, Berlin,
Professor **Ziehen**, Berlin,
Frau **Cosima Wagner**, Bayreuth.

Mediziner.

Professor der Philologie **Dr. H. Heiberg**, Kopenhagen.
Professor der Botanik **Hugo de Vries**, Amsterdam.
Professor der Mathematik **Henri Poincaré**, Paris.
Professor der Chemie **Theodore William Richards**, Harvard-Universität.
Professor der Chemie **Eduard Buchner**, Breslau.
Professor der Philosophie **Karl Stumpf**, Berlin.
Professor der Rechte **Dr. Wilhelm Kahl**, Berlin.
Oberpräsident der Rheinprovinz, früherer Finanzminister Freiherr **v. Rheinbaben**.
Vizeoberzeremonienmeister Botho **von dem Knesebeck**.
Präsident des Reichsversicherungsamts Dr. **Kaufmann**.
Maler **Hans Thoma**, Karlsruhe.
Professor der Musik **Max Reger**, Leipzig.
Wilhelm Raabe, Braunschweig.

Juristen.

Kaiser Wilhelm II.
Prinz Ruprecht von Bayern.
Oliver Wendell Holmes vom obersten Bundesgerichtshof in Washington.
Professor **John William Burgeß**, New-York (der erste Inhaber der Berliner Roosevelt-Professur).
Professor **Paul Vinogradoff**, Oxford.
Professor **Ignazio Guidi**, Rom.
Professor **Ernst Röthlisberger**, Bern für seine Verdienste um das internationale Urheberrecht).
Graf **Johann v. Wilczek**, Mitglied des Herrenhauses in Wien (wegen seiner Schöpfung humanitärer Einrichtungen für die Studenten).
Professor **Otto Schrader**, Breslau.
Generaldirektor der preußischen Staatsarchive **Reinhold Koser**.
Professor der alten Geschichte **Otto Hirschfeld**, Berlin.
Professor der Nationalökonomie **Max Sering**, Berlin (wegen seiner rechtsgeschichtlichen Forschungen).
Unterstaatssekretär im Kultusministerium **Philipp Schwartzkopff**.
Württembergischer Staatsminister **Friedrich v. Schmidlin**.
Wirkl. Geh. Oberjustizrat **Oskar Mügel**.
Reichsgerichtsrat **Otto Strecker**, Leipzig.
Geheimer Oberjustizrat **Friedrich Schepers**, Senatspräsident des Kammergerichts.

Senatspräsident des königlich preußischen Oberverwaltungsgerichts zu Berlin **Stephan Genzmer**.
Rechtsanwalt Justizrat **Ernst Heinitz**.
Oberbürgermeister **Martin Kirschner**.

資料７　「ベルリナー・ターゲブラット」３面 1910 年 10 月 12 日
歴史家マックス・レンツの演説を原文のまま引用。４面には「此日名誉学士が発表になつた」の紹介箇所がある。

本会議は次のような確信を抱いている。国民の精神生活は警察の監督を受ける必要がない。また完全な自由のなかにおいてこそ精神生活は豊かに発展することができるのである。したがって本会議は、自由劇場が検閲を受けないという自由を回復することを求めるのみならず、時代遅れになった劇場検閲一般を廃止することを求めるものである。

ここでは、検閲そのものの廃止をはっきりと要求している部分が、ドイツ語の原文のまま引用されているのである。

長いドイツ語の引用の三カ所目は、一九一一年（明治四四）四月四日発にある。カトリックの反現代思想問題からカントが危険思想の元祖にされそうだ、としてカントの「啓蒙とはなにか」からドイツ語のまま引用されている。

聖職者の一団が……不変のシンボルに宣誓する義務を自らに課すのは一体正当であろうか。……それは不可能だ。そのような契約は……絶対に無効であり、契約が最高権力により確認されたとしても無効だ。ひとつの世代は、……啓蒙をさらに進歩させることを不可能にするような状態に次世代を陥れるような……同盟をすることはできない。そのようなことは、人間の本性に反する犯罪であるだろう。啓蒙を進歩させることこそ人間本性の根源的使命であるからだ。それだから、後代の人々が……そのような決定を非難するのは正当なことである。

カントがここで述べていることはキリスト教と啓蒙の関係であるが、普遍化して捉えるならば、旧思想で新思想を縛ることの愚かさの問題であると言えよう。啓蒙の進展を押しとどめることは、「人間の本性に反する犯罪」とカントは語気を強めて糾弾している。カントのこの言葉は、権力者たちの旧思想が新思想を縛っている日本の思想状況に対する鷗外の見解でもあったろう。

これに関して、資料8にあるように、一九一一年（明治四四）六月二日発の記事に次のようなものがある。プロイセンでBalmungという名の雑誌が発行されたが、発行者は「帝室と國家とに危害を及ぼす思想（社會民政主義）を排除するを目的として、或る有名な方面から補助を受けてゐると稱してゐる」、この後に「こんな雑誌の常として言論が固陋を免れないのを遺憾とする」と続いている。

このような、ドイツ語で長く引用されている三カ所は、大学の学問研究や演劇活動に国家権力は検閲・干渉してはならない、新しく生まれる思想を旧思想で縛ってはならない、といった明確なメッセージを含んでいる。いずれも鷗外自身が日本の状況に対して主張したいことであったと考えられる。

和訳をつけずにドイツ語の原文を引用するという、鷗外の引用戦略は、翻訳されている部分を顕教とすれば、密教とでも言えようか。大事なところは、少なくとも関心を持ち理解力のある人には伝えたい、という戦略であろう。

最後にフランス語の文章を和訳なしで紹介している箇所を見てみよう。一九一一年（明治四四）二月五日発のところにある。資料9に示したように、「プロイセンは名望ある學殖ある豪士Artur Beckerを苛刑に處して物議を醸してゐる」という記事のあとに、啓蒙思想家ヴォルテールの言葉がフランス語のまま引

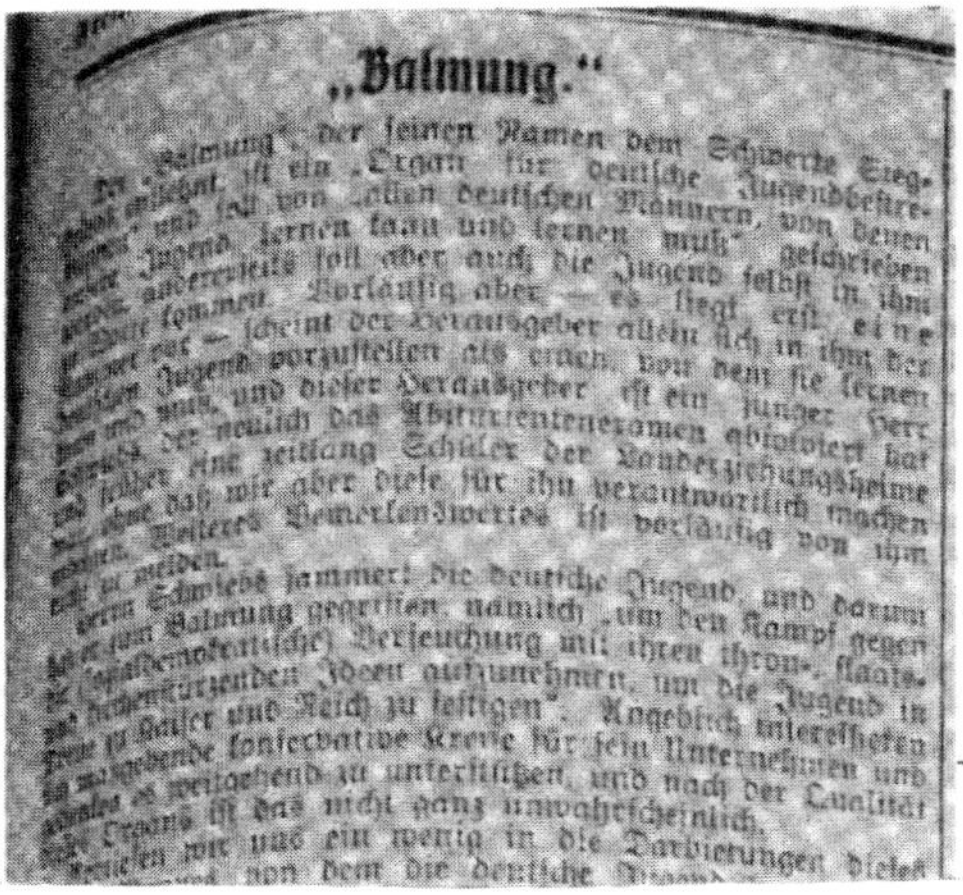

„Balmung."

資料8「ベルリナー・ターゲブラット」1911年5月19日朝刊5頁（※）"Balmung"
※第2Beiblatt 2頁
1911年6月2日発の記事に次のようなものがある。プロイセンでBalmungという名の雑誌が発行された。発行者は「帝室と國家とに危害を及ぼす思想（社會民政主義）を排斥するを目的として、或る有名な方面から補助を受けてゐると称してゐる」と、紹介している。

Morgen-Ausgabe.
Berliner Tageblatt
und Handels-Zeitung

資料9「ベルリナー・ターゲブラット」1面
1911年1月11日
Als Ehrenmann verurteilt
1911年（明治44）2月5日発のところの「プロイセンは名望ある學殖ある豪士Artur Beckerを苛刑に處して物議を醸してゐる」という記事のあとに、啓蒙思想家ヴォルテールの言葉がフランス語そのままで引用されている。

Hierzu die Wochenbeilage
Technische Rundschau No. 2.

Als Ehrenmann verurteilt.
Auf Bartmannshagen.
Von [Nachdruck verboten.]
Pfarrer Dr. M. Runze-Berlin.
Mitglied des Hauses der Abgeordneten.

Es steckt etwas Fichtesches in Artur Becker; — so etwas von dem: „An meine Person denke ich überall nicht; aber für die Wahrheit bin ich entflammt." Und für den schneidigen Wahrheitskämpfer Becker wird, trotz der Verurteilung dieses Ehrenmanns, dessen rühmenswerte Persönlichkeit und Taten durch den schiefen, auf ein Jahr Gefängnis lautenden Richterspruch nicht verdunkelt werden können, die Wahrheit auch noch an den Tag treten, zumal da bisher, nicht zwar mit Willen des Gerichts, aber auf Grund des Entscheides der den landrätlichen Gegner einseitig schützenden Regierung das Hauptzeugnis des Wahrheitsbeweises, die seltsame „Konduitenliste", die aktenmäßig über den liberalen Verein und seine Mitglieder geführt ist, widerrechtlich vorenthalten ward.

Und somit ist der Beckerprozeß durchaus nicht zu Ende, noch lassen wir Liberalen uns einschüchtern. Die Zeiten, da jemand wegen Gottes- oder Majestätsbeleidigung milder bestraft erscheint als, auf Grund mangelhafter Beweisung, der Ehrenmann Becker wegen angeblicher Beleidigung eines Landrats, werden zu Ende sein, und keinerlei praktische Nutzanwendung soll fürder der Ausspruch erleben, den einst ironisierend jener Waadtländer zu Voltaire tat:

„Vous avez écrit contre le bon Dieu, c'est fort mal, mais Il vous le pardonnera. Vous avez écrit contre Jésus-Christ, c'est pis encore, mais Il vous le pardonnera. Mais n'écrivez pas contre Leurs Excellences. Elles ne vous le pardonneraient jamais."

ヴォルテールの言葉（フランス語）

用されている。その内容は次のようなものである。

あなたは神に反することを書いた。それはとても悪いことである、しかし神はあなたを許すであろう。あなたはイエス・キリストに反することを書いた。それはもっと悪いことである。しかしイエスはあなたを許すであろう。だが、お偉方に反対することを書いてはならない。彼らは決してあなたを許さないからだ。

右の『椋鳥通信』が執筆されたのは、大逆事件により幸徳秋水ら一二人が一九一一年（明治四四）一月一八日に死刑判決を受け、早くも一月二四日と二五日に処刑された時期にあたる。このことを考えるならば、鷗外がやや唐突にヴォルテールの言葉を引用したこと、しかもフランス語の原文のままで引用したことの意図は明らかであろう。鷗外は閉塞した日本社会の状況に対し、開かれた世界への風穴をあける役割として『椋鳥通信』を利用していたことが見えてくる。

そもそも当時の新聞紙法によれば、新聞・雑誌で政治や経済の問題を取り上げるには、政府に一定の前金を払わなければならなかった。例えば、大逆事件により幸徳秋水らが絞首刑にされたあと、生き残った堺利彦は「へちまの花」という題名の月刊誌を発刊した。ユーモラスな文芸専門誌という形を借り、冬の時代をやり過ごそうという意図があった。

このように、鷗外の『椋鳥通信』と「へちまの花」は共通した方向性がある。両者は諧謔的な題名のもと文芸の紹介や発表を趣旨としながらも、冬の時代にある日本の思想・政治状況への視線を失わなかった。厳しい言論弾圧のなか、鷗外も堺利彦も最小限の言論の場をなんとかして確保しようと努力していたことは重要であろう。鷗外は海外の文芸事情を紹介するという建前のもとで、堺利彦は諧謔の文芸という仮面をかぶって。両者の行ったことは、明治政府の圧制のなかで「市民的公共圏」を作り出そうとする試みであったと言えよう。

以上のように、『椋鳥通信』は日本における西欧文化の受容に留まらず、西欧文化・思想の日本社会への影響という点からも無視できない面があったのである。

注

（1）近衛秀健「森鷗外の椋鳥通信に現れた第一次大戦直前のヨーロッパ社会相」（「獨協大学ドイツ学研究」三七号、一九九七・三）。

（2）山下桐子「鳥のこぼれ話（その5）群れる鳥ムクドリと『椋鳥通信』のことなど」（「地中海歴史風土研究」、二〇〇九・一〇）、この他、山口徹「文芸誌『スバル』における『椋鳥通信』――一九〇九年のスピード」（「早稲田大学教育学部学術研――国語・国文学編」五三号、二〇〇五・二）や松木博「『椋鳥通信』の表現実践」（『『スバル』の時代』所収、双文社、一九九六・四）などがある。

（3）拙稿「森鷗外『椋鳥通信』への視角3――『椋鳥通信』の原典ベルリナーターゲブラットについて」（「富大比較文学」第三集、二〇一〇・一二）。

（4）細谷貞雄・山田正行訳、ユルゲン・ハーバーマス『公共性の構造転換――市民社会の一カテゴリーについての探求（第二版）』（未来社、一九九四・六）の「文芸的公共性と政治的公共性との関係」による。

（5）拙稿「森鷗外『椋鳥通信』への視角4――『椋鳥通信』の原典ベルリナーターゲブラットと発禁問題」（「富大比較文学」第四集、二〇一一・一二）。
（6）拙稿「森鷗外の『椋鳥通信』――『さへづり』『沈黙の塔』へ」（「富山大学人文学部紀要」五四号、二〇一一・二）。
（7）拙稿「鷗外の翻訳と『沈黙の塔』――「危険なる洋書」・発禁問題・メディアとの闘争」（『翻訳文学総合事典』第五巻日本における翻訳文学（研究篇）、大空社、二〇一〇・五）。
（8）拙稿「森鷗外『椋鳥通信』への視角1――鷗外の意思表明」（「富大比較文学」第一集、二〇〇八・一一）。
（9）注（6）に詳しい。
（10）注（6）参照。
（11）一八八七年（明治一九）一二月二〇日の『独逸日記』には、「夜染匠濠はFaerbergrabenなる鹿号醸屋Hirschbraeuhausに往き、民政会Demokratischer Vereinの演説を聞く」とある。
（12）「へちまの花」は堺利彦が売文社より創刊した月刊誌であり、一九一四年一月発行の創刊号から一六号まではタブロイド判で発行された。一七号よりパンフレット型となり、一九号（大正四・八）からは「新社会」と改題し、大正社会主義の理論的主柱となる雑誌となった。

付記　本書は、「森鷗外『椋鳥通信』における西欧文化の受容・伝播の総合的研究報告書3」（二〇一〇年度科学研究費B、二〇一一・三）をもとに加筆したものであり、二〇一二年度科学研究費C（課題番号二三五二〇二一七）の研究成果の一部である。資料作成にあたっては、東京大学大学院生、堀弥子さんの協力を得た。記して感謝申し上げる。

森鷗外の『椋鳥通信』

『さへづり』・『沈黙の塔』へ

一　文芸誌「スバル」への連載

森鷗外が日本文化の近代化において果たした役割は、文学のみならず思想・演劇・美術・言論などの面で計り知れないものがある。ドイツ留学やその後の戦闘的啓蒙の時期を経て、日露戦争従軍後、文壇に再登場した鷗外の最も大きな足がかりとなったのは文芸誌「スバル」である。創刊号にインド古代史を下敷きにした戯曲『プルムウラ』を発表している。それが「スバル」に集う木下杢太郎、吉井勇そして与謝野晶子ら詩人や歌人たちが戯曲の創作に手を染める契機となる。その一方で鷗外自身は「スバル」において、一九〇九年（明治四二）三月発行の第一年第三号以降、一九一三年（大正二）一二月発行の第五年第一二号（終刊号）まで途中三回の休載はあったが五年間という長期にわたって『椋鳥通信』を五五回も連載している。特筆すべきことと言えよう。

『椋鳥通信』では、主としてドイツの新聞の文芸欄を中心に鷗外が関心を持った多様なジャンルの海外情報が紹介されている。地域的にもロンドン、ウィーン、ミュンヘン、ベルリン、ライプツィヒ、ドレスデン、ローマ、ブリュッセル、ベルギー、パリ、さらに北欧や東欧の都市にアメリカといった欧米各地の情報を伝えている。目配りのきいた鷗外のジャーナリスト的才能が遺憾なく発揮され、その情報量の豊富さと速報性と影響の大きさは、二一世紀の現在から見ても注目に値する。[1] たとえば一九〇九年（明治四二）五月号掲載分で、マリネッティの「未来主義の宣言十一箇条」を翻訳紹介していることなど、文字どおり「同時」と言ってよい。[2]

『椋鳥通信』については小堀桂一郎が『森鷗外――文業解題（創作篇）』（岩波書店、一九八二年一月）において、「ヨーロッパ文壇史」として重要なものであると高く評価し、日本におけるトルストイ紹介としても重視すべきであるとされているものの、総合的観点から『椋鳥通信』の実態について具体的に検討されることはなかった。紹介されている内容は、文学や演劇に関わる文壇動向、作家の情報を中心に、当時の流行、犯罪、政治、労働運動など多彩で、項目数は六七四九項目にのぼる。現在、『椋鳥通信』の索引目録（事項索引・人名索引・作品索引・出来事索引）を作成[3]することによって日露戦後の文学・演劇・美術の影響を把握すべく『椋鳥通信』の内容分析に取り組んでいるところである。

『椋鳥通信』が連載された時期の日本は、日露戦争によって大きな変革期を迎え、産業だけでなく文化・芸術面などの変化が目覚ましい時期である。愛国的な意識の高揚とそれと対照的に個の自覚の成長が現われ、演劇の方面では西洋近代劇が翻訳され、新しい劇の創造をめざす動きが現れた。美術の方面では第一回文部省美術展覧会が開催され、個人が美術団体・派閥に関らず応募することが可能となったが、その進展に『椋鳥通信』の情報が関わっていたこともわかってきた[4]。

一九〇九年三月から一九一〇年二月までの『椋鳥通信』において、資料1のグラフに示したように、項目では順に演劇・文学・美術が高

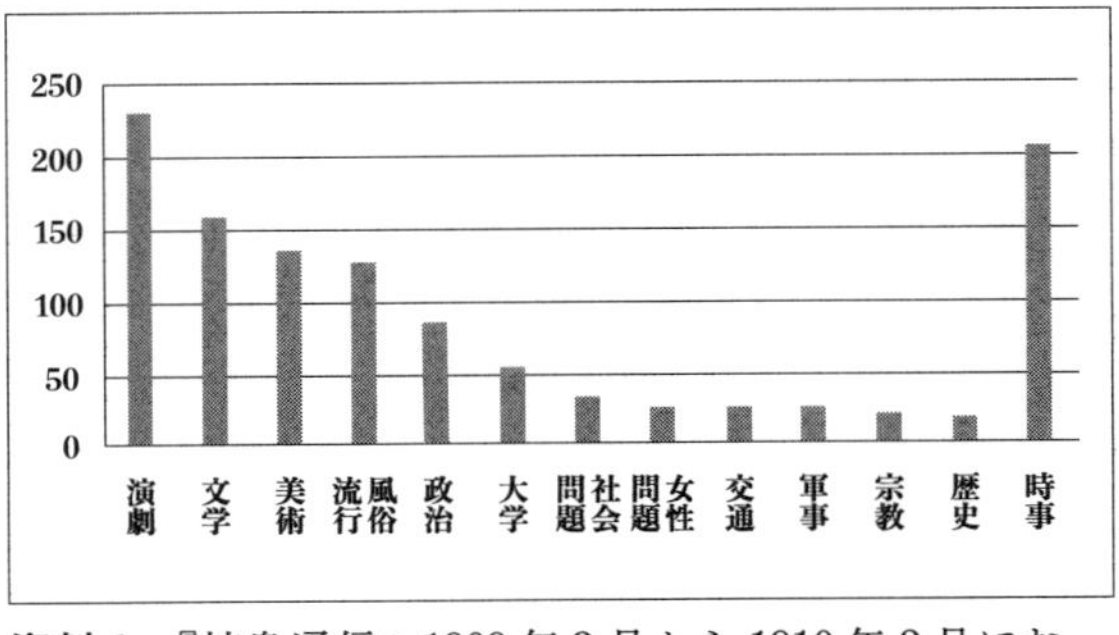

資料1　『椋鳥通信』1909年3月から1910年2月における項目の分類とその項目数

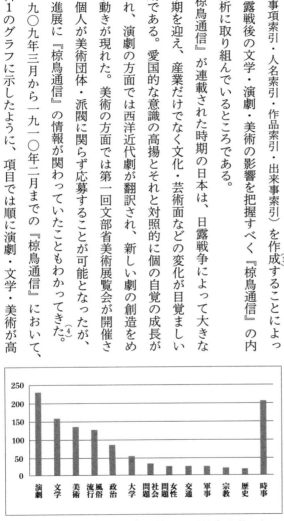

分類	数
演劇	二三〇
文学	一五九
美術	一三三
風俗流行	一二三
政治	八六
大学	四八
社会問題	三一
女性問題	二七
交通	二六
軍事	二二
宗教	一八
歴史	一四
時事	二〇五
その他	三二〇

資料2　『椋鳥通信』1909年3月から1910年2月における項目の分類とその項目数

い割合であることがわかる。とりわけ演劇の記述が多い。日露戦後は演劇への関心が高まり、戯曲だけでなく小説などの創作活動にも活性化をもたらしたが、『椋鳥通信』の研究を通して演劇が盛んになったのが日本固有の現象ではなく、東欧・北欧を含む西洋の近代劇運動の高揚と連動していることが実証的に解明できるのではないかと考えている。

また、演劇や文学についての文壇の動向だけに留まらず、女性に関する記事も多く取り上げられている。それらの記事は今日読んでもなおその新鮮さを失っていない。全六七四九項目の『椋鳥通信』を調査し、彫刻家、作家、俳優、歌手、家庭教師、弁護士、医者、画家、翻訳家、政治家、歯医者、修業女、女学校の教師、電話交換手、建築士、看護士、裁縫師、といった幅広い分野で欧米の女性たちが活躍していたことがわかり、主要記事を『鷗外女性論集』（不二出版、二〇〇六・四）に収録した。

資料2に示した表からも明らかなように、社会問題と並び女性問題についての項目も多く、実際に項目を検討していった中で、イギリスで起こった女性参政権運動Suffragettesに関する記事が多いことがわかり、拙稿「鷗外『椋鳥通信』から『さへづり』へ——情報メディアと創作」（「日本比較文学会東京支部研究報告」二〇〇七年八月）では、『椋鳥通信』の女性参政権運動についての連続掲載と創作との連関について論じた。

これまで日露戦後の日本文学の変化について、ドイツをはじめとする文学の翻訳や演劇・美術との総合的な視点から究明する研究はなく、『椋鳥通信』の研究は、日本の近代文学の研究に寄与するのみならず日欧文化交流史の実態を掘り起こすものとなろう。そこで、まず『椋鳥通信』の伝播について取り上げてみたい。

二 「無名氏」とは誰か

『椋鳥通信』は「無名氏」の署名で（第六回のみ「无名氏」また第三十八回は署名なし）連載された。表題は第一回が「椋鳥通信」、第二回以降「むく鳥通信」となった。この他にも「むく鳥電報」がある。「スバル」掲載の際「むく鳥通信」と同様「無名氏」の署名で掲載されているために、これまで「匿名性」について論じられてきた。

たとえば、松木博は、「スバル」の編集人である「江南文三の描く『無名氏』は、ミュンヘンに在住して地元のドイツの文学者たちと親しく交際しながら、二十世紀の新発明である飛行機の公開飛行があると試乗にも挑戦してみる。溌剌として異国の生活を送りつつ、日本の雑誌に積極的に寄稿して来る、好奇心旺盛な海外在住同人といった存在であった」と述べ、「『無名氏』は、どこにもない場所つまり仮構された遠距離からの発信という形式を取ることで、かえって情報の死角を持たない情報提供者と成り得ているということになるだろう」と指摘している。(5) ヨーロッパ滞在中の「無名氏」から寄せられた現地取材の海外通信というフィクションを鷗外が作り上げ、読者もまたその仕組みを了解しつつ楽しんでいたという側面もあったと思われる。

その証拠に「三田文学」（大正一一・九）の森鷗外追悼号で茅野蕭々が「先生が雑誌スバルに公にせられた椋鳥通信ほど面白く有益なものはなかつた。自分は雑誌が来るや否や先づこの通信に読み耽つた。簡単で多様な通信は、どの位自分に未知の事を知らしめ、既知の事を確かめ深めたか知れなかつた」と「無名氏」が鷗外であることを自明のこととして言及しているように、(6)『椋鳥通信』への関心は、鷗外その人への関心によるところが大であった。

平野萬里は『鷗外全集著作篇』第一七巻の「後記」で、『椋鳥通信』が当時の読者にいかに歓迎愛読されたかを記している。

本編は以前出た何れの全集にも収められてゐない。多分巻数の都合で割愛せられたものと思はれる。併しものがものだといふ感じも同時に動いてゐたことは争はれない。果たしてさうだろうか。故上田敏先生は本通信を屢屢話題に供された。又故小山内薫君は愛読の余りわざわざ切り抜いて一冊にまとめて置かれたように聞いている。以上の両者が私の知る限りでは本篇を味読しえた少数読者の代表である。

上田敏や小山内薫が『椋鳥通信』を愛読し、小山内に至っては切り抜きまでしたのには、『椋鳥通信』そのものの重要性だけでなく、様々な海外情報を鷗外が執筆したものであったことを知ってのことであった。『椋鳥通信』連載時に目を向ければ、一九〇九年（明治四二）八月号「時事新報　文芸週報」の「八月の雑誌」欄に「無名氏の『椋鳥通信』は、文芸雑誌の材料として余程毛色の変はつた、一寸得難い物である」と評価されていたことがわかる。以後何回も『椋鳥通信』の面白さが文芸時評で取り上げられており、面白く珍しい読み物として『椋鳥通信』が好評だったことが裏づけられる。『椋鳥通信』には単なる紹介だけでなく鷗外自身のコメントや感想がところどころに載っていることも、読み物としての面白さを増すものだっただろう。[7] 一九一〇年（明治四三）一〇月号「新潮」の雑誌評の中にも「椋鳥通信には些いく面白いものがある」という記事があり、また「ホトトギス」では島田青峰が「四月文壇の一瞥」欄（明治四五・五）で、「スバルでは毎号無名氏の『椋鳥通信』を最も興味多く見てゐる」と述べており、『椋鳥通信』は海外の情報を翻訳編集して読者に提供するものとして「スバル」で一目置かれる存在であった。

中でも一九〇九年一〇月号の「時事新報　文芸週報」の「十月の雑誌」欄では、「無名氏の『むく鳥通信』十六頁は、本誌独特の文字《もんじ》でいつもながら面白く再読した。筆者は鷗外博士だといふ評判もあるが、事実は知らぬ」と述べられ、「無名氏」が鷗外であることが話題にされていたことが認められる。

「無名氏」が鷗外であると言及された最も早い例はこれまで近松秋江の「美術之日本」（明治四二・八）の指摘とされてきたが、[8] 実際にはそれよりも早く、「スバル」掲載後間もない時期の「読売新聞」の「文壇はなしだね」（明治四二・六・三）において、『椋鳥通信』の書き手は鷗外であると指摘されていることがわかった。(9)これは、『椋鳥通信』の発信者が鷗外であることを最も早く言及したものとして注目すべき記事である。連載当初から鷗外執筆による『椋鳥通信』として強い関心を呼んでいたことが裏づけられる文章である。

○雑誌スバルのスバルといふ名は、外語だらうと言ふ人もあれば、何かの語呂だらうと言ふ者もある、同誌の初めて出た時は其処らで色々な解釈があつたやうだが、とゞの結局は天体の星の名と解つた、さて此名をつけた人は森鷗外氏であるのださうだ。

○同誌の巻末の椋鳥通信と題した海外文壇の通信は、随分敏速なも道理、これも森鷗外氏が日々の新聞紙から抄摘して執筆されるのだと。（以下、引用の傍線は金子）

「スバル」の命名が鷗外であり、天体の星の名からとられたものであること、さらには「同誌の巻末の椋鳥通信と題した海外文壇の通信は、随分敏速なも道理、これも森鷗外氏が日々の新聞紙から抄摘して執筆されるのだ」と記され、書き手が鷗外であればこその情報伝達の早さが報じられているのである。

三　女性投稿雑誌「女子文壇」への転載

『椋鳥通信』では文学や演劇や美術に関わる欧米の作家の動向に中心が置かれているが、女性に関する記事が多く取り上げられている。たとえばベルリンの「女優会議」で連邦劇場法の制定をめざし、衣装の供給を要求する決議をあげていたことや、働く女性を助ける「女子会議」がミュンヘンにあったことも紹介されるなど、ドイツの働く女性たちの動向も丹念に紹介されている。さらに恋の破綻が殺人事件になったというゴシップや、結婚、離婚、誕生日、恋愛、葬式、悲報、病気、失踪、犯罪や裁判の他、化粧法やモードの流行なども取り上げられ、まさに女性文化の情報のデパートとなっている。

明治期を代表する女性投稿雑誌「女子文壇」では、一九一〇年（明治四三）に五回にわたり『椋鳥通信』の女性に関する記事の一部が抽出されて転載されている。一月号、三月号、四月号に「西洋婦人新聞」という項目がある。六月号では「西洋の婦人」、十一月号「文士の召使」という項目があり、それぞれ「西洋婦人新聞」と同じく海外の女性の動向が紹介されている。

『椋鳥通信』の中の女性に関するどのような記事が転載されているか見てみよう。

「女子文壇」（明治四三・一）の「西洋婦人新聞」では、「▲結婚年齢　女は何歳で結婚するが好いかと云ふ問に、いろ〳〵な答をしたのを集めたのが出た、満二十五歳以後　Mary Sutton　／満三十歳以後　Wintred Graham　／若き内（互に過誤を勘忍し合ふ利あり）　Helen Mathers「何歳」にても（性質が合へば差支なし）Coulson Lemahan『椋鳥通信』より（一九〇九年十月八日発）」[10]という結婚に関する意見が掲載されている。

また、「女子文壇」（明治四三・三）の「西洋婦人新聞」では、「▲女医採用　伯林ではこれ迄癲狂院に限って女医を採用する事が出来るのであつたが、此度Moabitの病院にも助手に女医を採用し得といふ決議になつた。▲女優講師となる維也納の女優Olga Lewinski-Brecheisenは彼地の大学雄弁学講師にせられた。（十月十三日維也納通信）（一九〇九年十二月十三日発）」と、女性の仕事の門戸開放が報じられている。[11]

「文士の召使」（「女子文壇」明治四三・一二）には、ゴンクールの女中を始め、作家の従僕たちのユーモラスな記事[12]が掲載されている。

頃日、昔忠実にEdmond de Goncourtに仕へた女中が死んだ。ゴンクウルは著述の出来る度に此女に読んで聞かせて批評を聞いた。女中の名はPelaginと云ふのであつた。これを機として古来の詩人の奴婢の事が新聞に出た。

Chateaubriandには、Julienといふ僕があつて主人が『巴里よりジエリユサレヒム』を著せば、自分も同じ旅日記を書いてゐた。旅日記は頗る乾燥無味な物だつたが、それでもジユリアンはかう云つてゐた。『なんでも道中で本当にあつた事を知りたいなら、わたしの日記を御覧なさい、詩人の書くことは当てになりませんから』

Sainte-Beuveの女中Mme Dufoyrは校正をした。
Théophile Gautier, Arsene Houssaye, Gerand de Nervalの三人はRue Saint-Germain-des Presに共同世帯を持つてゐて、Margotといふ女中を使つてゐた。その女中に韻文で用事を言ひ付ける癖が付いて、しまひには散文で言ひ付けられた用事はしないやうになつた。それから後にゴオチエエが使つた僕は不精な奴であつた。客がベルを鳴らしても二三度鳴らしてからでなくては出て開けない。そこでをりをり主人がじれつたくなつて、開けに立つ。さうすると僕があとから付いて出る。客は先に出て開けたのを僕だと思つて、あとから来る僕に恭しく挨拶をするといふ風であつた。
Flaubertの僕Nareisseは酒飲みであつたある晩主人が作をしてゐるところへ酔つて帰つて、くだらない事をしやべつて、うるさくて溜まらなかつた。主人が寝ろと云つても聴かないどうぞ寝てくれと頼むと、それなら此靴を脱がせてくれと云ふ。そこでフロオベルは僕の沓を脱がせて遣つた。
Victor Hugoの門番をLagoutteと云つた。此門番が不平を言つた。あの『一犯罪者の話』に門番々々と書いてあるが、己の名が書いてないと云ふのであつた。（一九一〇年八月六日発及電報）

まるで一篇のユーモア小説を読むような面白さである。『女子文壇』に鷗外の『椋鳥通信』のこれらの記事が転載されていることからも、女性文芸誌への『椋鳥通信』の反響の大きさを跡づけることができる。

資料3で明らかなように、『椋鳥通信』では女性に関する記事の中でもとりわけイギリスで起こった女

資料3 『椋鳥通信』の女性参政権運動関係記事（以下、頁と行数は岩波版『鷗外全集』第27巻による）

頁	行	スバル年・月	内　　容
9	17	1909年4月	倫敦では余り女権党が荒れ廻るので、とう／＼女巡査を拓へるといふことだが、どうだか。
21	7-8	1909年6月	倫敦で三月三十一日に女権党の女運が首相Asquithに面会を謝絶せられて立腹して､国会を襲撃した。(後略)
23	6		四月一日に倫敦の女権党は国会に対して再度の襲撃を行つた。(後略)
38	6-7	1909年7月	PiusXは加特力教婦人協会の婦人に対して、「男女不同権、女子の立法に干輿せんとするは不当なり」という演説をしたさうだ。
49	4-5	1909年8月	倫敦では女子が選挙権を得る為めに種々の運動をするのだが、此頃は女子の楽隊を組織して市中をねってあるく。
59	13-14	1909年9月	六月三十日には倫敦の女権党が首相Asquithに面会したいといふので議会にあばれ込まうとして巡査と格闘した。
67	8-9	1909年10月	Travemuende（独逸）には市の選挙の時古来女に選挙権が興へてある。
199	11-12	1910年6月	アメリカのMiss Alma Webster Powellは女権論者であるが、美少女の一隊を作つて、接吻で議員を買収するといふ戦略を立てたと云ふが、どうだか。
272	13	1910年9月	六月十八日にロンドンで女権論者のDemonstrationがあつた。（中略）主張のために入獄したことのあるものが六百十七人あつた。銀の矢を附けた杖を持つてゐる。
302	11-12	1910年10月	英国下院に女権問題が出た。賛成者は、外相Grey、Unionistsの首領Balfour、陸相Haldaneである。反対者は首相Asquith、ユニオニストAusten Chamberlainである。
307	16-18		（前略）Suffragettes（比頃袯扈する女権運動家）其他道徳に関せざる罪人には入獄するときの強制入浴をさせずに、自分の衣類を着せ、自分の食物を食はせて置く。監獄内で毎年何度か合奏会をする。又講演する。（七月二十一日ロンドン通信）
315	2-3		Hydeparkで又suffragettesの大示威運動があった。苑内四十箇所に演壇を設けて演説をした。来会者は約二十五万人である。（七月二十三日ロンドン通信）

420	11–12	1911年3月	Winston Churchillの赤ん坊をsuffragettesが人質に取ると謦言したので、赤ん坊に刑事巡査が二人附いてゐる。
460	2–4	1911年5月	女子問題の濫觴はフランスNational ConventでOlympe de Gongeのした演説であらう。一八四八に社会政策の萌芽と共に、女子問題が再興せられた。Luise Otto, Henriette Goldschmidt, Jenny Hirsch, Langeなんぞの主張が基礎になつてゐる。女子選挙権の事は最後の冠冕であらう。（Albert Traeger）
693	3–5	1912年6月	暴行して獄に下つたSuffragettesの中に作曲家Ethel Smythがゐる。最初非常な保守主義者であつたのが、豹変して女権運動に加はって、先づMarch of the womenを作つて、Mrs. Pankhurstに名誉指揮杖を貰った。そしてとう〳〵獄に下るまでになつた。
803	10–11	1913年9月	Euckenはアメリカの現状に鑑みて、女子参権制度を殆ど同意すべきものだと判定した。
805〜806	18–2		人に話した所によればGerhart Hauptmamは女子運動を殆必然なる結果だとしてゐる。飛行流行には興味を有せない。
809	3–5		Carnegieとドイツ帝との会話の時の話からこんな事が知られる。カアネギイは（中略）女子参政問題には同意してゐる。（後略）

性参政権運動（サフラジェット）について継続して報じられているという特徴がある。[13] 日本では大正時代から女性参政権運動が活発になってくる。『椋鳥通信』の連載は、「青踏」発刊（明治四四・九）前後の時期にあたる。鷗外の創作に目を向ければ、一九〇九年（明治四二）の文壇復帰後、一九一一年（明治四四）の間に『プルムウラ』を始め、『静』、『生田川』、『さへづり』、『なのりそ』など女性を主人公にした戯曲を次々に書いている時期にあたる。[14] そこで四章では女性参政権運動を扱った『さへづり』から『椋鳥通信』との関連についてさらに考察していきたい。

四　『さへづり』と『椋鳥通信』

『さへづり（対話）』は一九一一年（明治四四）三月、三越呉服店の「三越」に「鷗外」の署名で掲載され、後に『我一幕物』に収められた。当時の流行、女性参政権の問題などを、洋行帰りの百合子が友人である梅子に語る対話劇である。最新流行の服を身につけた洋装の百合子に対し、梅子は「不段着」の御召と対照的である。梅子が洋行帰りの洋装の百合子にインタヴューするという筋立てになっており、海外のファッションや結婚観、女性解放運動の現状が紹介されている。これまで『さへづり』については、掲載誌「三越」に着目し、流行の最先端の洋装をする百合子がヨーロッパで見聞した華やかなファッション感覚を伝える前半部分に主眼を見ようとする研究[15]や後半の女性参政権運動の紹介を重視する研究[16]があり、前半後半の断絶が指摘されてきたが、すでに論じているように[17]、ファッションから女性解放運動の紹介まで幅広く女性に関する問題が取り上げられていた『椋鳥通信』の記事について梅子が百合子に聞くという筋立てになっていたためと考えるべきであろう。

『さへづり』では「スバル」の読者層とは違う「三越」の若い女性読者たちにも理解しやすいように対話形式をとったものとなっている。梅子と百合子のおしゃべりは椋鳥たちの「さへづり」と言え、題名になっている。

百合子。その筈だわ。丸二年立つたのですもの。

梅子。さう。丸二年だわねえ。そして随分いろんな処へ入らつしつたのね。絵葉書を沢山下すつて有難うよ。わたし新しいAlbumを買つて、あなたの所から来たの丈別にして置いてよ。

百合子。そりやあ、なにしろ、ヨオロツパ中大抵歩いて、一晩でも泊つた所からは、きつと葉書を出したのですもの。

『さへづり』では二年間の洋行から帰国した百合子が梅子の家を訪ねてくるところから始まる。二年間という設定はまさに『椋鳥通信』の連載が開始されてからの期間に合致する。しかも百合子はヨーロッパの先々から梅子にハガキを出すという海外通信員の役目を果たしている。『さへづり』は、『椋鳥通信』の記事について読者の疑問を「不段着」の御召の梅子に代弁させ、百合子の口から同時代の海外の女性の動向を伝え、女性問題の解説を試みたものと言えよう。梅子が「不段着」の御召というのも一般読者を代表するからであろう。

梅子。ではあなた、Suffragettes①の騒ぎも御覧なすつたのね。

百合子。えゝえゝ。Hyde-Park②の示威運動も見てよ。

大学を卒業した女だとか、政治運動の為めに監獄に這入つたことのある女だとか、一々分かれて、隊伍を整へて繰り出したのですから、それは大した見ものよ。

梅子。　あれは女に選挙権を与えて貰ひたいと云ふ運動だと云ふことですが、唯だ其れ丈なの。

百合子。まあ、それが主のやうね。

傍線①は、『椋鳥通信』の「Suffragettes（此頃跋扈する女権運動家）その他道徳に関せざる罪人には入獄するときの強制入浴をさせずに、自分の衣類を着せ、自分の食べ物を食わせておく」（七月二一日ロンドン通信）を示すものである。また傍線②のハイドパークの示威運動についても「Hyde-Parkで又Suffragettesの大示威運動があつた。そのうち四十箇所に演壇を設けて演説をした。来場者は約二十五万人である」（七月二三日ロンドン通信）や「六月十八日にロンドンで女権論者のDemonstrationがあつた。行列に大学卒業者が五百人あつた。皆その大学の色を着てゐる。主張のために入獄したことのあるものが六百十七人あつた。銀の矢を附けた杖を持つてゐる」（「スバル」明治四三・九）の部分にまさに呼応し、『椋鳥通信』におけるイギリスの女性参政権運動の情報を百合子の口を借りて読者に知らせる仕掛けになっている。

そもそもイギリスの女性参政権運動⒅は、経済学者のジョン・スチュアート・ミルから始まる。ミルは一八六九年に『女性の隷従』を出版している。一八八四年に第三次選挙法改正が行われたが女性の投票権は認められなかった。一八九七年にも参政権法案が提出され、二五万人を超える署名を集めたが否決された。その後、女性参政権を実現するため二つの組織が作られた。一八九七年設立のNUWSS（女性参政権協会全国連合）と、一九〇三年設立のWSPU（女性社会政治連合）である。前者は、いかなる暴力も違法行為も排し、街頭デモや集会をもった。通称Suffragistサフラジストといわれる。後者は、投石や窓ガラス破壊など過激な行動を伴い、通称Suffragettesサフラジェットと呼ばれており、『椋鳥通信』で紹介されているのは後者のSuffragettesの活動である。[19]『椋鳥通信』の記事がNUWSS（女性参政権協会全国連合）ではなく、WSPU（女性社会政治連合）の過激な行動を取り上げているのは、[20]それだけ読者にインパクトを与えようと考えたからであろうし、「読売新聞」など当時の新聞メディアでも専らサフラジェットの運動が毀誉褒貶も含めて取り沙汰されていたことに対して理解を進めようという意図もあったろう。

女性たちのあまりに過激な行動のため読者に不安が広がり、誤解されないようにと運動の根幹についての質問も『さへづり』ではなされている。梅子に「あれは女に選挙権を与えて貰ひたいと云ふ運動だと云ふことですが、唯だ其れ丈なの」と確認させ、百合子が「まあ、それが主のやうね」と答える場面も用意されているのである。これは読者に女性参政権運動の目標についての理解を促すためのものと言えよう。

日本において女性参政権運動は、自由民権運動での岸田俊子や影山英子らの遊説活動後に途絶え、堺為子ら社会主義者らによる「治安警察法改正」の議会への働きかけが行われたりしたが、実際に女性参政権運動が動き始めるのは大正時代のことである。一九一九年（大正五）に平塚らいてう等による新婦人協会が設立され、その趣意書には「治安の改正」並びに「婦人公民権」と「婦人参政権」の獲得が掲げられている。[21]この趣意書の作成にあたっては鷗外も一役買っていた。平塚らいてうは「鷗外先生について」[22]の中で「当時の市川さんはまだ無名の若い婦人でしたが、すぐにお会い下さつて、賛助者になることを承諾され、はげましの言葉をくださつた上に、ご自分で硯を持つてきて、朱墨をすり、趣意書から規約まで詳細に目を通して、それにこまかく朱筆を加えて下さるのでした。これには市川さんも少し驚きもし、また大に勇気づけられもしたようでした」と記している。その時、らいてうに代わって新婦人協会の設立に賛同してくれるよう趣意書をもって鷗外宅を訪れたのは市川房枝である。

ちなみに女性参政権運動が認められたのはニュージーランドが最も早く一八九三年、オーストラリアは一九〇二年である。次いで北欧のフィンランドが一九〇六年、ノルウェーが一九一三年、(23)デンマークが一九一五年に女性参政権を獲得した。イギリスで認められるようになるのは、その三年後の一九一八年のことである。『さへづり』においてイギリスで活発化している女性参政権運動を紹介する際にも、ヨーロッパの中では北欧において早くも女性参政権が認められていたことを盛り込むことで、日本ではまだ身近な問題になっていない海外での女性たちの運動が全世界的規模での共通の要求であることを読者に伝えようとしたのではなかろうか。鷗外にはサフラジェットの勇猛果敢な活動を伝えることによって日本の女性たちを応援するという意図があったと考えられる。そして、『椋鳥通信』を読んでいる男性に、女性解放運動への理解を促し、女性参政権を認める雰囲気作りをしたかったのではなかろうか。

五　革命と大逆事件・『沈黙の塔』

『さへづり』では前章で引用した箇所以外にも女性参政権運動が詳細に紹介されているが、(24)それ以外の政治的な会話について目を向けてみたい。『椋鳥通信』での政治項目の多さ、『さへづり』の内容から、鷗外が当時のヨーロッパの情勢に詳しく興味を持っていたことがうかがえる。

梅子。　ではマドリットだつて、一度はパリイのやうになるのでせうね。

百合子。それはさうだろうと思ふわ。今の内閣は進歩主義で、坊さんを逐つぱらた位ですから。それにお隣のリサボンは去年のやうに革命を遣つて見せるのですもの。

梅子。　さうさう。大変でしたわねえ。王様はイギリスへ逃げて入らつしやつたのですつてねえ。あなたロンドンに入らつしやつた時でしたのね。

百合子。ゐてよ。イギリスでも内々知つてゐたらしかつたの。あの若い王様の縁談のあつたのが、そのせいで運ばれずにゐたといふのですもの。

傍線部に注目してみると、記載された箇所と同様の内容が執筆当時の『椋鳥通信』で紹介されていることがわかるだろう。傍線③の「マドリットだつて」とは、「スパニア政府と法皇とはとうとう交渉の道を断つらしい。Merry del Val, Vives y Tuto の二人は故郷をも自己のフアナチスムの犠牲にするのである」をさしている。さらにこの時期の『椋鳥通信』では、「Bilbao（スパニア）で羅馬教の僧徒が騒擾を起こしている。（八月二日マドリット通信）」や「八月七日に San Sebastian（スパニア）でカトリックの大示威運動がある筈なのをやめにしたらしい。（八月六日マドリット通信）」（「スバル」明治四三・一）が報じられ、関連が認められる。

資料4　『椋鳥通信』のポルトガル革命関係記事

頁	行	スバル年・月	内　容
361	12–13	1910年12月	ポルトガルに革命が起つた。陸海軍が革命者に荷擔した。軍艦が王城を砲撃してゐる。(パリイ十月五日通信)
	13–14		ポルトガル革命の導火になつたのは、保守党（歩兵将校某等）が議員 Bombarda を街頭で虐殺した事件である。人民は之を寺院派の發意に帰してゐる。王城には革命党の旗が立てられた。(マドリツト十月五日通信)
361〜362	17–1		ポルトガルの假政府は首相 Theophilo Braga 法相 Alfonso Costa 外相 Bernardino Machado 蔵相 Brazilia Telles 工相 Antonio Luis Gomes 陸相 Barreto 内相 Antonio José Almeida 海相 Amaro Azevedo Gomes である。リサボン市長は Euzebio Leao である。(十月五日リサボン通信)
362	4–6		テアトル・フランセエでマヌエル王に知られた女優 Gaby Deslys はヰインで心配してゐる。マヌエル王は英國の某女王と結婚せられる筈であつたが、今度の乱が豫測せられた為に破談になつたのだ。(十月五日ヰイン通信)
	10–14		革命の首脳は Costa である。首相になった Braga は Anatole France の友人である。Maria Pia（王の祖母）は伊太利にをられる。Affonson Oporto 侯爵の所在は不明である。王城を射撃した軍艦を指揮したのは海軍将軍 Antas である。革命旗は緑と赤である。(十月六日パリイ通信)
	14–15		ブラガは大統領になつた。(十月六日 Irun 通信)
362〜363	16–5		革命は十月五日の筈であつた。然るに海軍が Cascaes（王の行在所）への派遣命令を受けたので、此派遣以前に事を挙げることになつた。十月四日革命黨の首領は歩兵十六聯隊の兵營に入つて、黨員に兵器を分配した。それから砲兵一聯隊の兵營に行つて、野砲を引き出して、一同陣地を占めた。間もなく官軍も三キロメエトル隔たつた陣地に就いた。革命軍に加はつてゐる駆逐艦 Adamastor は Tejo にゐて開戦の準備をしてゐる。同時駆逐艦は川を下つて、水兵營の庭に留まつた。水兵營は官軍に包囲せられてゐるからである。夜半に開戦せられた。官軍の騎兵一箇聯隊は突撃して全滅した。存命者只三人である。戦闘は二日二夜連續した。五日にアダマストルは Necessidades 城を砲撃しはじめた。マヌエル王とアメリイ太后とは Cascaes へ引き上げて、それから Mafra に行かれた。官軍は降つた。直ちに共和政府が宣言せられた。ブラガの下に新内閣が出来た。Mafra とは Cintra にある僧院である。(十月六日リサボン通信)

363～364	16–1		南米に行つた途次 Anatole France はブラガを訪うた。ブラガは馬車に同乗してリサボンを見せた。車が王城の前を過ぎるとき、衛兵の交代をさせてゐた士官が刀で敬礼した。「仲間だ」とブラガが云つた。「蒔いた種が熟してゐるね」とフランスが云つた。（これはパリイの一新聞の記事である。）
367	7–8		ポルトガルの大統領選挙と憲法制定とは社会主義によつて寛行せられる。（十月十日ロンドン發）Manuel 王の脱出が英國が早く情を知つてゐた証拠だと云ふものがある。（同上）
	8–9		ポルトガルの紋の Devise は「秩序と労働」である。（十一日同上）

傍線④は、「ポルトガルに革命が起こった。軍艦が王城を砲撃している。（パリイ一〇月五日通信）」や「ポルトガル革命の導火になったのは保守党が議員Bombardaを街頭で虐殺した事件である。（後略）（マドリット一〇月五日通信）」を踏まえたものと言えよう。傍線⑤は、「リサボンの城を守ったGorjao将軍は自殺した。王と皇太后Amalieとは英艦Newcastleに乗って英国に立たれたらしい。（一〇月五日マドリット及パリイ通信）」と対応する。

とりわけポルトガルの革命については、資料4に示したように鷗外はその経過について『椋鳥通信』で詳しく報じている。ポルトガルの革命とは一九一〇年一〇月五日、ポルトガルのリスボンで起こった共和革命のことをいう。一〇月四日に共和派が王政主義に対して反乱を起し、翌五日、マヌエル二世を退位させる。国王はイギリスに亡命し、テオフィロ・ブラガを臨時大統領に戴く第一次共和制内閣が成立した。このポルトガル革命を報じる『椋鳥通信』が「スバル」に掲載されたのは一九一〇年一二月である。

折しもこの時期、日本では、六月に起訴された大逆事件の判決が言い渡されている。[25] 判決は「大逆罪の判決」という形で、東京朝日新聞を初め各紙で大きく報じられた。[26] 起訴された二六名中二四名が死刑、二名の有期懲役。翌日には恩赦で一二名が無期に減刑になるものの、二四日、二五日の両日、早くも幸徳秋水、管野スガら一二名の死刑執行が行われる。これに対し、鷗外は大逆事件をふまえてパアシイ族の話に仮託し、政府の言論弾圧に抗した[27]小説『沈黙の塔』[28]などを書いている。ポルトガルで王政が倒され、共和制の革命が成功したことは鷗外にとっては注目すべきことであった。大逆事件などで言論弾圧の激しい嵐が起こる中、同時期に共和制となったポルトガルへの興味がこの時期にあったからこそ、鷗外はこの革命を『さへづり』において紹介したと言えよう。これが『椋鳥通信』において発禁裁判に関する文芸弾圧に批判的な記事が継続して取り上げられていることとも対応しているだろう。

『沈黙の塔』では以下のように記されている。

> 自然主義の小説は、際立ったことを言えば、先ずこの二つの特色を以て世間に現れて来て、自分達の説く所は新思想である、現代思想である、それを説いている自分達は新人である、現代人であると叫んだ。
>
> そのうちにこういう小説がぽつぽつと禁止せられて来た。その趣意は、あんな消極的思想は安寧秩序を紊る、あんな衝動生活の叙述は風俗を壊乱するというのであった。
>
> 丁度その頃この土地に革命者の運動が起っていて、例の椰子の殻の爆裂弾を持ち廻る人たちの中に、パアシイ族の無政府主義者が少し交っていたのが発覚した。(中略)社会主義、共産主義、無政府主

義なんぞに縁のある、ないし縁のありそうな出板物が、社会主義の書籍といふ符牒の下に、安寧秩序を紊るものとして禁止せられることになつた。（中略）

そういう工合に、自然主義退治の火が偶然社会主義退治の風であおられると同時に、自然主義の側で禁止せられる出板物の範囲が次第に広がつて来て、もう小説ばかりではなくなつた。脚本も禁止せられる。抒情詩も禁止せられる。論文も禁止せられる。外国ものの翻訳も禁止せられる。

当時の日本社会の現状を風刺し、鷗外は作中で「芸術の認める価値は、因襲を破る処にある。因襲の圏内にうろついている作は凡作である。因襲の目で芸術を見れば、あらゆる芸術が危険に見える」と、文芸の取り締まり強化に対し批判を述べている。

さらに『椋鳥通信』では、日本での文芸弾圧が海外で批判を浴びていることも報じているのである。

正宗白鳥の「危険人物」が野口米次郎のThe Academyに載せた文章によつて、ヨオロツパの諸新聞に吹聴せられて同時に日本の文芸取締が評判になつた。（「スバル」一九一一・一一）

野口米次郎は一九歳で渡米し、英文の詩集も刊行している国際派の詩人である。帰国後は慶應大学英文科の教授に就任し、「ヨネ・ノグチ」の筆名で詩や美術評論で海外でも知られた。正宗白鳥の『危険人物』（「中央公論」明治四四・二）では、警官らしき人物が「大町桂月や幸徳秋水の噂」について主人公に話しかける場面があり、絲屋寿雄『増補改訂大逆事件』で、大逆事件の影響があらわれる文学作品の例に挙げられている。このように『椋鳥通信』や『さへづり』や『沈黙の塔』において革命や言論弾圧に批判する内容が取り上げられているのには、発禁・文芸取締に対して鷗外が批判的意識を持っていたことの現れであったろう。鷗外自身の創作のほか、『椋鳥通信』で海外の発禁・上演禁止の情報を紹介し、さらに正宗白鳥の『危険人物』の発禁問題が海外で話題になっていることを紹介することで、逆に日本の読者にも問題提起をしていたと考えられる。

以上のように、『椋鳥通信』から『さへづり』や『沈黙の塔』などの鷗外の創作との関係を考察すると、鷗外が閉塞した日本社会の状況に対し、開かれた世界への風穴をあける役割として『椋鳥通信』を利用していたことが見えてくる。他方、鷗外自身にとっても『椋鳥通信』の「スバル」への連載は、『さへづり』を始めとする新しい創作を生み出す源泉ともなっていた。『椋鳥通信』は日本における西欧文学の受容に留まらず、西欧文化思想の日本社会への影響の全体像を把握する上においても、今後ますます重要な位置を占めてくるであろう。

注

（1）山口徹「文芸誌『スバル』における『椋鳥通信』――一九〇九年のスピード」（『早稲田大学教育学部　学術研究――国語・国文学編』五二号、二〇〇五年二月）。

（2）酒井敏「(三)『スバル』」（『森鷗外を学ぶ人のために』所収、世界思想社、一九九四年二月）。

（3）二〇〇八年度科学研究費基盤研究B報告書「森鷗外『椋鳥通信』における西欧文化の受容・伝播の総合的研究」（二

〇〇九年三月)。

(4) 二〇〇九年度科学研究費基盤研究B報告書「森鷗外『椋鳥通信』における西欧文化の受容・伝播の総合的研究2」(二〇一〇年三月)。

(5) 松本博「『椋鳥通信』の表現実践」(『『スバル』の時代』所収、双文社、一九九六年四月)。

(6) 鷗外全集編集部「『椋鳥通信』の事一二」『鷗外研究』第七号。

(7) 拙稿「鷗外の『椋鳥通信』」(「富大比較文学」一号、二〇〇八年一二月)たとえば、マリネッティの「未来主義の宣言十二箇条」の紹介において「こいつを赤インクの大字で印刷した、幅一米長さ三米の広告がMilanoの辻々に張り出されたのである。スバルの連中なんぞは大人しいものだね。はゝゝゝ。」(「スバル」明治四二・五)と、「スバル」の若手の同人たちに発破をかけているなどがその例である。

(8) 注(5)に同じ。

(9) 拙稿「鷗外『椋鳥通信』から『さへづり』へ――情報メディアと創作」(「日本比較文学会東京支部研究報告」二〇〇七年八月)参照。

(10)「スバル」(明治四二・一二)。

(11)「スバル」(明治四三・二)。

(12)「スバル」(明治四三・一〇)。

(13) 近衛秀健「森鷗外の椋鳥通信に現われたる第一次大戦直前のヨーロッパ社会相」(「独協大学ドイツ学研究」三七号、一九九七年三月)。

(14) 拙稿「鷗外の女性論――二十世紀への架け橋」(『森鷗外　歴史に聞く』所収、新典社、二〇〇二年一一月)。

(15) 山崎國紀『鷗外――成熟の時代』(和泉書院、一九九七年一月)。

(16) 渡辺善雄「女性解放と森鷗外――『さへづり』の背景と意義」(「比較文学」三一号、一九八八年三月)。

(17) 注(9)に同じ。

(18) 井上洋子ほか『ジェンダーの西洋史』(法律文化社、一九八八・一二)、また市川房枝「婦人参政権運動」(『婦人公論大学　婦人問題』所収、中央公論社、一九三二年二月)にその時期の運動の様子が詳しく紹介されている。
(19) 選挙演説会での候補者への詰問戦術、横断幕の無断掲示で収監されると獄中では飲食物を一切受けつけないハンスト戦術をとった。
(20) 一九一〇年一一月二五日付「読売新聞」でも「婦人参政論者暴行(倫敦電報)」と題し、「英国婦人参政権論者は、首相アスキス氏の法案に不満を表し、首相邸の窓を破壊したり、警官を殴打したりした。そのため、一五七人が捕縛された」ことが報じられている。
(21) 注(17)に同じ。
(22) 平塚らいてう「鷗外先生について」(「文学散歩」一九六二年一〇月)。
(23) ノルウェーで女性の被選挙権がみとめられるのは、一九〇七年から一九一三年にかけてである。
(24) 注(9)に同じ。
(25) 大逆事件の大検挙が行われたのは一九一〇年五月である。「大逆罪」とは刑法七三条、天皇や皇室に対する危害、あるいはそれに関わるものをいう。一九四七年(昭和二二)にようやく削除されるまでの長きにわたり、効力をもっていた。
(26) 公判は一二月一〇日に行われて、一月一八日には判決が下されるという異例のスピード判決であった。
(27) 拙稿「森鷗外の翻訳と『沈黙の塔』――「危険なる洋書」・発禁問題・メディアとの争闘」(『日本における翻訳文学(研究篇)』所収、大空社、二〇〇九年一一月)参照。
(28) 一九一〇年一一月の「三田文学」に掲載された。

付記　本稿は、大阪大学で開催された二〇〇九年度日本比較文学会全国大会での研究発表をもとに加筆したものであり、二〇〇八年～二〇〇九年度科学研究費基盤研究B(課題番号10885295)の研究成果の一部である。資料の作成にあたっては、富山大学人文科学研究科大学院修了生の今村郁夫さんをはじめ学生の協力を得た。記して感謝申し上げたい。

資料5 『椋鳥通信』の「スバル」における掲載年月日と頁行数

回	頁	発信日	「スバル」発行日	「スバル」巻号
1	3〜5	1909年1月16日	1909(明治42)年3月1日	第1年第3号
2	5〜10	2月6日	4月1日	第4号
3	10〜15	3月12日	5月1日	第5号
4	15〜25	4月5日	6月1日	第6号
5	25〜43		7月1日	第7号
6	43〜54	6月5日	8月1日	第8号
7	54〜60	7月4日	9月1日	第9号
8	60〜77	8月13日	10月1日	第10号
9	77〜87	9月3日	11月1日	第11号
10	87〜97	10月8日	12月1日	第12号
11	97〜110	12月13日	1910(明治43)年2月1日	第2年第2号
12	110〜135	1910年1月6日	3月1日	第3号
13	135〜161	1月28日	4月1日	第4号
14	161〜187	3月5日	5月1日	第5号
15	187〜209	4月13日	6月1日	第6号
16	209〜239	5月7日	7月1日	第7号
17	239〜265	6月10日	8月1日	第8号
18	265〜291	7月7日発及電報	9月1日	第9号
19	291〜331	8月6日発及電報	10月1日	第10号
20	331〜351	通信及電報(およそ8月6日発〜10月6日)	11月1日	第11号
21	351〜368	通信及電報(およそ9月13日発〜11月8日)	12月1日	第12号
22	368〜382	およそ10月9日〜10月22日	1911(明治44)年1月1日	第3年第1号
23	382〜416	およそ10月23日〜12月9日	2月1日	第2号
24	416〜432	1911年1月9日	3月1日	第3号
25	432〜453	2月5日	4月1日	第4号
26	453〜472	3月4日	5月1日	第5号
27	473〜486	4月4日	6月1日	第6号
28	486〜508	5月1日	7月1日	第7号

29	508〜538	6月2日	8月1日	第8号
30	538〜563	7月1日	9月1日	第9号
31	563〜580	7月30日	10月1日	第10号
32	580〜595	9月1日	11月1日	第11号
33	595〜606	10月1日	12月1日	第12号
34	606〜636	12月1日	1912(明治45)年2月1日	第4年第2号
35	636〜657	12月25日	3月1日	第3号
36	657〜668	1912年1月23日	4月1日	第4号
37	668〜683	2月28日	6月1日	第6号
	683〜699	3月31日	〃	〃
38	699〜711	5月2日	7月1日	第7号
39	711〜722	6月1日	(大正元年) 8月1日	第8号
40	723〜730	6月30日	9月1日	第9号
41	730〜737	8月17日	10月1日	第10号
42	737〜741	9月8日	11月1日	第11号
43	741〜749	10月13日	12月1日	第12号
44	749〜751	10月27日	1913(大正2)年1月1日	第5年第1号
45	752〜759	12月1日	2月1日	第2号
46	759〜766	1913年1月3日	3月1日	第3号
47	766〜773	2月1日	4月1日	第4号
48	773〜780	3月3日	5月1日	第5号
49	780〜786	3月30日	6月1日	第6号
50	786〜791	4月21日	7月1日	第7号
51	791〜800	5月18日	8月1日	第8号
52	801〜810	6月22日	9月1日	第9号
53	811〜818	7月28日	10月1日	第10号
54	818〜830	8月31日	11月1日	第11号
55	830〜840	10月5日	12月1日	第12号

※表中の頁は『鷗外全集』第27巻（岩波書店）の頁数を表す。

二十年後の海外通信員

『舞姫』と『椋鳥通信』

『舞姫』（「国民之友」第六巻六九号新年附録、一八九〇年一月）については多様な研究があるが、本稿では太田豊太郎が免官後に海外通信員になったことに注目したい。(1)『舞姫』の二十年後には鷗外自身が海外情報を紹介する『椋鳥通信』を明治四十二年（一九〇九）三月から「スバル」に連載している。そこで本稿では、『舞姫』について『椋鳥通信』との連関から考察を深めていきたい。

一　紀行文

『舞姫』は、回想形式の小説である。冒頭、狂気に陥ったエリスをドイツに残し、太田豊太郎は寄港地の「セイゴン」に繋留されている船上にある。船旅に飽いた船客たちは陸地のホテルに宿泊し、豊太郎ひとりが船に残っている。深い憂愁のなかで豊太郎は、五年前ドイツに向う途上やはり「セイゴン」に寄港した時の自分の姿を回想する。その時の自分は宿願であった「洋行」が官命により認められ、意気揚々と船上にあった。しかし、現在、振り返ると、その頃の自分の姿は恥多いものとしか見えない。何故であろうか。

このセイゴンの港まで来し頃は、目に見るもの、耳に聞くもの、一つとして新ならぬはなく、筆に任せて書き記しつる紀行文日ごとに幾千言をかなしけむ、当時の新聞に載せられて、世の人にもてはやされしかど、

やされしかど、今日になりておもへば、穉き思想、身のほど知らぬ放言、さらぬも尋常の動植金石、さては風俗杯をさへ珍しげにしるしゝを、心ある人はいかにか見けむ。

ドイツに留学するために「セイゴン港まで来し頃」の豊太郎は、「洋行」の誇りと喜びで一杯だった。「目に見るもの、耳に聞くもの、一つとして新ならぬはなく」、船旅で見聞した事象を細大漏らさず紀行文として新聞に寄稿していた。「世の人にもてはやされ」、紀行文はそれなりの評判にもなっていた。しかしながら、五年を経て帰国する現在の豊太郎には、その頃の紀行文は「穉き思想、身のほど知らぬ放言」であり、それらを書き散らしていた自分の姿も恥ずべきものとなっている。

ドイツへ向う途上で自ら著した紀行文に対する現在の豊太郎のこのような自嘲は、ドイツで重ねた五年の歳月によるものと言えるであろうが、自己卑下の大きさが読者に強い印象を与える。もちろん、自己卑下には、エリスを捨ててきてしまった自分の心の「頼みがた」さ、「変りやす」さの自覚がある。自らの存在の核心を「弱き心」として把握する現在の立場がある。

五年前に書いた自身の紀行文に対する批判に注目するならば、豊太郎が強く否定しているのが、紀行文の具体的内容であることがわかるであろう。紀行文で開陳している思想・感想が幼稚で放言としか言いようなく、自然や人情風俗についての観察が表面的で月並みである、と帰国する途上の現在の豊太郎は考える。すなわち、今の豊太郎ならばあのような紀行文は書かないだろう、という気持ちになっている。

もちろん、罪責感にさいなまれている今の豊太郎には紀行文を書くつもりはない。それどころか、内面の感情を直接に吐露する日記すら書こうという意欲もない。

こたびは途に上りしとき、日記ものせむとて買ひし冊子もまだ白紙のまゝなるは、独逸にて物学びせし間に、一種の「ニル、アドミラリイ」の気象をや養ひ得たりけむ、あらず、これは別に故あり。

日記を書こうとする意欲もなくなるほど、豊太郎の内面は空虚になっていて、冊子のページそのままに白紙である。そのような状態の彼にいわんや紀行文が書けるはずはない。だがここで注意しなければならないのは、豊太郎が五年前の紀行文を分析して、批判していることである。その批判は一面では厳しすぎるが、正確なものである。それならば、豊太郎はどのような紀行文を自分が書いていたら、今でも認めることができるのだろうか。

そのことを考えるために、まず豊太郎は何をするためにドイツに留学したのか、という基本的な問題を考えておかねばならないだろう。それも、「官命」が書かれている公文書の文面の次元での留学目的ではなく、彼の内面に則した留学目的を理解しなければならないであろう。

二　留学の目的

豊太郎は幼い頃から成績優秀で、大学法学部に入ってからも首席を通し、中央官庁に勤めることになった。父親を早くに亡くした豊太郎にとって、苦労をかけた母親に報いるため、立身出世の近道である官僚になることに何の違和感もなかったであろう。上司に認められ、「洋行して一課の事務を取り調べよ」と命じられ、ドイツ留学をすることになった。そこで、豊太郎はドイツの省庁で実務を研修したが、日本の省の許可を得て「ところの大学に入りて政治学を修めむと」大学に登録した。大学とはベルリン大学法学部である。ベルリン大学は十九世紀初頭（一八〇九年）にヴィルヘルム・フンボルトを中心にして創設され、欧米の諸大学のモデルになった名門大学である。しかも、法学部は、かつてのプロイセン、統一後はドイツ帝国の優秀な官僚を養成するための機関であった。

ところで、豊太郎は法学部で何故法律学ではなく、政治学を修めようとしたのだろうか。日本の中央官庁で働いているからには、まず法律学を学ぶことが要請されるのではないだろうか。しかしながら豊太郎は法律学ではなく、政治学を専攻することにした。だが、政治学を専攻してからの戸惑いを豊太郎は次のように書いている。

大学のかたにては、稚き心に思ひ計りしが如く、政治家になるべき特科のあるべうもあらず、此か彼かと心迷ひながらも、二三の法家の講筵に列ることにおもひ定めて、謝金を収め、往きて聴きつ。

右の引用部分から豊太郎は政治学科で学び、「政治家」になろうという密かな野心を抱いていたことがわかる。しかし、当然のことながら政治学科で学ぶのは学問としての政治学であり、政治家になるための近道が教えられるわけではない。のちにマックス・ウェーバーが『職業としての学問』(2)で述べているように、学問としての政治学は「価値自由」であり、何らかの政治的主張が教えられるわけでも、その主張の正しさが教えられるわけでもない。結局、豊太郎は政治学の科目の履修をあきらめ、「法家の講筵」すなわち法律学の科目を二、三聴講することになる。

それにしても、エリスとの恋の破局において自らを「弱き心」と把握した豊太郎が、ドイツに来た頃は政治家になろうという密かな野心を抱いていたことは特筆すべきことであろう。もっとも、新興ドイツ帝国の首都ベルリンに初めて立ったときの自分の姿を豊太郎はすでに次のように描写していた。

余は模糊たる功名の念と、検束に慣れたる勉強力とを持ちて、忽ちこの欧羅巴の新大都の中央に立てり。

この時に豊太郎が抱いていた「模糊たる功名の念」の内実には多様なものが想定されるが、そのひとつに政治家になることもあったと言えよう。しかしながら、ベルリン大学で政治学を専攻したときには、どのような政治家になりたいと思っていたのか、ということは具体的に記されていない。日本で法学部に入学したのが官僚として立身出世するためだったとするならば、ベルリン大学で政治学を専攻したのも政治家として立身出世するためであり、いずれの場合にも、どのような官僚になるのか、どのような政治家になるのか、という問題意識はないことに注目したい。

帝国日本の近代化・発展に歩調を合わせた官僚なり政治家になればいいのであって、何らかの定見を持った官僚ないしは政治家になる必要は感じていないのである。もちろん、そのような志向の背景には、父親亡きあと苦労して自分を育ててくれた母親の恩に報いたいというひたすらな思いがあった。

このような豊太郎にも、ベルリン滞在が三年を閲す頃に変化が訪れてくる。これまでの豊太郎は「ただ所動的、器械的の人物」であった。幼くしては父親の教え、父親の死後は母親の教え、さらには周囲の叱咤激励に従い勉強に励み、省庁に勤め始めてからは、「官長」の励ましに従い勤勉に勤務してきた。しかし、その豊太郎の心に激変が訪れる。

今二十五歳になりて、既に久しくこの自由なる大学の風に当たりたればにや、心の中なにとなく妥ならず、奥深く潜みたりしまことの我は、やうやう表にあらはれて、きのふまでの我ならぬ我を攻むるに似たり。余は我身の今の世に雄飛すべき政治家になるにも宜しからず、また善く法典を諳んじて獄を断ずる法律家になるにもふさはしからざるを悟りたりと思ひぬ。

二十五歳になったところで、内奥に潜んでいた「まことの我」が表面に現れ、豊太郎は政治家志望と法律家志望をふさわしいものとは思わなくなったのである。その理由としてあげられているのは、「既に久しくこの自由なる大学の風に当たりたればにや」という体験である。「自由なる大学の風」とは、具体的には大学における「学問の自由」や「教授の自由」を指している。ベルリン大学は先に述べたようにヴィルヘルム・フンボルトを中心にして創設されている。フンボルトが創設の際に、大学の最も重要な理念としてあげたのが、「大学の自由」、すなわち国家権力からの独立であり、その内実は「研究の自由」および「教授の自由」であった。「大学の自由」の理念は、ドイツの他の大学にも移植され、ドイツの大学の伝統になっていった。

そのようなドイツの「自由なる大学の風」に当てられることで、豊太郎はこれまで自分が受けてきた教育や指導など自らの生の根底を問い直すことになる。

余は私に思ふやう、我母は余を活きたる辞書となさんとし、我官長は余を活きたる法律となさんとしけん。辞書たらむはなほ堪ふべけれど、法律たらんは忍ぶべからず。

豊太郎はドイツ語のみならずフランス語も修得していて、天方伯がドイツに来たとき、相沢謙吉の斡旋でドイツ語の通訳の任務をまっとうし、さらに天方伯に随行したロシア・ペテルブルクでは外交の言語であるフランス語も駆使した。母親が望んだような「活きたる辞書」の役目を完璧に遂行したのである。他方、官長の望むような「活きたる法律」の役目は「忍ぶべからず」と記されている。「辞書」はただ言語を通じさせる役目にしか過ぎないのに対して「法律」は人の生死を決めるような大きな社会的影響力を持つからであろう。豊太郎はその時から官長に対する態度もまったく変えてしまう。

今までは瑣々たる問題にも、極めて丁寧にいらへしつる余が、この頃より官長に寄する書には連りに法制の細目に拘ふべきにあらぬを論じて、一たび法の精神をだに得たらんには、紛々たる万事は破竹の如くなるべしなどゝ広言しつ。又大学にては法科の講筵を余所にして、歴史文学に心を寄せ、漸く蔗を嚼む境に入りぬ。

豊太郎はこれまで「活きたる法律」そのものとして、官長の質問に対し、法律の細かな内容を即答してきたのだが、今や「法の精神」こそが肝心である、と高言するようになる。「法の精神」とは何であろうか。三権分立の思想を確立したフランスのモンテスキューの著書『法の精神』が連想されるが、豊太郎はベルリン大学で学んでいるのでいささかふさわしくない。「法の精神」は、しかしながらモンテスキューの専売特許ではなく、ドイツの法律学でも問題となっていた。とりわけ、豊太郎のベルリン留学期には、「法の精神」、法とは何か、という問題はドイツの法学界で大きな問題となっていたのである。

ドイツが統一した際（一八七一年）に、統一ドイツの法律をどのようなものにするかが課題だった。大小取り混ぜて多くの国に分れていたドイツでは、法律もそれぞれの国でばらばらであった。したがって、統一ドイツの法律をどのようなものにするかということは、大きな課題となっていたのである。

具体的には二つの立場があった。[3] 古代ローマ人の法、ローマ法を中心にすべきだというロマニステンと、ドイツ人の祖先であるゲルマン人の法、ゲルマン法を中心にすべきだというゲルマニステンの二派である。両者は統一民法典の制定などをめぐって激しい論争を繰り広げた。このように、豊太郎が留学した新興ドイツ帝国では、「法の精神」は観念的な問題ではなく、現実的な課題であったのである。

これに反して、明治の日本では法律はあくまでドイツなど欧米先進国から輸入したものであった。法整備は、日本帝国が欧米先進国と対等な近代国家として認めてもらうための通行証のようなものである。初代司法卿の江藤新平が「誤訳をまた妨げず、ただ速訳せよ」とフランスの法律の和訳を急がせ、そのまま日本法にしようとした、というエピソードがこの間の事情を示している。[4]

結局、豊太郎は大学での科目履修では、法学部から離れ「歴史文学」に心を寄せるようになった。法律学から歴史学・文学への転換は突飛なものに思われるが、この急変の背景には、ゲーテの生涯が連想されているのではないだろうか。ゲーテは父親の厳命により、法律学を専攻することになった。しかし、ライプツィヒ大学に入学したゲーテは法律学に興味を持つことができず、法律学の購義から次第に足が遠のくようになり、もともと興味のあった古典芸術や文学の講義を聴講するようになった。このような経緯をゲーテは自伝『詩と真実』[5] のなかで書いている。豊太郎の大学での聴講科目の急変には、このようなゲーテの経歴が反映されているのではなかろうか。

さて豊太郎は、自分の勤務態度の変化に対する官長の反応について次のように記す。

官長はもと心のまゝに用ゐるべき器械をこそ作らんとしたりけめ。独立の思想を懐きて、人なみならぬ面もちしたる男をいかでか喜ぶべき。危きは余が当時の地位なりけり。

官長としては当然の反応と言うべきか、法律の条文を都合よく吐き出す「器械」と思っていた部下の豊太郎が、「独立の思想」を抱いて主張する人間に急変してしまったわけだから、戸惑いかつ受け入れられなかったのである。何故なら明治日本政府は法律を人民統治の道具としてしか見ていなかったので、「法の精神」といった原理的な問題を口にする「独立の思想」を抱いた官僚は厄介な存在以外の何者でもなかった。

以上のように見てくると、豊太郎の留学の目的はそれでは一体何だったのか、という問いが沸きあがる。公文書に書かれている留学目的としては実務研修であり、豊太郎の内心の目論見としては政治家として立身出世するための政治学であった。ところが、ベルリンで大学の自由の風に当たることで、「法の精神」を問題にするようになり、精神の学問である文学や歴史学に関心を移すようになっていた。このような豊太郎の留学目的の変遷を安易なものと決めつけることも可能かもしれないが、逆にそこにある種の必然性を見ることもできるだろう。彼がベルリンで本当に学びたいと希求したものは何なのか、それを次に考察していきたい。

三 「民間学」と海外通信員

「独立の思想」を抱いたため官長の不興を買い、またエリスとの関係を留学生仲間に讒言されたことにより、豊太郎は免官されてしまう。豊太郎の免官が東京の官報に掲載されたことで、友人の相沢謙吉は豊太郎の生活費を心配し、新聞社の編集長を説得して、豊太郎をベルリン通信員にしてもらった。「政治学芸の事など」を伝える海外通信員である。

豊太郎は東京に送る記事の材料を探すためにカフェーに出かけ、各種の新聞を手当たり次第に読んで記事になりそうな材料を探す。新しい仕事の日々は次のように描かれる。

> 昔しの法令条目の枯葉を紙上に掻寄せしとは殊にて、今は活溌々たる政界の運動、文学美術に係る新現象の批評など、彼此と結びあはせて、力の及ばん限り、ビヨルネよりは寧ろハイネを学びて思を構へ、様々の文を作りし中にも、引続きて維廉一世と仏得力三世との崩殂ありて、新帝の即位、ビスマルク侯の進退如何などの事については、故らに詳かなる報告をなしき。

この長い一続きの文には、興味深い情報が詰まっている。まず豊太郎が免官されたことを悲しんでいるばかりでないことがわかる。省での仕事は「法令条目の枯葉」をかき集めるような生気のない単純作業であった。ところが、現在取り組んでいるドイツの新聞記事を日本に紹介する作業は、活発に変化する政界の動きや文学美術での新しい運動を紹介するなど生気にあふれた創造的な営みとなっていることが示されている。

「ビヨルネよりは寧ろハイネを学びて思を構へ」というのは分かりにくいところである。ビョルネ(ベルネ)[6]もハイネも、青年ドイツ派のユダヤ人文学者で体制批判のために。パリに亡命した。ふたりとも保守的なドイツの政治体制を批判する海外通信をパリから書き送っている。ベルネではなくハイネを学ぶべき模範にしたというのは、恐らく文体の問題が中心だろう。ハイネの詩的かつ風刺の強い文体を、ベルネの単純な文体よりも重視したということであろう。風刺の衣をまぶせることで体制批判の鋭さも増すのである。

さらに、豊太郎が送った記事として唯一具体的にあげられているものが、統一ドイツ帝国初代皇帝ヴィルヘルム一世の死、その跡継ぎの息子フリードリヒ三世の急死と孫のヴィルヘルム二世の皇帝就任、さらにヴィルヘルム二世と宰相ビスマルクとの軋轢という一連の事態なのも興味深い。青年の客気に満ちたヴィルヘルム二世は、二年後老練な宰相ビスマルクを解任してしまう。これにより新興ドイツ帝国の外交は列強との協調路線から、帝国主義的拡大路線に舵を切ることになり、第一次世界大戦の遠因ともなる。このようなドイツ近代史の決定的な転換期を豊太郎は見逃さず詳細に伝えているのである。

海外通信員の仕事により豊太郎はわずかにせよ収入を得ることができるようになり、つつましいながらエリスとの生活は安定したものとなった。だが、学費を払えなくなったため、大学は退学せざるを得なくなる。

我学問は荒みぬ。されど余は別に一種の見識を長じき。そをいかにといふに、凡そ民間学の流布したることは、欧州諸国の間にて独逸に若くはなからん。幾百種の新聞雑誌に散見する議論には頗る高尚なるも多きを、余は通信員になりし日より、曾て大学に繁く通ひし折、養ひ得たる一隻の眼孔もて、読みては又読み、写しては又写す程に、今まで一筋の道をのみ走りし知識は、自ら綜括的になりて、同郷の留学生などの大かたは、夢にも知らぬ境地に到りぬ。彼等の仲間には独逸新聞の社説をだに善くはえ読まぬがあるに。

退学し学問とは縁遠くなってしまったものの、その代償として得たものがある。「一種の見識」である。「見識」の中身は、「民間学」に関わる。「民間学」とは何を指すのであろうか。「民間学」は、「官学」に対立する概念である。官立の大学で研究・教育される学問に対して、新聞雑誌を中心にした民間人の手による論説の類いである。豊太郎によると、ドイツほど「民間学の流布し」ている国は他にはない。

ちなみに、『舞姫』を独訳したヴォルフガング・シャモニー(7)は、「民間学」という単語をPopulärwissenschaftと訳している。「民衆に分かりやすい学問」や「民衆に人気のある学問」という意味である。ここで連想されるのは、十八世紀の啓蒙主義の時代に流行したPopulärphilosophieである。やはり「民衆に分かりやすい哲学」という意味だが、日本語で「通俗哲学」と訳されるように、カントらの講壇哲学に対して一段低いものとして見られていた。レッシングの友人のユダヤ人哲学者モーゼス・メンデルスゾーンなどが代表者である。メンデルスゾーンはユダヤ人であるために大学の講壇に立つことはなかったが、彼の哲学的

著作は当時、ドイツでは驚異的なベスト・セラーとなっている。(8)

「民間学」として想定されているものは、例えば先程のハイネやベルネといった「青年ドイツ派」文学者の系譜で、彼らは反動的なドイツの体制に対してジャーナリズムを中心として鋭い批判の矢を放った。このような啓蒙主義や青年ドイツ派の伝統から、「官学」や時の権力に対して批判的な知識人が生まれてきた。マルクスもそのひとりである。ジャーナリズムを舞台にした「民間学」の担い手から生まれた論説は、豊太郎の書いているように「頗る高尚なるも多」かった。

ドイツでは新聞の文芸欄はフェイェトーン（Feuilleton）と呼ばれ、文芸欄執筆者はフェイェトニストと呼ばれ、彼らの書くものには権威がある。そもそもドイツの新聞雑誌は、報道よりも論説を重視して、一流の新聞雑誌の場合には、その論説が国民の世論形成にきわめて大きな影響を与えることが多い。

豊太郎は、新聞雑誌のそれら「高尚な」論説に接することで、「官学」で得ることのできない「見識」を獲得することができた。豊太郎はこの新しい見識を「綜括的」と呼ぶ。反対に、これまで大学で修めてきた学問を「一筋の道のみ走りし知識」と反省する。すなわち蛸壺化した狭い専門知識しか得ていなかった、というのである。ところが、新聞雑誌で多様な「民間学」の論説を読むなかで、これまでの狭い知識、ばらばらの知識が互いに関連を持ち始め、高い視点を持つことができた。これを「綜括的」と呼んだのである。

そもそも外国の新聞の社説を理解するためには時事問題についての知識と、それを評価する判断力がなければならない。「綜括的」となった知識を得て留学生仲間からすれば「夢にも知らぬ境地」に到達した豊太郎から見ると、新聞論説もろくに読めないような仲間たちは問題にならない。免官になり大学も退学し、立身出世争いに落伍した豊太郎が、ここでは逆に留学生仲間をはるか下に見ていることになる。

しかしながら、豊太郎は新聞の海外通信員としての収入でエリスとつつましく暮らすという生活を捨て、相沢謙吉の斡旋により天方伯の通訳をしたことから、結局彼らとともに帰国の途に就く。赤ん坊を死産して狂気に陥ったエリスも捨てて(9)豊太郎の海外通信員としての仕事も永久に途絶したのである。否、本当に永久に途絶したのであろうか。そうではなかった。およそ二十年後に海外通信員の仕事は再開されることになる。

四 『椋鳥通信』が伝えようとしたもの

豊太郎が海外通信員としての筆を折ってからおよそ二十年後の明治四十二年（一九〇九）三月に、海外通信員の仕事は再開された。今度はしかし太田豊太郎ではなく、作者森鷗外が匿名の海外通信員として筆を取ることになった。『椋鳥通信』の執筆者として。

『椋鳥通信』は雑誌「スバル」に明治四十二年（一九〇九）から大正二年（一九一三）まで五十五回にわたり連載された海外事情の紹介記事である。執筆者は鷗外であるが、「無名氏」という署名で掲載されている。(10)軍医総監として忙しいなか鷗外はどうしてこれほどまでに熱心に『椋鳥通信』の執筆を続けたのだろうか。

『椋鳥通信』に目を通そうとすると、まず膨大な記事の量(岩波版『鷗外全集』では続編も含み約九百頁にも及ぶ)に圧倒される。内容についても、その多様さに驚かされる。例えば、第一回目の通信記事は十五項目だが、その内容は、パリの名優の死、仮面舞踏会の化粧が変化した、ドイツ議会で男女の裸体の展示や写真が風俗壊乱にあたるかどうか議論された、コナン・ドイルが大手術を受けた、絵画の贋作が盛んになった、トリノの商人が見た芝居に刺激されて妻を射殺して自殺した、等々である。これらを整理すると、(A)文学者や俳優の消息(特に病気や死)、(B)文学・演劇・美術をめぐる諸事件、(C)学術講演、(D)芸術と裁判・政治、(E)風俗・流行、(F)犯罪、に分類できるだろう。

このような紹介記事の多様さは驚きの一語である。『舞姫』において豊太郎は自らの海外通信について「活潑々たる政界の運動、文学美術に係る新現象の批評など、かれこれと結び合わせて」紹介した、と書いているが、鷗外の『椋鳥通信』の記事はまさに多種多彩である。一年後には二〇〇項目以上になる。『椋鳥通信』には動植物鉱物に関する記事はほとんどないものの、鷗外は、筆を風俗・流行・犯罪にも多く向けている。どうして鷗外はこのように種々雑多な海外事情を紹介しようとしたのだろうか。

『椋鳥通信』については別稿で論じているので[11]急ぎ足でまとめることにする。鷗外は、欧米文化を理解するためには、豊太郎の獲得したような「総括的」な見識が必要だと考えていた。文化現象や社会現象を個別に取り上げても、それぞれの現象の持つ真の意味は理解できない。それらを総体として取り上げなければ、異文化は理解できない。したがってポルトガル革命から浮気が原因の殺人事件まで、忙しい日常のなか寸暇を盗み、倦むことなく鷗外は海外事情の紹介を続けたのであった。あたかも豊太郎が筆を擱いてからの空白の時間を取り戻すかのように。

ここで特に指摘しておきたいことがある。それは、『椋鳥通信』における鷗外の海外事情紹介が明確に戦略的なものであったことだ。[12] 端的な例をあげるならば、ドイツ語やフランス語の文章がそのままで引用され、和訳されていない箇所がある。

最初は明治四十四年(一九一一)一月九日発の記事で、明治四十三年(一九一〇)十月十一日に催されたベルリン大学創立百周年記念祝賀会を紹介したものである。ヴィルヘルム二世の祝辞、学長、首相や歴史学教授の祝辞がドイツ語原文で掲載されている。それらの祝辞に共通するのは、「大学の自由」、「学問の自由」、「教授の自由」はベルリン大学の伝統であり、今後も守り育てなければならない、というものである。これは、大学人の側から述べられるだけでなく、権力者の側からも述べられている。

皇帝ヴィルヘルム二世の祝辞からは次のような箇所がドイツ語のままで引用されている。該当のドイツ語の箇所の訳は以下のようになる。

これからもベルリン大学がフンボルトがみごとに表現したように、内部から変革し個性をなす純粋な学問を育てるという素晴らしい特権を行使するように願う。自らに掟を与えるという高貴な自由において、また全人類に与えられた宝物の管理者であるという気高い感情のもと、ベルリン大学がそのように振る舞うことを願う。

二箇所目は次頁の資料1に示したように明治四十三年（一九一〇）十月十五日、「ベルリナー・ターゲブラット」紙の記事である。ベルリン警察が自由劇場の興業禁止を命じたことに対して、抗議する「大會議」があったことを紹介する箇所である。決議文の最後のところがドイツ語そのままで引用されている。訳は以下のとおり。

本会議は次のような確信を抱いている。国民の精神生活は警察の監督を受ける必要はない。また完全な自由のなかにおいてこそ精神生活は豊かに発展することができるのである。したがって本会議は、自由劇場が検閲を受けないという自由を回復することを求めるのみならず、時代遅れになった劇場検閲一般を廃止することを求めるものである。

自由劇場に対する検閲だけでなく、劇場検閲一般の廃止を求める画期的な決議である。

フランス語を和訳なしで引用している箇所を見てみよう。明治四十四年（一九一一）二月五日発の記事である。「プロイセンは學殖ある豪士とArtur Beckerを苛刑に處して物議を醸してゐる」という紹介文のあとに、啓蒙思想家ヴォルテールの言葉がフランス語で引用されている。訳は以下のようになる。

あなたは神に反することを書いた。それはとても悪いことである。しかし神はあなたを許すであろう。あなたはイエス・キリストに反することを書いた。それはもっと悪いことである。しかしイエス

中略

Freie Volksbühne und Zensur.

Protestversammlung gegen die Zensurverordnung des Polizeipräsidenten.

(Eigener Bericht für das „Berliner Tageblatt“)

中略

die größte und die einschneidenste Bedeutung.

Dann trat Alfred Kerr an das Rednerpult. Er sprach nicht frei, aber seine Ausführungen waren voll Humor und feinem Geist.

中略

ten Gefährlichkeiten in Kunst und Literatur dächten, das könne man am besten daraus erkennen, daß die Berliner Universität es abgelehnt habe, zwei „Prachtkerle“, wie Hauptmann und Liebermann, zu Ehrendoktoren zu machen. Mit lauten und lebhaften Pfuirufen quittierte die Versammlung über diese Mitteilung.

中略

Resolution

angenommen:

„Die Versammlung bedauert auf das Lebhafteste, daß der Oberpräsident der Provinz Brandenburg die berechtigte Beschwerde der Freien Volksbühne gegen die Zensurverfügung des Polizeipräsidenten verworfen hat. Solche Maßregeln der Verwaltung gegenüber einem verdienten volkstümlichen Kunstinstitut gleich der Freien Volksbühne sind geeignet, die in den Massen der Bevölkerung ohnehin schon vorhandene Mißstimmung noch zu vermehren. Die Versammlung ist der Ueberzeugung, daß das Geistesleben der Nation keiner polizeilichen Oberaufsicht bedarf und sich nur in voller Freiheit segensreich entwickeln kann. Sie fordert daher nicht nur die Wiederherstellung der in zwanzigjähriger Praxis bewährten Zensurfreiheit der Freien Volksbühne, sondern die Beseitigung der veralteten Theaterzensur überhaupt.“

資料1　「ベルリナー・ターゲブラット」1910年11月15日朝刊3頁　Freie Volksbüne und Zensur　下線部分が鷗外が報じた箇所。並びに下段は引用された独文。
「ベルリン警察が興行禁止権を自由劇場に適用した件で、大会議があつた。決議の末文は左の通りである。（一番下の枠で囲んだ部分と同文の独文が引用されている）此会議で Alfred Kerr はベルリン大学で Hauptmann, Liebermann 二人に名誉学士を贈らなかつたのを冷評した。」（『鷗外全集』第27巻、394頁）

はあなたを許すであろう。しかし、お偉方に反対することを書いてはならない。彼らは決してあなたを許さないから。

大逆事件で明治四十四年（一九一一）一月十八日に死刑判決を受けた幸徳秋水ら十二名が、早くも一月二十四日と二十五日に処刑されたことを考えると、鷗外が唐突にヴォルテールの言葉を引用したこと、しかもフランス語のままで引用したことの意味は明らかだろう。

以上のように、『椋鳥通信』を熱心に書き続けた鷗外の意図が単なる海外事情の紹介だけではなかったことが見えてくる。大逆事件前後の日本社会の閉塞状況に批判的な目を向け、小さくとも風穴を開けようとする意図があったものと考えられる。『椋鳥通信』に、検閲の問題や「大学の自由」、「思想の自由」に関わる記事が多いことも、このような意図から理解できるだろう。そのような意図は、パリから反動的なドイツ体制を批判する海外通信を書き続けたハイネやベルネの姿勢につながるものである。

そこで『椋鳥通信』から逆に、豊太郎が書いていた海外通信の記事が想像できるのではないだろうか。近代国家として認められるために形式的な法整備を急ぎ、市民的自由など無視して強権的な国家作りに邁進する母国・日本に対する批判的視線がそこにはあったであろう。二十年後の鷗外の海外通信から豊太郎の通信記事の内容が想像される。『椋鳥通信』のような日本社会の閉塞状況を批判する意図を密かに持った海外通信を書き続けることは、しかしながら、豊太郎のような免官された一介の浪人には無理がある。そもそも『椋鳥通信』のような記事を書き続けることは許されなかったであろう。

五　エリスと海外通信

最後に海外通信員としての豊太郎とエリスとの関係について触れておきたい。何故、豊太郎はエリスを捨て帰国する道を選んでしまったのだろうか。その原因の一つに豊太郎が海外通信員としての仕事をまっとうできない予想を持ったことをあげることができるだろう。豊太郎は自分の書く海外通信記事が明治日本国家に受け入れられない、と予想したのではなかろうか。亡命したハイネは、パリから通信記事を書く際にドイツの読者層をある程度は当てにすることができた。ところが、豊太郎はそのような展望を明治日本の読者に対して持つことはできなかったのではなかろうか。

鷗外は雑誌「新著月間」のインタビュー記事「作家苦心談[13]」のなかで、『舞姫』について「風俗とか土地とか云ふものには、幾等か注意をしてかいた積りです、日本から行ッた貧乏な書生で、新聞社の通信員などして暮す人は随分ありますから」と語っている。生活に困窮した豊太郎のようなアルバイトの海外通信員は実際に何人もいた。しかしながら、それらの生活に追われた貧乏書生の書く海外記事にはドイツの「民間学」の「綜括的」な見識は見出せなかったであろう。

ところでエリスと豊太郎の関係で注目すべきなのは、異文化の背景を持ったふたりのコミュニケーションがきわめて自然なものであることだ。クロステル巷の古寺の門のところで泣いているエリスを見かけて、豊太郎は声をかける。

「何故に泣き玉ふか。ところに繋累なき外人は、却りて力を借し易きこともあらん」。これに対してエリスは答える。「君は善き人なりと見ゆ。彼の如く酷くはあらじ。又た我母の如く」。ふたりの会話はきわめて自然であり、異文化の障壁を感じさせない。豊太郎は、外国人の自分の方がエリスの窮状を理解して助けになるかもしれないと率直に口にする。エリスも、豊太郎の「黄なる面」に驚くことなく、あなたは善い人と見える、と素直に助けを求める。同国人の座主や、それどころか実の母親より信頼できそうだ、と言うのである。ドイツでは、後にヴィルヘルム二世により「黄禍論」が声高に主張されることになるのだが、エリスと豊太郎の関係は、むしろ豊太郎と日本人、エリスとドイツ人との関係よりも自然である。

豊太郎の言うように、様々なしがらみのない外国人同士の方が、お互いを理解しやすい場合もある。豊太郎が免官され、大学も退学した最大の危機の時に、エリスは豊太郎の苦悩を一番理解して、物心両面における支えになることができた。このように、近代日本の異文化との出会いを初めて小説で描いたとも言える『舞姫』において異文化接触の軋轢が描かれていないことは、特筆してよいであろう。

このことからも豊太郎はエリスが理解できなかったから別れたのではないことは明白である。ドイツやドイツ人という異文化に対して、豊太郎はほとんど理解する困難を感じていなかった。だからこそ、ドイツ文化を紹介する海外通信員という仕事に面白味を覚えていたのである。むしろ豊太郎の場合、困難は母国や同国人との関係のなかにあった。それはとりもなおさず作者、鷗外の感慨でもあったろう。

『椋鳥通信』において、鷗外は「無名氏」という署名で『椋鳥通信』を書き続けた。(14) 実際のところ、執筆者が鷗外であることは文壇ではほとんど周知の事実ではあったが。(15)「無名氏」はドイツあたりにいるという設定である。そして鷗外もまたこのフィクショナルな設定を楽しんでいたと思われる。自分がドイツにいる海外通信員でこの通信を書いていて、日本に送っている、という設定に。何故なら、「無名氏」は帰国せずにドイツに残った豊太郎であり、鷗外自身でもあるからだ。そして豊太郎や鷗外の傍らにはエリスなりエリーゼがいて、彼らの執筆する姿を暖かく見守っている。そのような海外通信員としての生活をドイツ留学中の鷗外も夢想したことがあったのではなかろうか。

注

（1）海外通信員に着目したのは、早くは小泉信三がいる。さらに小堀桂一郎（『若き日の森鷗外』（東京大学出版会、一九八一年）が注目し、近年では宗像和重が「森鷗外の在独通信――僩然居士『政界の波乱』第一報の検討」（「文学」一九八八年五月）でドイツ留学時代に鷗外自身が「読売新聞」に通信文を寄稿していたことを明らかにしている。この他、『椋鳥通信』との関連については、山口徹「文芸誌『スバル』における『椋鳥通信』――一九〇九年のスピード」（「早稲田大学教育学部　学術研究―国語・国文学編」五三号、二〇〇五年二月）などがある。

（2）マックス・ウェーバー『職業としての学問』（尾高邦雄訳、岩波文庫、一九九三年）。

（3）ハインリッヒ・ミッタイス『ドイツ法制史概説』（世良晃志郎訳、創文社、一九六六年）。

（4）杉谷明『江藤新平』（人物叢書、吉川弘文館、一九六二年）。

（5）Goethe; *Dichtung und Wahrheit*, Hamburger Ausgabe.

（6）Ludwig Börne（1786-1837）　パリに亡命し、ドイツの反動政治を風刺する『パリ通信』を著したユダヤ系のドイツの文学者である。清田文武「若き鷗外の『自由』の認識」（人文・社会科学編「新潟大学教育学部紀要」第一九号、一九七七年三月、後に『鷗外文芸の研究　青年期編』有精堂出版社、一九九一年）では、鷗外文庫を調査し、鷗外手沢本である『ハイネ全集』に「自由」という語の書き入れやFreiheitへの下線が多いことを指摘している。また『ベルネ全集』や『パリ通信』を通して、ドイツの出版、検閲に関わる状況を「多少とも捉えていた」と指摘している。

(7) Wolfgang Schamoni; *Im Umbau, Insel Verlag*, Frankfurt am Main, 1989.

(8) メンデルスゾーンはレッシングの『賢者ナータン』のモデルとも言われている。

(9) エリスの設定にはゲーテの『ファウスト』の影響を見ることができる。拙稿「舞姫のエリス」(『鷗外と〈女性〉』大東出版社、一九九二年)参照。

(10) 拙稿「森鷗外の『椋鳥通信』——『さへづり』・『沈黙の塔』へ」(「富山大学人文学部紀要」第五四号、二〇一一年二月)。

(11) 拙稿「『椋鳥通信』に見る鷗外の引用戦略——「市民的公共圏」を求めて」(「鷗外」第九一号〈生誕一五〇年記念号〉、二〇一二年七月)。

(12) 前掲注(11)拙稿。

(13)「作者苦心談(其十二)」の見出しに「鷗外漁史が『うたかたの記』『舞姫』『文づかひ』の由来及び逸話」の題が付され、「新著月間」第八号(一八九七年一一月)の「時文欄」に掲載された。

(14)『椋鳥通信』は「スバル」に「無名氏」の署名で(第六回のみ「无名氏」また第三八回は署名なし)連載された。表題は第一回が『椋鳥通信』、第二回以降「むく鳥通信」となった。この他にも「むく鳥電報」があり、「スバル」掲載の際「むく鳥通信」と同様「無名氏」の署名で掲載されている。

(15) 前掲注(10)参照。

付記　本稿は日本比較文学会第五十回記念東京大会での研究発表をもとに加筆したものであり、二〇一二年度科学研究費基盤研究(C)(課題番号二三五二〇二一七)の研究成果の一部である。

森鷗外とミュンヘン画壇

『独逸日記』から『椋鳥通信』まで

一　ミュンヘンでの出会い

森鷗外と西洋美術との出会いは、ドイツ留学に始まる。もちろん、それ以前にも鷗外は美術に対して一定の関心を持っていたと思われる。例えば、『独逸日記』の一八八五年五月一三日の分には、ドイツで初めて訪れた美術館であるドレスデンの美術館で有名なラファエロの聖母像を見た際の感激が記されている。「塑像館及画廊を観る。徳亭の画廊は世界の名画を収む。就中ラフアエルロ Rafaello の童貞女は余の久く夢寐する所なりしが、今に到りて素望を遂ぐることを得たり」。これまで長い間見たくて仕方なかったラファエロのマドンナの絵を見ることのできた感激が率直に表現されている。すでにマドンナ像を画集などで見て、実物を見てみたい、と思ったのであろう。

それにしても、キリスト教に関心を持っていたとは思えない鷗外が、なぜマドンナ像に強い興味を抱いたのであろうか。幼児キリストを抱いた品位に満ちたマドンナに、ひとりの母親の存在を感じたのであろうか。それとも憧れのヨーロッパの女性の理想像を見たのだろうか。(1) いずれにせよ、鷗外はここで西洋美術と幸福な出会いをすることができた。本稿では、その後の鷗外の西洋美術、とりわけドイツのミュンヘン画壇との関わりを『独逸日記』から『椋鳥通信』まで考察していきたい。

ドレスデンの美術館訪問のあとの美術関係の記述は、一八八五年一〇月一三日の日記の「画廊及伊太利画歴代画展覧会に至る。後者は皆写真図なり」である。イタリアの名画の展覧会を観に行ったのだが、その謳い文句とは裏腹に、展示されていたイタリアの名画はすべて実物ではなく、写真による模作であった。鷗外は恐らく失望したであろう。しかし、宿願であったマドンナの絵を観ることで、鷗外のなかに美術に対する関心が生まれたことが、ここからも読み取れる。もちろん、この段階での鷗外の美術に対する関心は、深い内的なものというよりも、まずは西洋美術史の概観をつかみたいという入門者の興味によるものであったろう。したがって、「伊太利画歴代画」という網羅的、カタログ的題目に引かれ、展覧会を訪れたものと考えられる。

『独逸日記』では、鷗外の美術に対する関心を決定的に高める出来事の記述が続く。一八八六年のミュンヘンでの日記である。

三月二十五日　画工原田直二郎《ママ》を其芸術学校街Akademiestrasseの居に訪ふ。直二郎は原田少将の子なり。油画を善くす。

美術に対する鷗外の関心を根本的に深めることになる画家原田直次郎（一八六三～一八九九年）との出会いである。その後も原田との交流は続く。八月一五日の日記には、原田の境遇について詳細に記されている。原田は、カフェ「ミネルワ」の女給だったマリイを愛人としていた。マリイは容貌が優れず、才気もなかった。他方、原田が美術学校にいたときに、エアランゲン大学教授の娘、チエチリア・プフアッツフに愛されていた。チエチリアはマリイと正反対の才色兼備の女性であった。ところが、原田はチエチリアではなく、マリイを選んだのである。これを鷗外は、「要するに原田の所行は不可思議と謂ふべし」と評し、「原田は素と淡きこと水の如き人なり。余平生甚だこれを愛す。故にその此の如き行あるや、余又甚だこれを惜む」と原田の人柄を愛するだけに、彼の選択を残念がっている。鷗外は原田の恬淡無欲な性格を愛し、親交を深め、帰国後発表した「うたかたの記」(『しがらみ草紙』一八九〇年八月)の主人公巨勢にその姿を留めることになる。

二 「美術都市」ミュンヘンの栄光と没落

『独逸日記』には、原田の絵を観にその下宿を訪れたことが記されている。(2) 残念ながら、鷗外が原田と絵画についてどのような会話を交わしたのか具体的記述はない。しかしながら、原田の私的生活について日記に詳細に書かれているので、鷗外が原田との濃密な交流のなかで、互いの専門についても話していたことは間違いないであろう。そこで、ふたりの会話を想像する手がかりとして、ミュンヘン画壇の状況について詳しく見てみたい。

そもそも原田はなぜ、例えば黒田清輝のように芸術の都であるパリではなく、ミュンヘンに留学したのであろうか。原田の兄の豊吉(3)は地質学者で一足早くドイツに留学していて、原田が教えを受けることになる画家ガブリエル・フォン・マックスとも懇意にしていた。そのような関係で、画家志望の弟直次郎に豊吉がミュンヘン留学を勧めたと考えられる。しかし、個人的なつながりがあったとしても、ミュンヘンが芸術家にとって魅力のある都市でなかったならば、原田はミュンヘン留学を決めなかったであろう。そもそも、ミュンヘンは画家志望の若者たちにとって魅力のある都市だったのだろうか。当時のミュンヘンの美術界の状況を具体的に見てみよう。

原田は鷗外よりも半年早く、一八八四年四月にミュンヘンに到着し、美術学校に聴講生として登録している。奇しくも、この時期はミュンヘンの美術界にとって転換期に当たっていた。一八六〇年代からミュンヘンはドイツのみならず国際的にも「美術都市」としての名声を享受するようになっていた。その頂点が一八六九年七月二〇日から開催された大展覧会であった。正式名称は、「ミュンヘン王立ガラス宮殿における第一回国際美術展覧会」である。この大展覧会には、ドイツ内外から四五〇〇点もの絵画や彫刻が集められ、ヨーロッパの美術界にとって画期的な展覧会となった。(4)

展示の中心となったのは、当時流行していた歴史画であったが、美術の新しい方向を示す絵画も展示されていた。それは、フランス・リアリズムの画家たちの作品であり、クールベ、コロー、マネらの絵であった。また、ドイツ絵画に大きな革新をもたらすことになるヴィルヘルム・ライブルの「ゲドン夫人の肖像」も展示された。当時二五歳のライブルは、ミュンヘンにやって来たクールベと会い、指導を受けることができた。ライブルはクールベの強い影響を受け、リアリズムの絵画の道を切り開き、一派を率いることになる。このように、一八六九年の大展覧会は新旧の美術作品を網羅的に展示し、ドイツのみならずヨーロッパ全体の「美術都市」としてのミュンヘンを印象づける催しとなった。

ところが、約三〇年後の一九〇一年に、ベルリンの『ターク（昼）』という雑誌で、ハンス・ローゼンハーゲンは「美術都市ミュンヘンの没落」という論文を書いた。[5]「美術都市」ミュンヘンは、わずか三〇年間でその絶頂から没落を経験することになった。

ここで、一九世紀後半のミュンヘン画壇の指導的画家たちを眺めておこう。カール・ピロティ（一八二六〜一八八六年）は、歴史画を代表する巨匠で、イタリア旅行後に描いた歴史画「ローマの大火のあとのネロ」や「ゲルマニクスの凱旋」などの大作で一世を風靡した。教師としての名声も高く、原田が学ぶミュンヘン美術学校の校長を勤め、多くの弟子を育てた。

ピロティの弟子の世代は、フランツ・レーンバッハ（一八三六〜一九〇四年）、ハンス・マカルト（一八四〇〜一八八四年）、ガブリエル・フォン・マックス（一八四〇〜一九一五年）の三人である。レーンバッハはピロティに学んだあと、絵画のコレクターとして著名なシャック伯爵の資金でイタリアとスペインに派遣され、巨匠たちの名画の模倣に努めた。その後、ウィーンで活躍し、ミュンヘンに帰還したとき、すでにレーンバッハは肖像画家として名声を博していた。ミュンヘンのアトリエからレーンバッハは、皇帝ヴィルヘルム一世、ビスマルク、ローマ法王などの著名人の肖像画を次々に世に送り出した。しかし、彼の描いた肖像画は、画家本来の視線によって人物の本質を掘り下げたもの、というよりも、大衆の嗜好に迎合したもの、という評価が現在では下されている。[6] ここで「美術都市」ミュンヘンの性格について考えておかなければならないだろう。レーンバッハの名声は、彼の絵画そのものの価値というよりは、彼の絵画の

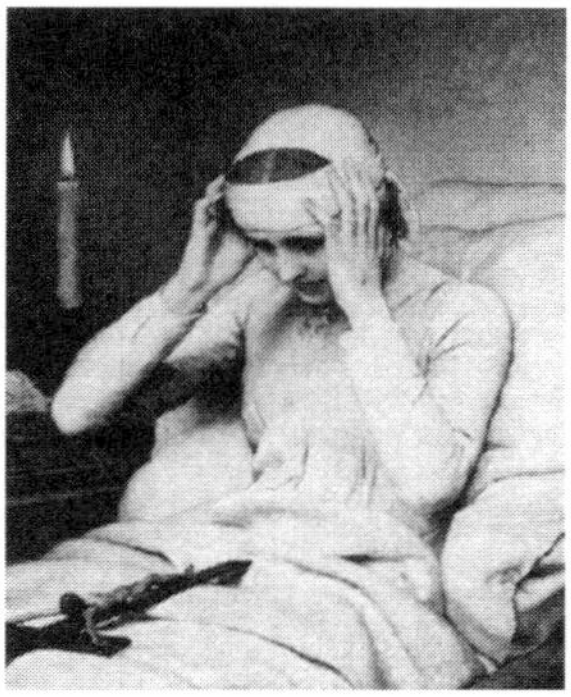

資料1　ガブリエル・フォン・マックス「聖女カタリーナ・エメリックの法悦」(1885年)

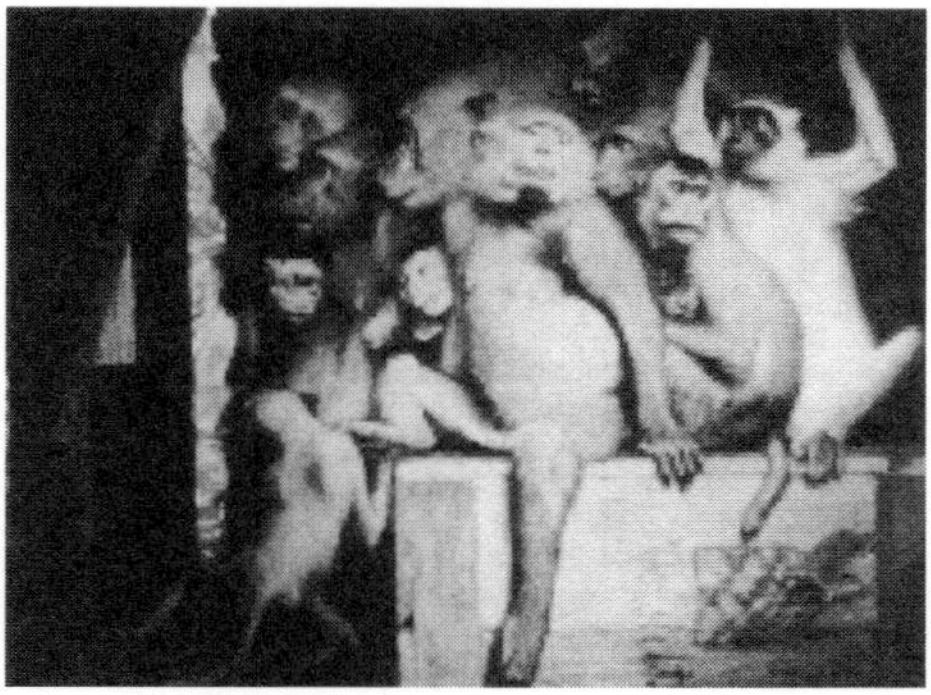

資料2　ガブリエル・フォン・マックス「美術批評家としての猿たち」(1889年)

価格によるところがあった。

ミュンヘンは先の大展覧会が開催された一八六九年の頃、美術品市場において、他のドイツ語圏の諸都市、ベルリンやウィーンなどが到達したことのない高い地位を占めることに成功した。美術市場に携わっている美術商は美術品についての理解がなく、その金銭的価値にしか興味がなかったのである。

さて、原田が師事したガブリエル・フォン・マックスの住居は、偶然にも鷗外の下宿の隣にあった。鷗外も原田の縁でマックスのアトリエを訪れ、「アスタルテ」を観たりしている。(7)

マックスは個性的で矛盾した性格を持つ画家であった。きわめて静かな性格の人物であり、教師タイプであった。美術だけでなく、音楽的な才能にも恵まれ、ベートーベンのソナタを絵画にしたほどである。代表作には、「聖女カタリーナ・エメリックの法悦」(資料1)と「美術批評家としての猿たち」(資料2)がある。前者は一八二四年に死亡した実在の修道女をテーマにしたものである。彼女は脊髄を損傷したあとに宗教的な幻視の能力を得たとされ、胸、両手、両足、頭に聖痕を受けるようになった。マックスは、寝たきりの青白い顔のカタリーナが毛布に置かれた十字架を一心に見つめている姿を描いている。彼女の手に小さな血痕が見えるのが、聖女である証しである。聖女という古典的テーマでありながら、「人物や室内は極めて写実的に描かれている」[8]。逆に言うならば、マックスの宗教画の特徴は「表現はあくまでも視覚的世界にとどまりながら、超自然的な力や内的な感情といった眼に見えないものを描き出したこと」[9]にある。

他方、資料2に示したもうひとつの代表作である「美術批評家としての猿たち」は滑稽な風刺画である。立てかけられている絵画を十匹以上の猿たちが真剣な表情で眺めている絵である。画家たちの辛苦の結晶である絵を偉そうに鑑定する美術批評家たちを皮肉る主題である。マックスは、ダーウィニズムに深く傾倒して、自宅に多くの猿を飼って、その生態を観察していたという。猿を美術批評家として描くが、「様々なサルの表情を全て人間との類推の中でとらえて観察している」[10]。テーマは風刺であるが、その土台には猿の生態や表情の確かな観察が見られるのである。そのため、「サル達の集団肖像画ともいうべき迫力が、この作品を単なる風刺画以上のものにしている」[11]。

このふたつの代表作からマックスの絵は宗教画や風刺画においても、根底には室内の人間や猿の表情の厳密な観察に支えられていたことがわかる。他方で、マックスは、同時代の女性のリアルな肖像画も描いているので、技巧的にはフランスのクールベやドイツのライブルのようなリアリズムの絵画の道を切り拓くこともできたのかもしれない。ところが、当時の大衆にとっては、センセーショナルに見えたリアリズムの道を進むには、マックスは繊細過ぎた。したがって、マックスはより安易な道を選択し、大衆的な成功を得ることができたのである。

その後のミュンヘン美術界の動向を早口でまとめると、ドイツでクールベの道を進もうとしたライブルは評価されることなく、ミュンヘン画壇を去ってしまうことになる。これが、結局のところ先に述べた「美術都市ミュンヘンの没落」につながることになるのである。ミュンヘンは、フランスの印象派、ドイツの分離派の新しい動きに乗り遅れ、「美術都市」として急速に没落してしまう。

三　帰国後の原田直次郎と鷗外

さて、このようにミュンヘンが「美術都市」としての栄光に包まれながら、没落の予兆もはらむ時期に美術学校に学んだ原田はミュンヘンで何を学んだのであろうか。それを考えるために、帰国後の原田の代表作を考察してみたい。

一八九〇年四月一日から七月三一日まで、上野公園で開催された第三回内国勧業博覧会に原田が出品したのは、「騎龍観音」（資料3）と「毛利敬親公の肖像」（資料4）の二作である。原田は、「何でも心に浮んだ事を直ちに手に応じて画き出すことの出来るやうにならなければ面白くない」[12]として、想像によって描くドイツ歴史画の方法を日本に持ち込んだ。「騎龍観音」は、約縦三メートル、横二メートルと当時の日本洋画で最大の大きさである。結果として、原田が心血を注いだ大作「騎龍観音」は何の賞も得ることが

資料３　「騎龍観音」（護国寺蔵、国立近代美術館寄託）

資料４　「毛利敬親公の肖像」（山口県立美術館蔵）

できず、「毛利敬親公の肖像」が妙技三等賞を得たのみだった。

毛利敬親は、長州藩の藩主であった維新の功労者のひとりである。このような歴史的人物を肖像に描こうとした原田の意図には、先にあげたミュンヘン画壇の巨匠のひとり、レーンバッハの影響も見られるだろう。すなわち、レーンバッハはヴィルヘルム一世やビスマルクなどドイツ統一の功労者たちの肖像を描いて高く評価されていた。原田も、維新の功労者を描いて評価を得ようと考えていたと思われる。

他方、「騎龍観音」の評価は困難である。観音が龍に乗って天空に浮かぶ、という構図は奇抜であり、そもそも油絵で描くのにふさわしいものか、疑問を持たざるを得ない。この絵の構図を外山正一は激しく批判した。(13)

観音を信ぜずして観音の龍に乗るのを画を画かんか、其画く所は見る人をして観音の龍に乗るの画とは思はしむる能はずして、松明のあかりにてチャリ子の女が綱渡をするの画なるやと疑はしむるなり

チャリ子とは当時来日したイタリアのサーカス団の名前である。外山の言葉は原田の絵に対する罵倒であるが、絵そのものを見ると、外山の言にも一理あると思わざるを得ない。原田がこのような奇抜な図像の油絵を描こうとしたきっかけは何だったのだろうか。美術史家の新関公子は『森鷗外と原田直次郎』[14]のなかで、橋本雅邦の「弁天」の龍に乗る弁天の図像にヒントを得たのではないか、と推定している。さらにまた、キリスト教図像学にある「蛇または龍を踏みつけて宇宙的空間に立つ聖処女」からの引用の可能性も指摘する。この他、宮本久宜の説「三十三観音変相図」も紹介している。

このように原田がどのようなきっかけで「騎龍観音」という図像を思いついたのかについては、様々な可能性が考えられるが、ひとつに断定することは困難である。しかしながら、原田がこのような奇抜な図像の油絵を描こうと思った意図は推察できるであろう。それは、彼が学んだミュンヘンという「美術都市」の性格に関わっている。

この絵を描いた原田のなかには、西洋画というジャンルを日本に根付かせるには、大衆の嗜好を無視することはできないという考えがあった。[15]先に述べたように、ミュンヘンの「美術都市」としての栄光は一八七〇年頃に頂点に達し、一九〇〇年頃には没落する。このような微妙な時期の一八八四年に原田はミュンヘンに留学した。ミュンヘンの「美術都市」としての栄光は、画家たちの力量そのものだけに基づ

くものではなかった。ピロティの歴史画にしろ、レーンバッハの肖像画にしろ、そしてマックスの神秘主義的宗教画にしろ、同時代の大衆の嗜好に合致していたため高く評価され、美術市場で高い値段がつけられることになった。ピロティの歴史画やレーンバッハの肖像画は、一八七一年のドイツ統一で高揚した大衆のナショナリズムに沿うものであり、マックスの宗教画もダーウィニズムの時代傾向と神秘主義に対する大衆の欲求を折り合わそうとする点で、やはり大衆の嗜好に沿ったものである。

マックスは、リアリズムの方向に進む技巧があったにもかかわらず、大衆の嗜好に配慮して、フランスのリアリストの方向へ進むことを自制した。他方、クールベの信奉者ライブルは、大衆の嗜好よりも先に進んでいたために、ミュンヘン画壇に居場所を見出すことができなくなってしまった。ミュンヘンの美術の成功は、大衆の嗜好を無視してはならない、という不文律によって支えられたものであった。しかしながら、大衆の嗜好は移ろいやすく、印象派、分離派の時代になると、ミュンヘンは「美術都市」として急速に没落してしまう。それにともないピロティ、レーンバッハ、マックスらはすぐに忘れられてしまい、美術史上にその名前をとどめるのみの画家となった。

大衆迎合の性格を持つ「美術都市」ミュンヘンに留学した原田は、大衆の嗜好を無視して西洋画を描くことはできない、ということを肝に命じていたであろう。いわんや、旧来の日本画に対抗するためには、大衆が何を求めているのかということに敏感にならざるを得なかったであろう。「龍に乗る観音」という図像は奇抜に思われるが、龍や観音は日本の大衆には馴染みのものである。ただ、この両者を騎乗という形で結びつけたところが原田の新機軸である。

ちなみに、ここで「騎龍観音」の意味するものについて少し私見を述べておきたい。この図像の意味する内容についてである。残念ながら、原田がこの絵の意味するものについて語った記録はない。したがって、この絵が奇抜な図像で絵画的効果のみを狙い、具体的な意味はない、という考え方もできるかもしれない。しかしながら、ただ単に図像の面白さだけで原田が心血を注いでこの大作に取り組んだとは考えにくい。

原田が「騎龍観音」を描いたのは、仏教という宗教の宣伝のためではなかったろう。外山正一は、この絵に対する批判のなかで、宗教心のない画家が観音のような信仰の対象である存在を描いてはならない、と主張していた。これに対して、親友原田を弁護するために鷗外は「外山正一氏の画論を駁す」[16]で、宗教的なテーマを扱う際に必ずしも画家が宗教心を持っている必要はない、と反論した。結局、鷗外の挑発に外山が乗らなかったため、ふたりの「論争」は鷗外の一方的な攻撃で終わり、美術論としては深まらなかった。肝心の原田も外山・鷗外論争には何の発言もしていないので詳らかではないが、新関公子は原田の真意を想像し、「もしかしたら原田はこの論争を自分の真意とはまったくくずれたところで行われていると苦笑していたのかもしれない」と述べている。[17]この想像は当たっているのではなかろうか。

原田の「騎龍観音」が、信仰心によって観音を描いたものではないことは明らかだろう。他方、単なる面白さだけで描かれたものでもない。空中を飛翔する龍の躍動感と、飛翔する龍に乗りながら微動だにしない観音の静けさは、好対照である。おそらく原田は飛龍の姿に近代化に向かって驀進する明治日本のエネルギーを描き、他方、観音の静寂の姿に古来から続く日本の精神性を込めようとしたのではなかろうか。

「騎龍観音」が「毛利敬親公の肖像」と共に出品されたことにも意味がある。このふたつの作品は、いわば一対の作品なのである。「毛利敬親公の肖像」は古き維新の精神を描き、「騎龍観音」は、同時代の明治日本のエネルギーと精神性を描いていると考えることができるのではなかろうか。

さて、このように明確な意味、主張を持った絵と並んで、原田がリアリズムの傾向の肖像画を描いていることも忘れてはならないであろう。[18]「ドイツの少女」や「靴屋の親爺」といった肖像画である。一徹な表情で睨みつけている靴屋の親爺の表情と、穏やかにこちらを眺めている少女の表情は好対照であるが、いずれの肖像画においても、人物の真実の姿をリアルに表現しようとする原田の姿勢が伝わってくる。新関公子[19]は、ふたつの肖像画のなかに原田の師であるガブリエル・フォン・マックスの作風よりもヴィルヘルム・ライブルの影響を読み取っている「〈ドイツの少女〉にはライブルにあるマネ的要素が、〈靴屋の親爺〉にはライブルのなかにあるクールベ的な要素が間接的に反映しているように思われる」と新関は整理している。[20]付け加えるならば、原田が師マックスの直接的影響を受けたと思われる猿のスケッチも残している点も見すごせない。

以上のように、原田が短かった画家としての生涯において残した、歴史画、象徴画、歴史的人物の肖像画、市井の人物のリアルな肖像画のそれぞれに、ミュンヘン画壇の影響がはっきりと読み取れるのである。ただ、原田にとって不運だったと思われるのは、彼がリアリズム派や印象派といった絵画の新しい潮流を受け入れるには、留学時期が早すぎたということである。その意味で、原田の絵は古い印象を免れず、フランスに留学した黒田清輝のように高い評価を受けることができなかったのは残念なことである。なお、原田は優れた風景画も残している。風景画の方向に進めば、印象派との接点も見出すことができたかもしれない。

さて、その原田とミュンヘンにおいて濃密な交流の時間を持った鷗外は、絵画についての見方に関して、原田経由でミュンヘン画壇の影響を受けたのであろうか。美術史家の土方定一は戦前に書いた「森鷗外と原田直二《ママ》郎[21]」において、鷗外が黒田清輝ら新派（南派）に対して取った態度について次のように解釈する。

> 森鷗外は、この新派の登場に対して、「我国洋画の流派に就きて」（二八年一二月）、「洋画南派」（二九年一月）、「太陽の画論」（二九年四月）、「芳陵子の洋画小言」（二九年四月）として、後に彼が自然主義の登場に対してとったと同じ主張をもって、陰に旧派を、原田直二《ママ》郎を護るところがあった。

すなわち、鷗外は、文学上の自然主義に対して批判的距離を保ったのと同様、黒田清輝らの新派に対しても批判的距離を取った、というのである。その背景として、旧派の親友原田を新派に対して擁護しようとする意図があった、と土方は考える。

> もちろん、森鷗外は、この場合にも他のあらゆる場合と同じように、浅薄なる反動者流の態度をとってはいないけれども、次の言葉に見られるような良いものは良い、というような漠然たる言葉によって、成長するマーレリッシュ・レアリスムスを否定し去ることはできないであろう。「余は信ず

自然を視る方法とこれに伴う技巧とは芸術ごとに異にして、又一芸術の時期若しくは流派ごとに異なるを以て必ずしも一芸是にして一芸非に又某の時期是にして某の流派非なるに非ざることを。」（「我国洋画の流派に就きて」）

土方の評価では、鷗外は美術についても相対主義の立場であり、ある時代やある流派の美術が絶対的に正しいとすることはできない、というのである。しかし、鷗外のこの考えは純粋な美術論ではなかった。鷗外の相対主義のなかには、新派の黒田清輝に対して旧派の原田直次郎を擁護しようとする意図が含まれている。実際、鷗外が自説の証拠としてあげているのは、原田が学んだミュンヘン画壇の例である。鷗外は自説の正しさの証拠に、「分立派（金子注―分離派のこと）は即ちここにいふ南派（金子注―黒田清輝ら新派のこと）なり、而してミュンヘンの美術学校の如きも、南派に非ざるカウルバハ旧に依りてその後に授く」（「芳陵子の洋画小言」）を挙げている。

旧派のカウルバッハとは、フリードリヒ・アウグスト・フォン・カウルバッハ（一八五〇～一九二〇年）のことである。鷗外は、彼がミュンヘン美術学校で教鞭をとっていることで、新旧両派の併立の証拠とする。しかしながら、この事実だけで絵画において新旧両派が併立していたと見なすことはできないだろう。たとえ外見的にはそのように見えたとしても、ドイツでも実質的にはすでに新派の時代となり、この波に乗り遅れたミュンヘンは、繰り返すが「美術都市」として没落することになったのである。鷗外の絵画に対する見方は、ミュンヘンという「美術都市」とそこで学んだ盟友原田の絵画観にあまりにも影響され過ぎていたといえよう。

四　『椋鳥通信』の美術記事と青春の残照

『椋鳥通信』は、一九〇九(明治四二)年三月から一九一三(大正二)年一二月まで『スバル』に五五回にわたり連載された、鷗外による海外事情の紹介記事である。六八九一項目と膨大であり、内容も文学、演劇など文化から政治、犯罪、流行など社会現象まで実に多様である。ちなみに一九〇九年三月から一九一〇年三月までの項目を数的に見ると、一番多いのは演劇関係で二三〇項目あり、二番目が文学関係で一五九項目ある。美術関係は何項目あるかというと、一三三項目である。[22]ほぼ文学関係に匹敵する多さであり、注目に値する。

『椋鳥通信』は、筆者が調査したところ、主にドイツの新聞「ベルリナー・ターゲブラット」のフェイユトーン(文芸欄)から鷗外が典味ある項目を抜き出し、翻訳したことがわかっている。[23]文芸欄であるからには、演劇、文学、美術が中心になるのは当然と言えるが、それにしても美術関係の項目の多さには目を引かれる。例えば、一九〇九年一月一六日発信の第一回目の通信は、雑多な一五項目からなっている。美術関係としては、ドイツのヴュルツブルクで「日本及び日本芸術」という講演があった、絵画の贋作が盛んになっている、の二項目である。美術関係といっても、美術作品それ自身の話題だけが書かれているわけではない。美術に関する多様な内容が含まれている。
それでは、『椋鳥通信』が連載された時代は、ヨーロッパ美術界にとってどんな時代だったのだろうか。美術史家の圀府寺司(24)は当時の美術界を次のように整理している。

『椋鳥通信』が掲載された一九〇九年からの数年間は、西洋美術史においてはモダン・アートの生成期である。まだアカデミスムは健在であったものの、すでにパリなどのサロン展は弱体化しつつあった。王侯、貴族という、高尚な趣味と膨大な財力を兼ね備えたパトロンを失い、趣味も財力も小粒な不特定多数の市民のパトロンの出現で、サロン絵画の多くは俗物化しつつあった。逆に、印象派は徐々にその評価を高めつつあり、『椋鳥通信』にも何度か登場するベルリンのパウル・カッシーラー画廊によって、ドイツの美術館にも印象派絵画は売られ始めていた。ドイツ語圏では分離派(ゼツェション)運動が起こり、アカデミスムとの対立が鮮明になっていた。

『椋鳥通信』が掲載された一九一〇年前後は、鷗外や原田直次郎がミュンヘンに留学した一八八〇年代からすでに三〇年近く経っていて、美術界ではアカデミスムの旧派が衰退し、新派の印象派や分離派が伸長している時代であった。それでは、鷗外の視線は新旧のどちらの派に向いていたのであろうか。
新派では、印象派のマネ、モネ、セザンヌ、ゴッホ、ゴーギャンなどが紹介され、ドイツの分離派の指導者マックス・リーバーマンやウィーン分離派のクリムトらの紹介もなされている。例えば、一九一〇年三月五日発の記事には、その春のベルリンの分離派展の傾向について次のように書かれている。

伯林の今春のSecessionを見ると、Cézanne, van Gogh, Matisseのやうな、強い単純な色を使つたのが多いので、調子を重んじてゐる人の作は、どんなに好くかいてあつても古く見える。Liebermann, Slevogt, Corinthが古く見えるのはまだしもだが、Max Beckmannまでが古く見える。これは分派別に室を割り当てるSalonなどでは、こんなに目に立たないが、伯林は雑居だから甚だしい。併しその古く見えるのが、価値がなくなつたやうに思ふのは、誤である。CorotもCourbetも不朽の値はあるとせねばならない。Dreherがvan Goghの真似をしたつて、大してえらくはない。BeckmannやTheo. von Brockhusenは、極端に新派がらないで、骨を折つてゐる。

ベルリンの分離派の展覧会の詳細な紹介である。一体これは、ドイツの新聞記事の翻訳なのだろうか、それとも一部は鷗外自身の感想なのだろうか。そもそも絵画の場合には、実物を見なければ話にならないので、ベルリンの展覧会を見ることのできなかった鷗外がこのような感想を抱くことはなかったと考えられる。しかしながら、この記事は他の美術記事と比べても異常に詳細であり、生の声の印象を与える。新聞記事の翻訳、紹介であったとしても、鷗外がその内容に共感していたことが感じられる。

新派のなかでも、リアリズム派、印象派、分離派といろいろ分派していったのだが、それら各派や各画家を単純に比較し優劣をつけたり、他の画家の猿真似をしたりしてはならない、という主張に鷗外は共感していたのであろう。先に紹介した、日本の新旧両派についての鷗外の美術論につながる内容だからであろう。すなわち、西洋画の現状を新派が旧派を圧倒していると単純に判断してはならない、美術においてはひとつの時代や流派を絶対視してはならない、という主張である。この主張は、純粋な美術論にも思えるが、実際には旧派の原田を応援しようとする意図で書かれていたことは、先に見た通りである。

鷗外の紹介がどの程度原文に正確なのか、資料5に示した「ベルリナー・ターゲブラット」の署名記事ドイツ語原文を試みに訳してみよう。[25]

カッシーラー・サロンで一堂に展示されたベルリン分離派の作品展は、前回の分離派展とまったく同様に、このグループ内部の様々な傾向の間での緊張関係が今日いかに厳しくなっているかを示している。すなわち、セザンヌ、ファン・ゴッホ、マチスの意味における純粋で強烈な色彩が、色調への傾向から生じたすべての絵を「古くさく」思わせるのである。そして、この対立、和解しがたい対立が驚くべきものなので、例えばリーバーマン、スレフォクト、コリントを「古くさく」思わせるのではなく、その年齢やここ数週間の大論争での立場からすれば最も若いマックス・ベックマンを「古くさく」思わせるのである。このサロンは分離派用展示会場よりも適切である。このように異なる画家のひとりひとりに独自の部屋を割り当てることができるからである。同じひとつの部屋のなかでは、それぞれの絵はそれぞれの画家以上に互いに調和できない。

私がここで傾向について判断をする必要はないだろう。判断しなければならないのは画家の個性につい

Im Salon Cassirer.

（中略）

Die Kollektionen der Berliner Sezessionisten, die hier gleichzeitig ausgestellt sind, zeigen ebenso wie die letzte Sezessionsausstellung, wie stark die Spannung zwischen den verschiedenen Tendenzen in dieser Gruppe heute ist: wie die Tendenz auf die reine und starke Farbe im Sinne von Cézanne, van Gogh, Matisse alles „alt“ erscheinen läßt, was noch der Tendenz auf Ton entsprossen ist. Und diese Gegensätzlichkeit, diese unverträgliche Gegensätzlichkeit wirkt hier um so verblüffender, als nicht etwa Liebermann, Slevogt, Corinth „alt“ gemacht werden, sondern Max Beckmann, nach seinen Jahren und nach seiner Stellungnahme in dem großen Streite dieser Wochen ein Jüngster. Der Salon ist glücklicher als die Sezession: er kann jedem der so verschiedenen Maler einen eigenen Raum geben. In demselben könnten sich die Werke noch weniger vertragen als ihre Schöpfer.

Ich habe hier nicht über Tendenzen zu urteilen, sondern über Persönlichkeiten. Ich glaube, daß die Zukunft der Malerei sich in der Richtung bewegen wird, die Cézanne gewiesen hat, aber es wird dadurch ebenso wenig Früheres, Gutes entwertet werden, wie durch die Impressionisten Courbet, durch Courbet Corot. Und ich bin ganz sicher, daß die Neuen, die sklavisch Cézannes aus seiner Wirklichkeit geholte Töne, und die Dreher, die slavisch van Goghs aus seinem Temperament geflossenen gewaltsamen Pinselzug nachahmen, für die Entwickelung nichts bedeuten.

Max Beckmann ist von den neuen Tendenzen gar nicht berührt. Er setzt etwa bei Corinth an, mit dem er ein großes Können und ein wenig auch die Angst vor diesem Können gemeinsam hat. (Daß nur nicht einer von „Akademie“ sprechen könne!) Es ist Leidenschaft in ihm, aber er steigert sie noch bewußt: ein Idyll wird ebenso heruntergefegt wie ein Drama. Es ist Schönheitssinn in ihm, aber er gibt ihm nicht leicht nach und läßt den Goldton, der ihn reizt, nur leise durch trübere Farben hindurchschimmern. Er will Modulationen, aber er unterdrückt den Willen. Alles in allem: er wagt, im Banne von allerlei Doktrinen, nicht er selbst zu sein und ist in dringender Gefahr, sich einmal zwischen dem akademischen und dem „modernen“ Stuhl an der Erde sitzend zu finden. Was bei seinem ohne Zweifel sehr starken Talent schade wäre.

Vorläufig gibt er sein Bestes im Bildnis, auf das ihn vielleicht überhaupt seine Begabung am meisten hinweist. Das Porträt der Gräfin Hagen mit den etwas aufgerissenen hellbleuen Augen in dem blassen Altfrauengesicht ist als (etwas überscharfe Charakteristik und als besondere und bezeichnende Farbe auszeichnet. Das Doppelbildnis, das ihn selbst und seine blonde Frau darstellt, ist die einzige Arbeit, in der er sich ganz frei gehen läßt, und das eher freundlich empfindsam als genial leidenschaftlich ist.

Theo v. Brockhusen arbeitet gut und ruhig vorwärts. Er hat gewiß recht, sich nicht durch die immer wieder auftauchende sinnlose Forderung beirren zu lassen, daß ein Künstler in jeder Saison Neues zeigen solle. Er gibt sich immer freier der Natur hin, und das war und bleibt ewig das einzige Mittel, zu eigener Art zu kommen. Man fühlt bei jedem Bilde, was ihn gereizt hat, was er geben wollte. Aber je deutlicher die Intention wird, desto mehr hat man die Empfindung, daß ihn die klebende Technik mehr fesselt als fördert. Er wird der erste Maler der Havel werden, aber er muß sich von der Art dieser Natur die Ausdrucksmittel diktieren lassen: solange er sie in fremde zwingt, behalten die Bilder ein fremdes und problematisches Etwas.

Von Julie Wolfthorn sieht man die feine Porträtskizze einer Dame in Schwarz, Blau und Gold und ein paar hübsche Landschaften.

Fritz Stahl.

資料5　「ベルリナー・ターゲブラット」1910年2月22日朝刊2頁（『椋鳥通信』1910年3月5日発の記事の原典）

てである。私は、将来の絵画は、セザンヌが示した方向に進むと思う。しかし、そのことにより、以前の作品、よい作品の価値が失われることにはならないだろう。印象派によりクールベの価値が失われず、クールベによりコローの価値が失われなかったように。私の確信しているところでは、セザンヌがその現実から取りだした色調を奴隷のように模倣する新人画家や、ファン・ゴッホの気質から生じた荒々しいタッチを奴隷のように模倣するへぼ画家は絵画の発展に何の意義も持たない。

マックス・ベックマンはこのような新傾向にまったく影響されていない。彼は例えばコリントのところから出発して、同様に大きな才能を持っているが、また自分の才能にいくらか不安を持っている点でもふたりは共通している。（後略）

鷗外の紹介記事は、この逐語訳と比較してみると、簡にして要を得ていることがわかる。ただし、不正確なところも散見する。最も大きな誤訳は、Dreherを画家の名前と思っていることである。原文では、die Dreherと複数定冠詞がついている。この意味は、「へぼ画家」くらいになるだろう。短い時間で要約したために犯した誤りであろう。

ところで、『椋鳥通信』では、分離派や印象派などの新派以上に旧派の紹介が詳細になされている。図府寺司は、『椋鳥通信』に登場する芸術家を見ると、今日すでに忘れられているアカデミスムの芸術家の名がかなり見られる」と概観している。(26)

鷗外はどうしてアカデミスムの画家たちの紹介を詳しくしたのであろうか。その理由としては、鷗外が依拠したのが「ベルリナー・ターゲブラット」というドイツの新聞の文芸欄であり、新派の伸長が著しくても、文芸欄においてはまだ旧派の画家たちが紹介されることがあげられるだろう。(27)文芸欄の記事から選択して翻訳、紹介するからには勢いアカデミズムの画家たちが紹介されることが多かったことが多くなったのであろう。それも、すでに衰退していたと言っても、旧派の中心地であるミュンヘンの美術界からの記事の紹介が多い。例えば、「ミュンヘンの画家Eduard Forsterは同地の商業学校の線画の教員になった」（一九〇九年一〇月八日発）などという記事を読むと、鷗外は一体どういう意図でこの記事を書いたのだろうか、と疑問を抱く。どういう読者に向けて書こうとしていたのだろうか。

鷗外が繰り返し紹介しているミュンヘンの美術界の動きに、シャック伯爵のギャラリーをめぐる問題がある。シャック伯爵（一八一五～一八九四年）はミュンヘンの有名な美術品コレクターであり、また画家のパトロンでもあった。シャック伯爵は同時代のドイツ絵画を専門に収集し、レーンバッハなどに留学費を出して、スペインやイタリアへ絵画の模写に送りこんだ。記事としては、シャック伯爵の美術奨励金の受賞者の名前や、彼の遺産である美術品と邸宅をドイツ皇帝が買い取り、建物は新築することになった（いずれも一九〇九年八月一三日発）などが紹介されている。シャック伯爵の収集した美術品は、現在でもミュンヘンでシャック・ギャラリー[28]として観光客を集めている。

『椋鳥通信』の美術紹介は、ドイツ、フランス、イタリア、イギリス、ロシア、スペイン、ハンガリーなどヨーロッパ諸国だけでなくアメリカや南米の美術の紹介もなされ、実に幅広い。また、ルーブルのダ・ヴィンチ「モナ・リザ」の盗難事件や、アムステルダム国立美術館のレンブラント「夜警」が傷つけられた事件などの美術をめぐる犯罪[29]や、贋作事件なども多く紹介されている。実物を見ることのできない美術の紹介は、鷗外にとって難しいところがあっただろうが、公平な立場で西洋美術界の紹介に努力していたことがわかる。

しかしながら、ミュンヘンの美術界を紹介するとき、鷗外は一段とていねいに紹介しているように思われる。ミュンヘン美術界の些細な事件も見逃すまいとする姿勢があったように考えられるのである。その背景には、ミュンヘンという都市こそ鷗外が美術に深く親しんだ地であり、画家原田直次郎と親しい交わりを結んだ地であったことがあげられる。その意味で、『椋鳥通信』の美術関連の記事、とりわけミュンヘンの記事には、鷗外が原田とともに過ごした青春の日々の残照がはっきりと見えるようである。

注

（1）Redaktoin Dr. phil. Angelo Walther: *GEMÄLDEGALELIE ALTER MEISTER DRESDEN-Katalog der ausgestellten Werke*, Staatliche Kunstsammlungen Dresden, 1983.

（2）例えば、一八九〇年「十月九日、原田を訪う。その作る所のミツテルワルド及コッヘルの図を観る。近衛老公、岩佐、浜田等の肖像半ば成れるものあり。」とあり、原田の風景画を観ていることがわかる。

（3）原田豊吉（一八六一〜一八九四年）は、岡山藩士で洋式兵学者の原田一道の長男。一八七四年父に連れられて渡独。フライブルクの鉱山アカデミーを経て、ハイデルベルク大学とミュンヘン大学で岩石学と古生物学を学び、お雇い外国人ナウマンの後を受け、日本人初の東京帝国大学地質学科教授に就任した。日本の地形の成り立ちをめぐってナウマンと論争をしている。

（4）Hans Kalring: *München und die Kunst des 19. Jahrhunderts*, Herausgegeben von Hans Thoma, LAMA VERLAG MÜNCHEN, 1966.

（5）Aufsatz von Hans *Rosenhagen*: *Münchens Niedergang von Kunststadt*, im Berliner《Tage》, 1901.

（6）Rosel Collek und Windfried Ranke: *Franz van Lenbach 1836-1904*, Städtliche Galarie im Lenbachhaus München, 1997.

（7）森林太郎「外山正一氏の画論を駁す」（『しがらみ草紙』明治二三年五月）、芳賀徹『絵画の領分——近代日本比較文化史研究』（朝日新聞社、一九九〇年一〇月）に詳しい。

（8）展覧会カタログ『写実の系譜Ⅲ　明治中期の洋画』（東京国立近代美術館、京都国立近代美術館編集、一九八八年）。
（9）注（8）に同じ。
（10）注（8）に同じ。
（11）注（8）に同じ。
（12）長原孝太郎「原田直次郎逝く」（原田直次郎氏記念会編『原田先生記念帖』所収、一九一〇年一月）。
（13）原田直次郎が所属する明治美術会の後援者であった外山正一は、一八九〇年四月二七日、明治美術会第二回大会で「日本絵画ノ未来」と題する講演を行った。講演は、五月にパンフレットとして頒布された。また、「外山文学博士の日本絵画の未来」と題して、『東京新報』（一八九〇年四月二九日～五月八日）に掲載された他、『国民新聞』にも掲載された。
（14）新関公子『森鷗外と原田直次郎』（東京藝術大学出版会、二〇〇二年二月）。
（15）原田直次郎「絵画改良論」（『龍池会報告』三〇一号、明治二〇年一二月）。
（16）「外山正一氏の画論を駁す」（『しがらみ草紙』明治二三年五月）、さらに「外山正一氏の画論を再評して諸家の駁説に旁及す」（『しがらみ草紙』明治二三年六月）などを発表する。
（17）注（14）に同じ。
（18）展覧会図録『森鷗外と美術』（島根県立石見美術館、和歌山県立近代美術館、静岡県立美術館編集、森鷗外と美術展実行委員会発行、二〇〇六年）所収、宮本久宣「原田直次郎の肖像画をめぐって――『原田直次郎作品集』から」。
（19）注（14）に同じ。
（20）注（14）に同じ。
（21）土方定一『近代日本文学評論史』所収（法政大学出版局、一九七三年一一月）。
（22）拙稿「森鷗外『椋鳥通信』への視角2」（『富大比較文学』第二集、二〇〇九年一二月）。
（23）拙稿「森鷗外『椋鳥通信』への視角3――『椋鳥通信』の原典ベルリナー・ターゲブラットについて」（『富大比較

文学』第三集、二〇一〇年一二月)。

(24) 圀府寺司「『椋鳥通信』における美術情報」(金子幸代『森鷗外『椋鳥通信』における西欧文化の受容・伝搬の総合的研究報告書3』所収、〈二〇一〇年度科学研究費基盤研究B〉報告書、二〇一一年三月)。

(25)「訃音を得た時の雑感(明治三十二年十二月於小倉)」(原田直次郎氏記念会編『原田先生記念帖』、一九一〇年一月)で、鷗外は「若し明治の油画が一の歴史をなすに足るものであるならば、原田の如きは、必ずや特筆して伝ふべきタイプであるだらう」と原田を讃えている。鷗外は三六歳で病に倒れた親友の早すぎる死を悼み、一九〇九年一一月二八日に「原田直次郎没後十周年記念遺作展」を東京美術学校の校友会倶楽部で開催するのに尽力した。その展覧会のカタログが『原田先生記念帖』であり、実質編集をしたのが鷗外だった。

(26) 注(24)に同じ。

(27) 拙稿「『椋鳥通信』の原典ベルリナー・ターゲブラット一九一〇年一月～一九一三年一〇月」(『森鷗外生誕一五〇年記念「知の東西融合」シンポジウム報告書』、二〇一二年一月)参照。

(28) Herbert W. Rott: *Sammlung Schack-Katalog der ausgestellten Gemälde*, Herausgegeben von den Bayerischen Staatsgemäldesammlungen, München, Hatje Cantz Velrag, 2009.
シャック・ギャラリーにはエドワード・ヤーコブ・フォン・スタンレーの「ローレライ」(一八六四年)を始め、「水の妖精」ニンフらドイツの伝説世界を画題とした一九世紀のミュンヘン絵画が所蔵されており、「うたかたの記」の巨勢の描こうとするローレライの構図に影響が認められる。拙稿「伝承の水脈――鷗外『うたかたの記』論」(『世界文学』九〇号、二〇〇二年七月、拙著『鷗外と近代劇』所収、大東出版社、二〇一一年三月)参照。

(29) 佐渡谷重信『鷗外と西欧藝術』(美術公論社、昭和五九年七月)において紹介されている。

付記 本稿は科学研究費・基盤研究C(課題番号二六三七〇二三〇)の研究成果の一部である。

森鷗外のドイツ観劇体験

日本近代劇の紀元

はじめに

鷗外の文学活動における演劇の占める位置については、島田謹二[1]、越智治雄[2]や西村博子[3]らの論考があったものの、鷗外の演劇についての研究はこれまで傍流におかれてきた。しかし、そもそも明治にあっては、演劇はむしろ小説以上にエネルギーのある文学のジャンルだった。そのことは小山内薫が主宰する自由劇場の旗揚げ公演のイプセン劇が文壇の耳目を集め、また観客の多くを占めた青年たちに興奮の渦を巻き起こしたという事実を見ても明らかである。旗揚げ公演のイプセン劇は、他ならぬ鷗外の翻訳した『ジョン・ガブリエル・ボルクマン』（「国民新聞」明治四二年七月六日〜九月六日）であった。一九〇八年（明治四一）十一月二十七日、二十八日の上演は、同時にまた、日本で最初に上演された本格的なイプセン劇として近代劇の出発を飾るのである。[4]鷗外はこのように西欧の近代劇の翻訳に大きな役割を果たした。ところで、鷗外が近代劇というジャンルに関心を持つ契機はそもそも何だったのだろうか。

鷗外の近代劇との出会いは、ドイツ留学時代にさかのぼる。鷗外は一八八四年（明治一七）八月二十日、フランス船メンザレー号で横浜を出港し、マルセーユに到着、パリを経て、十月十一日にドイツの首都ベルリンに足を踏み入れた。これから足掛け五年にわたるドイツでの留学生活が始まる。滞在した都市は、ライプツィヒ、ドレスデン、ミュンヘン、ベルリンの四都市で、それらの都市で陸軍衛生制度調査と軍陣衛生学の研究に従事した。ドイツは、一八七一年の統一まで長く統一国家がなく、地域それぞれが国家を形成しており、独自の社会的文化的伝統を保持していた。鷗外の滞独時にもそういった地域的差異が強く残っていたことを、留学体験理解の前提として把握しておかなければならないだろう。

留学した四都市において医学研究の傍ら鷗外は劇場に通い続け、滞在する都市によっては到着するや真っ先に劇場に出かけている。劇場を訪れることは、ドイツの鷗外を突き動かした衝動であったように思われる。本稿ではドイツ留学時代の鷗外が異なる個性を持つ四都市でどのような観劇体験をしていたかを実証的に論じ、その上で四都市での鷗外の観劇体験の質の変化を明らかにしていきたい。

一　ライプツィヒ時代

ドイツ留学時代を扱った『妄想』（明治四四年三月～四月）の中で、鷗外は「まつたく処女のやうな感応を持つて外界のあらゆる事象に反応した」と記している。鷗外の留学時代は二十二歳から二十六歳という瑞々しい感受性にあふれる時期にあたり、後年の豊饒な文学活動の土壌を形成することになった。特に留学最初の都市であるライプツィヒでの生活は、若き鷗外の精神の源泉を形成する数多い出会いを生んでいる。では、ライプツィヒにおいて鷗外はどのような観劇体験をしているのであろうか。以下、『独逸日記』に記された観劇体験の足取を順次追ってみよう。

筆者は鷗外が日記に記載した劇が実際にどのように上演されていたかを明らかにするために、留学したドイツ四都市の大学図書館、州立図書館、演劇博物館や劇場を訪ね、当時の新聞、書籍、上演パンフレットなどの資料を閲覧した。調査の中で『独逸日記』には「劇を観る」としか記載されていない劇がいかなる作品であったのかを解明することもできたので、今回報告をしていきたい。

Leipzig（1884・10・22–1885・10・11） ライプツィヒ時代（明治十七年十月二十二日～明治十八年十月十一日）	
①明治十七年（一八八四）十一月十六日	始て雪ふる。旧劇部 altes Theater に往きて、嬉劇 Raub der Sabinerinnen を観る。午後七時に始りて、十時に終わりぬ。
②明治十八年（一八八五）八月二十八日	夜村劇を観る。劇場は我宿舎の階上なり。結構我東京の寄せに似たり。演する所を伯林の陣中説法僧 Feldprediger von Berlin と為す。名題の役をはメッチエル Metzer といふ俳優勤む。場に上る婦人は皆無塩なり。観畢る。既に十時三十分なり。余将に寝室に入らんとす。
③明治十八年（一八八五）十月四日	樫村、井上、萩原、佐方と同じく水晶宮に至る。影戯を観る。此日家書至る。

（注・水晶宮には都合五回足を運んでいるが、ここでは劇に関するものに限定した）(5)

鷗外はライプツィヒには一八八四年（明治一七）十月二十二日から翌年の十月十一日まで滞在し、フランツ・ホフマンのもとで衛生学の研究を開始した。右の表からもわかるように、鷗外が最初に劇を観たのは、十一月十六日、ライプツィヒの旧劇場 Altes Theater で上演されたフランツとパウル・シェーンターン兄弟の『サビニ女たちの略奪』*Der Raub der Sabinerinnen* である。『サビニ女たちの略奪』は四幕からなる喜劇で、題名は劇中劇の *Der Raub der Sabinerinnen* から取られている。筋は以下の内容である。

舞台は一八八〇年代中頃のハンブルク近郊の小都市。いつも家庭問題に悩んでいる主人公のギムナジウム教師は、学生時代に *Raub der Sabinerinnen* という題名のローマ悲劇を書いたことがあった。その劇を三文演出家が上演することになるが、旅行から突然帰ってきた口やかましい妻により上演が邪魔をされる。そこで虚偽や、暴露・恋愛騒動や結婚生活の危機といった紛糾が生じる。ローマ悲劇の上演がスキャンダルの中で第二幕で早くも中断されようとした時に、舞台には姿を現さない演出家の妻によって『ハーゼマンの娘たち』という別の劇に繋げられ、ハッピーエンドに終る。

劇が上演されたAltes Theaterは旧劇場という名が示すように歴史が古く、一七六六年に建てられたライプツィヒで最も古い劇場である。一八六九年からはオペラ(6)を上演するNeues TheaterがAugustsplatzに建てられたのに伴い、演劇専門の劇場に変わった。

鷗外は十一月十六日雪の悪天候にもかかわらず、Altes Theater（旧劇場）に喜劇『サビニ女たちの略奪』を観に出かけているのである。ライプツィヒに到着したのは十月二十二日であるから、到着して一カ月もたたぬうちに喜劇を観に行ったことになる。医学研究の多忙な生活の合間をぬって鷗外がわざわざ観劇に出かけたのは何故だろうか。

十一月十六日付け「ライプツィガー・ナハリヒテン」紙には、『サビニ女たちの略奪』の作者であるシェーンターン兄弟の往復書簡が公開されている。(7) 一八八三年八月八日フランツから弟のパウルに当てた手紙及び同月十一日ベルリンのパウルからの返事である。これは*Der Raub der Sabinerinnen*について書くように新聞社から依頼されたシェーンターン兄弟が、執筆にあたっての意図を述べあった往復書簡である。これによると登場人物の滑稽さだけでなく、当時の小市民の教養趣味に対する諷刺が意図されていたことがわかる。ローマを題材とした悲劇を書いたことで教養があると自惚れている主人公がその典型であるが、ギリシャ・ローマの伝統を模倣するだけで権威がつくように考えている市民の教養趣味の底の浅さや俗物性が揶揄されている。

ヨーロッパ文明を貪欲に咀嚼しようと努めていた若き鷗外が、このように当時のドイツ市民たちによる古典文化の安易な模倣に対する諷刺劇を観劇したことは、帰国後の鷗外がョーロッパ文化の盲目的な受容に対して鋭い批判の目を向けたということと関わりがあるのではなかろうか。

*Der Raub der Sabinerinnen*の成功によって、喜劇は演劇の分野で大きな位置を占めるようになる。この喜劇は、現代でも上演される人気の高い劇である。妻や娘といった女性たちが男性を揶揄し、批判する存在として描かれているところに特徴がある。彼女たちは、ドイツの男性市民層による浅薄な古典文化の模倣を批判する役割を担っている。たくましい女性たちを笑いながら見ていた鷗外にとって、日本とは違う女性の自立した生き方に触れる機会となったことであろう。

以上のように、鷗外がライプツィヒ到着後間もなく、雪道もいとわずに劇場に足を向けたのは、新聞に掲載されたシェーンターン兄弟の往復書簡を読み、劇への興味をそそられたからではないだろうか。ドイツの新聞は、フェイユトーン（文芸欄）が充実しており、上演中の劇の紹介も丁寧になされている。新聞は、いわば鷗外にとって劇世界への水先案内人となっていた。

二　ドレスデン時代

次に第二の留学都市ドレスデンでの観劇体験に目を向けてみよう（以下からは、演劇関連に限定して抽出した）。

Dresden（1885・10・11–1886・3・7） ドレスデン時代（明治十八年十月十一日～明治十九年三月七日）	
①明治十八年（一八八五）十月十二日	夜始て古市 Altstadt なる宮廷戯園 Hoftheater に至る。女優ウルリヒ Ulrich といふ者アドリヤンヌ Adrienne に扮す。
②明治十八年（一八八五）十月十六日	夜アンナ、ハアヱルランド Anna Haverland の朗読を索遜客館 Hotel de Saxe に聞く。読む所は「デル、キルデエ、ヤグド」Der wilde Jagd の一篇なり。抑揚頓挫の妙言ふ可からず。
③明治十八年（一八八五）十一月七日	始て輦下戯園 Residenz-Theater に至る。規模甚小なり。キルケの誘引せるなり。
④明治十八年（一八八五）十一月十四日	夜寸間を偸み、始て新市 Neustadt の戯園に至る。

⑤明治十九年（一八八六）一月十七日（日曜）	志賀泰山タラント Tharandt より至る。ビヨオム氏 Agathe Boehm を伴ひて共に劇を観る。
⑥明治十九年（一八八六）一月二十七日	中浜と共に劇を観る。
⑦明治十九年（一八八六）二月五日	劇ギヨオテの「フアウスト」を演す。往いて観る。
⑧ドレスデン滞在中　明治十九年（一八八六）二月二十二日　ベルリン	田中と輦下戯園 Residenz-Theater に至る。偶々ドユマア Alexander Dumas の新作「デニス」Denise を演ず。

ドレスデンは北のフィレンツェと呼ばれる芸術の都である。右の表の観劇回数からもドレスデン時代に鷗外の演劇熱に拍車がかかったことが見えてくる。ドレスデンではヴィルヘルム・ロートの指導を受け、講習会に参加する。一八八五年（明治一九）三月七日までのわずか五カ月間にすぎないが、短い滞在期間の合間をぬって、劇場通いを続けている。驚くべきことにドレスデンに着いた翌日の十月十二日、宮廷劇場 Hoftheater に出かけているのである。

もとより鷗外のドレスデン滞在は、冬期軍医学講習会に参加するのが目的ではあるが、講習会参加の初日でもある十月十二日に劇場に足を運んでいることは見過ごせない。

願っていたドレスデンでの講習会に参加できた鷗外の喜びに呼応するかのように天気も晴朗である。はずむ心で到着名簿に名前を記し、昼の開会式に出席。その夜には、旧市街にある Hoftheater（Das Königl. Hoftheater in Altstadt）に繰り出した。

十二日。天気晴朗。午前十時軍医監ロオトを訪ふ。兵部省、参謀本部等の到着簿に記名す。十二時衛戍病院にて開会式あり。講習会の諸教官及之に与る諸軍医と相見る。此日客館の窓より街上の敷石を補繕するを見る。鉄鎚もて石を打ちこむさま甚奇なり。夜始て古市Altstadtなる宮廷戯園Hoftheaterに至る。女優ウルリヒUlrichといふ者アドリヤンヌAdrienneに扮す。

十二日の日記から鷗外の昂揚した気持ちが伝わってくる。「古市Altstadtなる宮廷戯園Hoftheater」と記しているように、ザクセンの首都、ドレスデンは演劇都市の誉れが高く、旧市街と新市街の両方にHoftheaterがあった。

鷗外が講習会初日の夜に出かけた旧市街のHoftheaterは、十九世紀のドイツを代表する建築家ゴットフリート・ゼンパーによって一八四一年に建てられたバロック様式の粋を集めた劇場で、鷗外が出かけたのは一八七八年に再建されたものである。その後第二次大戦の戦火にあったが、修復されて美しくよみがえった。功績を讃えてゼンパーオーパーの名を冠し、現在はオペラ上演で有名な劇場だが、鷗外留学時はバレエや演劇も上演する総合劇場だった。

十月十二日に上演されていたのは、スクリーブ、ルグーヴェ共作、フランス五幕悲劇『アドリエンヌ・ルクヴレール』である。アドリエンヌ・ルクヴレール（Adrienne Lecouvreur、一六九二～一七三〇）というフランスの女優の数奇な半生を描いた悲劇である。コメディー・フランセーズで活躍し、ヴォルテールに激賞された女優だが、恋の争いで侯爵夫人によって毒殺される。悲劇のヒロインを演じたのが、パウリーネ・ウルリヒ（Pauline Urlich、一八三五〜一九一六）である。ウルリヒはドレスデンのHoftheater専属の人気女優で、アドリエンヌは当たり役のひとつであった。

鷗外は十月十六日にはホテルでの朗読会にも出かけ、演劇的朗読を楽しんでいる。十六日の日記では「抑揚頓挫の妙言ふ可からず」と朗読をした女優アンナ・ハアエルランド（Anna Haverland、一八四五〜不詳）を称えている。

ハアエルランドはベルリンのHoftheaterに所属し、詩や小説も著す多才な女優で、感情豊かな表現力に定評がある。朗読した作品は鷗外と同年、一八六二年生まれの劇作家ルートヴィヒ・フルダの四幕喜劇「デル、ヰルデエ、ヤグド」Die wilde Jagdの一篇で、ゲルマン神話にある荒ぶる神の猟師が幽鬼の軍勢をひきつれ嵐の夜に狩りをするという内容である。(8)

鷗外は翌月十一月七日にはResidenz-Theaterに出かけ、その翌週には新市街のHoftheater（Das Königl. Hoftheater in Neustadt）にも足を運んでいる。

鷗外の下宿は、旧市街の宮殿や劇場の対岸にある新市街Grosse Klostergasse十二番地で、アウグスツス橋を渡れば対岸の王宮や劇場に行けるといういわば演劇的空間内にあった。ドレスデンでは華やかな新年の祝いの宴に鷗外は招待されている。七百人もの来客があるファブリス伯爵の新年の大祝宴会には、俳優たちも招かれ注目を集めていたことを日記（一八八六年一月十一日）に記している。日本と異なる俳優の地位の高さを実感したのがドレスデンであった。

> 俳優にはオステンvon den《ママ》 Ostenあり。容貌魁偉。余曾てそのヰルヘルム、テルWilhelm Tellに扮せるを見しが、現に彼の虐政の羈絆を脱せんと欲して、命を鴻毛よりも軽んじたる人物は斯くありけんと思はるゝ程なりき。フリヨツセル氏Frl. Floesselは余曾てその伝奇月桂と乞杖とLorbeerbaum und Bettelstabの中なるアグネスAgnesに扮せるを見たり。一双の嬌眸能く落第の才子（Heinrich）を鑑識し、月桂を贈りて詩巻を求むる処。余をして数行の涙を堕さしめたり。此夜純白の衣を着け、花束を手にして出づ。嬌姿比なし。若し夫れヂヤコモ氏Frl. Diacomoは紅瞼を呈し、美ならずと云ふに非ず。唯々桃紅の李白における観を為すのみ。

von der Ostenとは、エミール・パウル・フォン・デァ・オステン（Emil Paul von der Osten、一八四八～一九〇五）のことで、個性的な容貌と重厚な演技でハムレットやオセロを得意とするシェイクスピア役者として名を馳せ、ドイツに止まらず国際的に活躍した俳優である。ここで注目すべきなのは、オステン演じるシラーの『ヴィルヘルム・テル』を観たと記している点である。加えて女優アウグスティーネ・フルュッセル（Augustine Flössel、一八五九～不詳）が喜劇『月桂と乞杖と』*Lorbeerbaum und Bettelstab*でアグネス役を演じているのを観て、その演技に涙した、と演技内容について感想を述べていることは特筆されよう。作者は鷗外がライプツィヒ時代に読んでいた劇作家のカール・フォン・ホルタイ（Karl von Holtei、一七九八～一八八〇）である。このほかにも清純な娘役を得意とするアウグステ・ギヤコモ（Auguste Diacomo、一八六三～不詳）に触れている。

なお、表からもわかるようにドレスデンでの観劇では、劇場名が記載されていないものや演題が記載されていないものが多いが、解明できたので報告したい。表の③の一八八五年（明治一八）十一月七日にResidenz-Theaterで鷗外が観たのは、オペレッタ『ボッカチオ』*Boccaccio*であり、フランツ・フォン・スッペ（Franz von Suppé、一八一九〜一八九五）作曲の喜歌劇であることがわかった。

スッペは「ウィーンのオペッレッタの父」と言われている。ボッカチオ原作『デカメロン』のエピソードを取り入れ、ボッカチオと恋人フィアメッタが紆余曲折の末に結ばれる話である。一八七九年ウィーンでの初演から二年弱ですでに百回上演を記録するという世界的に人気を博したオペレッタである。ドレスデンでも好評を博していたため、同僚のヰルケが鷗外を誘ったものと思われる。

④の十一月十四日に「夜寸間を偸み」観劇したのは、新市街のHoftheaterで上演されていた、ドイツのノーベル賞受賞作家パウル・ハイゼ（Paul Heyse、一八三〇〜一九一四）の一幕悲劇*Provinzialin*と、ロシアの小説家ツルゲーネフの一幕喜劇『ハイデルベルクへの新婚旅行』*Die Hochzeitreise nach Heidelberg*及びカール・カーロの笑話の三作の初演であることが明らかになった。

鷗外はハイゼをライプツィヒ時代から読んでおり、(9)関心の持続した文学者であった。ハイゼとヘルマン・クルツ共編『ドイツ短編集』*Deutscher Novellenschatz*二十四巻などを購入し読んでいただけでなく、帰国後、翻訳紹介もしている。ハイゼの劇には新年の祝宴の席に連なることになるオステンが主演している。ツルゲーネフのロシア語劇のために舞台化にあたってはオイゲン・ツァーベルが翻訳し、監修した。また、これまで観劇した劇は長編一作品であったのに対し、この日の初演は、異なる作家の一幕物を三作連続上演するという新たな試みであった。

なお、⑤の一八八六年（明治一九）一月十七日、⑥の一月二十七日の観劇には、鷗外を訪ねてきた日本人の友人らとともに「劇を観る」とあるだけで劇場名、演題とも記載されていないが、ザクセン州立図書館で当時の上演資料を調査し、当日上演された三劇場のSpielplanを発見することができた。

一八八六年一月十七日は、K. Hof-Theater（旧市街）でオペラ『ザンパ、あるいは大理石の花嫁』（エロール作曲）*Zampa, oder die Marmorbraut*他が、K. Hof-Theater（新市街）ではFrancis Stahlの喜劇*Tilli*が上演された。また、Residenz-Theaterでは、午後に*Stütze der Hausfrau*が、晩にはKarl Gutzkowの喜劇*Der Königsleutenant*が上演されている。

一月二十七日は、K. Hof-Theater（旧市街）でオペラ『シルバーナ』（ウェーバー作曲）*Silbana*が、K. Hof-Theater（新市街）ではLeopold Güntherの喜劇*Der Leibarzt*が上演され、Residenz-TheaterではRoderich Benedixの喜劇*Doctor Wespe*が上演されていることがわかった。

なお、鷗外はドイツ留学中、折にふれ報告や許諾を得るためにベルリンに出張している。そのような出張の際にベルリンでも観劇している。たとえば、ドレスデン滞在中、プロイセン軍医会参加のために出かけたベルリンでは、⑧の一八八六年（明治一九）二月二十二日に田中正平とともに、『椿姫』で知られるフランスの劇作家アレクサンドル・デュマ・フィス（一八二四～一八九五）の新作『デニス』*Denise*を観に行っている。ヒロインのデニーズは、自身の過去の過ちを告白してアンドレの妹の不幸な結婚を阻もうとする。アンドレはデニーズの心根の良さを知り、二人はめでたく結ばれるという風俗劇である。

Residenz-Theaterは、主としてフランスの喜劇を上演している劇場である。新作が上演されるというので二人で出かけたと考えられる。翌日、田中は演劇好きの鷗外の誕生祝いにとローベルト・プレルス（Robert Prölß 一八二一〜一九〇四）の *Geschichte der dramatischen Literatur und Kunst in Deutschland* 二巻本を贈っている。

ドレスデンでの最後の観劇となるのは、一八八六年（明治一九）二月五日である。⑦にあるように鷗外は「劇ギヨオテの『フアウスト』を演す。往いて観る」と、『ファウスト』が上演されるので観に行ったと記している。

日記には劇場名は記されていないが、当時の新聞記事を調査したところ、資料1に示したように、『ファウスト』*Faust* が上演されたのは旧市街にある Hoftheater であることがわかった。鷗外所蔵のレクラム版ゲーテ全集の『ファウスト』には「明治十九年一月六日於徳停府鷗外漁史校閲」と扉書きされている。日記によると鷗外はライプツィヒ時代から『ファウスト』を読み始めていた。ドレスデン滞在中の一八八六年（明治一九）一月六日には『ファウスト』を読了していたと考えられる。折しも『ファウスト』が旧市街の Hoftheater で上演されているのを知り、鷗外は勇んで観に行ったのだ。

その際に頼りとしたのが新聞の劇評と考えられる。当時の新聞を調査したところ、ドレスデンを代表する「ドレスデナー・ツァイトゥング」の主筆劇評家を務めていたのがローベルト・プレルスであることが判明した。(10) プレルスは、先に述べたように鷗外がベルリンに滞在していた二月二十三日に友人の田中正平から贈られた『ドイツの劇文学と劇芸術史』*Geschichte der dramatischen Literatur und Kunst in Deutschland* 二巻本の著者である。この本を帰国後の演劇改良論争の中で鷗外はよく援用しており、プレルスは鷗外に強い影響を

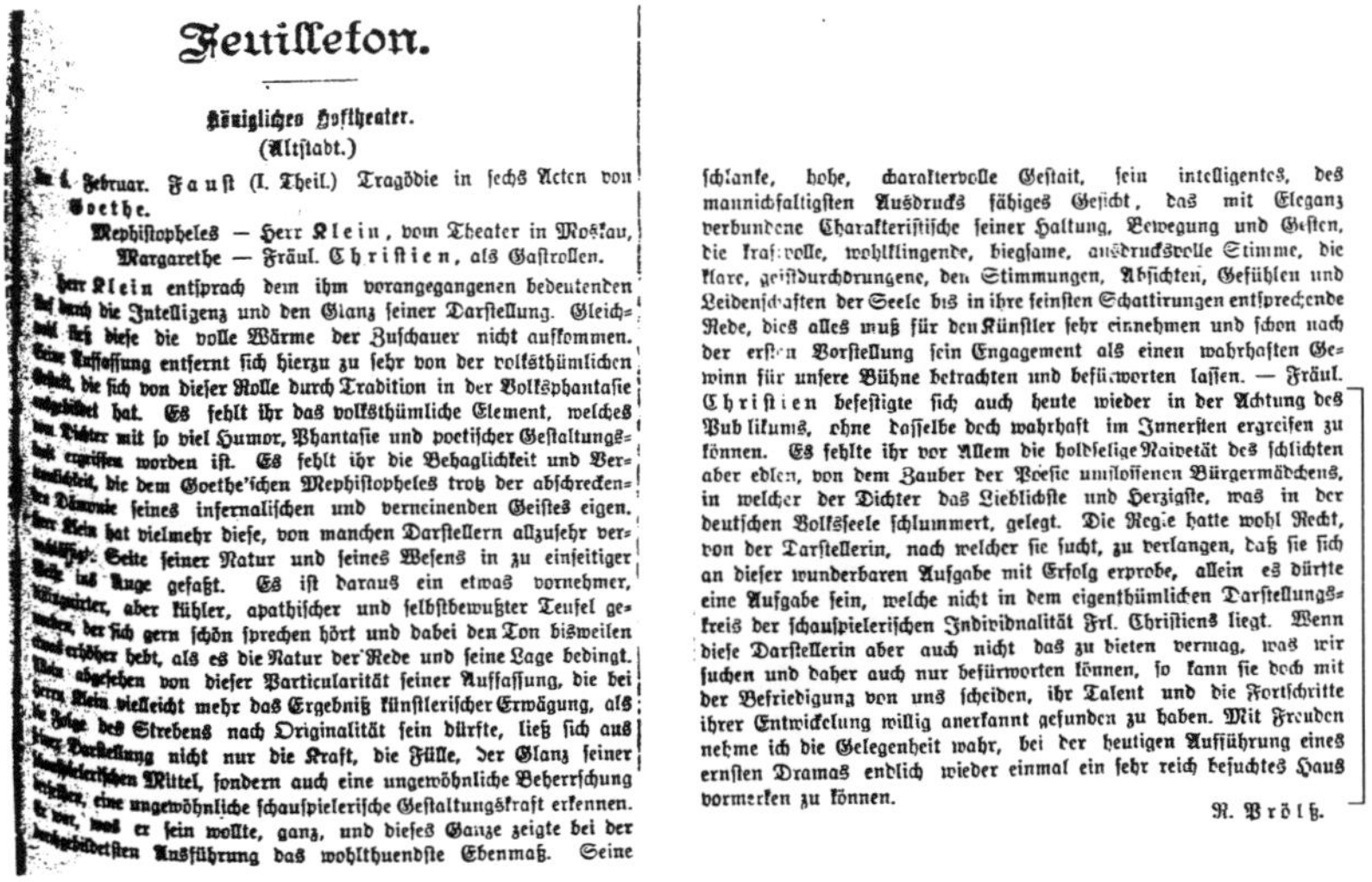

Feuilleton.

Königliches Hoftheater.
(Altstadt.)

Februar. Faust (I. Theil.) Tragödie in sechs Acten von Goethe.

Mephistopheles — Herr Klein, vom Theater in Moskau,
Margarethe — Fräul. Christien, als Gastrollen.

Herr Klein entsprach dem ihm vorangegangenen bedeutenden Ruf durch die Intelligenz und den Glanz seiner Darstellung. Gleichwohl ließ diese die volle Wärme der Zuschauer nicht aufkommen. Seine Auffassung entfernt sich hierzu zu sehr von der volksthümlichen Gestalt, die sich von dieser Rolle durch Tradition in der Volksphantasie ausgebildet hat. Es fehlt ihr das volksthümliche Element, welches vom Dichter mit so viel Humor, Phantasie und poetischer Gestaltungskraft ergriffen worden ist. Es fehlt ihr die Behaglichkeit und Verbindlichkeit, die dem Goethe'schen Mephistopheles trotz der abschreckenden Dämonie seines infernalischen und verneinenden Geistes eigen. Herr Klein hat vielmehr diese, von manchen Darstellern allzusehr vernachlässigte Seite seiner Natur und seines Wesens in zu einseitiger Weise ins Auge gefaßt. Es ist daraus ein etwas vornehmer, distinguirter, aber kühler, apathischer und selbstbewußter Teufel geworden, der sich gern schön sprechen hört und dabei den Ton bisweilen etwas erhöhter hebt, als es die Natur der Rede und seine Lage bedingt. Allein abgesehen von dieser Particularität seiner Auffassung, die bei Herrn Klein vielleicht mehr das Ergebniß künstlerischer Erwägung, als die Folge des Strebens nach Originalität sein dürfte, ließ sich aus seiner Darstellung nicht nur die Kraft, die Fülle, der Glanz seiner schauspielerischen Mittel, sondern auch eine ungewöhnliche Beherrschung derselben, eine ungewöhnliche schauspielerische Gestaltungskraft erkennen. Er war, was er sein wollte, ganz, und dieses Ganze zeigte bei der durchgebildetsten Ausführung das wohlthuendste Ebenmaß. Seine schlanke, hohe, charaktervolle Gestalt, sein intelligentes, des mannichfaltigsten Ausdrucks fähiges Gesicht, das mit Eleganz verbundene Charakteristische seiner Haltung, Bewegung und Gesten, die kraftvolle, wohlklingende, biegsame, ausdrucksvolle Stimme, die klare, geistdurchdrungene, den Stimmungen, Absichten, Gefühlen und Leidenschaften der Seele bis in ihre feinsten Schattirungen entsprechende Rede, dies alles muß für den Künstler sehr einnehmen und schon nach der ersten Vorstellung sein Engagement als einen wahrhaften Gewinn für unsere Bühne betrachten und befürworten lassen. — Fräul. Christien befestigte sich auch heute wieder in der Achtung des Publikums, ohne dasselbe doch wahrhaft im Innersten ergreifen zu können. Es fehlte ihr vor Allem die holdselige Naivetät des schlichten aber edlen, von dem Zauber der Poesie umflossenen Bürgermädchens, in welcher der Dichter das Lieblichste und Herzigste, was in der deutschen Volksseele schlummert, gelegt. Die Regie hatte wohl Recht, von der Darstellerin, nach welcher sie sucht, zu verlangen, daß sie sich an dieser wunderbaren Aufgabe mit Erfolg erprobe, allein es dürfte eine Aufgabe sein, welche nicht in dem eigenthümlichen Darstellungskreis der schauspielerischen Individualität Frl. Christiens liegt. Wenn diese Darstellerin aber auch nicht das zu bieten vermag, was wir suchen und daher auch nur befürworten können, so kann sie doch mit der Befriedigung von uns scheiden, ihr Talent und die Fortschritte ihrer Entwickelung willig anerkannt gefunden zu haben. Mit Freuden nehme ich die Gelegenheit wahr, bei der heutigen Aufführung eines ernsten Dramas endlich wieder einmal ein sehr reich besuchtes Haus vormerken zu können.

R. Prölß.

資料１　1886年２月７日「ドレスデナー・ツァイトゥング」文芸欄の、２月５日に上演された『ファウスト』についてのR. Prölßの劇評。

与えた劇評家だった。[11]従来、プレルスの演劇論から鷗外が影響を受けた時期は帰国後とされてきたが、プレルスからの影響はドイツ留学時代、ドレスデン滞在時にすでに見られるのである。

当時ドレスデンの新聞には「ドレスデナー・ツァイトゥング」以外にも「ドレスデナー・ナハリテン」「ドレスデナー・ターゲブラット」「ドレスデナー・アンツァイガー」「ドレスデナー・ジュルナル」などがあり、いずれも文芸欄が充実している。中でもドレスデンの代表紙である「ドレスデナー・ツァイトゥング」は、文芸欄に主筆プレルスを擁し、充実した紙面を誇っていた。

資料１にあるように、鷗外が観劇した二月五日の一八八六年二月七日付の文芸欄には、鷗外が観劇した二月五日の『ファウスト』第一部の上演についてのプレルスの劇評が掲載されている。この劇は、メフィストフェレスにモスクワの俳優クラインを呼び、またグレートヒェン役はクリスティエンが演じた。プレルスは、メフィスト役のクラインの迫真の演技は讃えているものの、クリスティエンの演技は民衆の心を本当につかむまでにはいたらなかった、と批評している。以下、該当箇所の大要を示す。

クリスティエン嬢に欠けているのはとりわけ素朴だが高貴であり、詩の魔術に包まれた市民の娘のやさしい、ナイーブさである。そのナイーブさにおいて詩人ゲーテはドイツの民衆の魂の中にまどろんでいるもっとも愛らしいもの、かわいらしいものを表現したのである。しかしながらそれはクリスティエン嬢の俳優としての個性の本来の演技の範囲にはないものであった。そうはいっても彼女の才能と彼女の演技の進歩を喜んで見出したという我々の満足とともに、彼女は舞台を終えることができた。

プレルスの劇評は、俳優の演技について作品の解釈に基づいて丁寧に批評していて、鷗外が次第に原作から俳優の演技力へと眼を向けていく力になったと言えよう。このように、『ファウスト』を始め、本でしかふれたことのない戯曲の上演を実際に観ることができ、演技のおもしろさに目覚めていったドレスデン時代に、演劇の碩学、プレルスの鋭く切り込む劇評を読むことで演劇の理解もより深いものになっていったと言えよう。劇評の役割の大きさを、自らの観劇体験によって実感したのがドレスデンであった。

後に演劇改良論争の中で、「看よ、泰西の劇場にはかの天馬空を行くが如きギヨウテの『ファウスト』を場に上ぼすものさへあるを」[12]と鷗外は高揚した精神で述べているが、それはドレスデンで実際に観劇した自負によるものであった。

三　ミュンヘン時代

次の留学地、バイエルンの都ミュンヘンも、ドレスデンと並ぶ芸術の都として名高く、Residenz-Theater（首都劇場）とKoenigliches Hof-und National Theater（宮廷劇場）の他にオペレッタなどを上演するTheater am Gaertnerplatz（ゲルトナープラッツ劇場）があった。

ミュンヘン時代はどのような観劇体験をしていたのだろうか。日記を見てみよう。

München（1886・3・8–1887・4・15） ミュンヘン時代（明治十九年三月八日～明治二十年四月十五日）	
①明治十九年（一八八六）三月八日	夜ワアルベルヒとゲルトネルプラッツのGaertnerplatz劇場に入る。後中央会堂Centralsaalに至る。仮面舞盛を極む。余も亦大鼻の仮面を購ひ、被りて場に臨む。
②明治十九年（一八八六）三月十二日	夜始て宮廷戯園に至る。壮麗比なし。場二千五百人を容る。演する所はジイゲルトG. Siegertの作なり。「クリテムネストラ」Klytaemnestra

	する所はジイゲルト G. Siegert の作なり。「クリテムネストラ」Klytaemnestra といふ。クララ、チイグレル Clara Ziegler 女主人公に扮し、ブランド氏 Fraeulein Bland エレクトラ Elektra に扮す。伎倆皆観るに足る。
③明治十九年（一八八六）三月十四日	夜始て輦下戯園 ResidenzTheater に至る。一等軍医生ヱエベル Weber 及びワアルベルヒの誘ふ所なり。劇場は宮廷戯園と相隣す。甚だ細小。僅に看客八百人を容る。然れども建築の美実に宮廷戯園に遜らず。演する所はカルデロン Calderon の怪夫人 La dama duende なり。
④明治十九年（一八八六）八月十三日	府の戯園レッシング Lessing の作哲人ナタン Nathan der Weise を演す。余長松篤棐と往いて観る。ポッサルト Possart のナタン Nathan に扮したるは、実に人の耳目を驚かすに足れり。
⑤明治十九年（一八八六）十月七日	夜井上を伴ひて劇を観る。演する所を餐菫者 Veilchenfresser とす。独軍尉官の状態を模写す。頗る興あり。
⑥明治十九年（一八八六）十月十五日	英人演する所の所謂日本劇を観る。題して御門 Mikado と云ふ。役名などは皆支那人の名に類す。一美人の名をユムユム Yum-Yum と称するにて、其一斑を窺ふ可し。然れども衣飾器物は皆真の日本品なり。「宮さん〳〵お馬の前にひら〳〵するのはなんぢやいなとことんやれ〳〵な」又は「おゝさびつくりしやつくりと」などの歌を唱ふ。ピッチイ、シング Pitti-Sing と云ふ役を勤むる少女フォルステル Kathi Forster と云ふもの日本服の着けかた殊に良しなどゝ同学中の評あり。

⑦明治二十年（一八八七）三月十九日（土曜）	劇を観る。
⑧明治二十年（一八八七）四月二日	横山又二郎と劇を輦下戯園に観る。男児のみにては余りに興なければとて、ファンニィ Fanny Grosshauser と云ふ少女を伴ふことゝなれり。劇はラロンジュ L'Arronge のクラウス学士 Dr. Klaus なり。主人公医を業とす。一夜婦と少女とを携へて筵に赴く。（中略）花忽ち床の下に落つ。童拾ひて唇に当て、憐むべき姉 Arme Schwester! と呼ぶ。其状猶目前に在り。爺が汝儕の言に随はざるも亦故なきに非ずと。言ひ畢りて私に涙を拭ふ。女も亦垂泣す。曰く。児盟ひて医の妻と為らんと。主人公笑ひて女の頭を撫で、痴児なる哉 Du, ein Naerrchen! と云ひ、将に席を退かんとするとき幕閉づ。此段最も人を感ず。喝采鳴りも止まざりき。

鷗外はミュンヘンには一八八六年（明治一九）三月八日から翌年の四月十五日までの一年余り滞在し、マックス・フォン・ペッテンコォフェルについて衛生学を学び、医学上の業績を上げている。その傍ら、ミュンヘンに着いて早々の三月中に三回も劇場に通っており、劇への関心の深まりを知ることができる。ミュンヘン到着日にはゲルトナープラッツ劇場でオペレッタを観、その四日後の三月十二日に宮廷劇場で『クリテムネストラ』*Klytämnestra* を観劇している。

作者はゲオルク・ジィゲルト（Georg Siegert、一八三六～一九二一）で、娘イフィゲニーを生贄にされたことで夫アガメムノンへの憎悪を募らせた女王クリテムネストラがトロイアの勝利から帰国した夫を殺害し、最後にはエレクトラの手引きにより実の息子オレステスに殺される、というギリシア悲劇を基にした五幕悲劇である。

鷗外がその設備の華麗さに驚きの目を向けた宮廷劇場は、Koenigliches Hof-und National Theaterである。宮廷劇場は二千五百人も収容する大劇場で、外観だけでなく内装も華麗なドイツを代表する劇場である。劇場についてだけでなく、「伎倆皆観るに足る」と日記に俳優の演技力についても感想を書いている。これまでライプツィヒやドレスデンで観劇を重ねてきたことにより、鑑識眼が培われてきたという鷗外の自信がうかがえる。

ミュンヘンの当時の新聞には劇評も掲載されている。劇評では単なる作品紹介に止まらず、俳優の演技についての詳しい論評もなされている。たとえば、月に三回発行される「ミュンヒナー・ジグナール」紙の一八八七年（明治二〇）三月二十三日付ではヒロインを演じたクララ・ツィーグラー（Clara Ziegler、一八四四〜一九〇九）の演技が深い感動を与えたと述べられている。(13)

ツィーグラーは一八六二年にバンベルクで初舞台を踏み、鷗外が観たミュンヘンのKoenigliches Hof-und Natoinal Theaterが主たる活躍の舞台だった。客演としてベルリンを始め各地の劇場でメディアやイフィゲニーなどを演じている。フランスのサラ・ベルナール、イタリアのエレオノーラ・ドゥーゼと並ぶドイツを代表する名女優である。(14)

二日後の三月十四日には、スペインの劇作家カルデロン・デ・ラ・バルカ（Calderón de la Barca、一六〇〇〜一六八一）の『怪夫人』*La dama duende*を観に行った。『怪夫人』はカルデロンのいわゆる〈合羽と太刀物〉の最高峰に位置づけられる三幕喜劇『おばけ貴婦人』のことである。[15] マヌエルが友人のドン・ファンの家に泊まると、隣の部屋で物音がする。怪しく思ったマヌエルが確かめにいくと顔を隠した謎の貴婦人が逃げていく。最後に謎の女（おばけ貴婦人）がドン・ファンの妹で、未亡人のアンヘラであることが明かされ大団円に至る。

鷗外が観たのは初演である。鷗外は上演された劇場であるResidenz-Theaterについて「宮廷戯園と相隣す。甚だ細小。僅に看客八百人を容る。然れども建築の美実に宮廷戯園に遜らず。」と記している。八百人という規模は小さいものの内装の美しさでは群を抜く。ロココ様式の内装がひときわ華麗なドイツ屈指の劇場である。

ミュンヘンは、イタリア建築の影響を色濃く受けており、劇場の内装も華麗なものであった。劇場が日常から解放された異次元空間であることを最も意識したのがミュンヘンだった。

ミュンヘンでは劇場の空調設備の実験にも参加し、実験の模様は新聞にも取り上げられた。[16] 当初は劇場そのものの設備に関心をひかれた鷗外だが、次第に俳優たちの演技に魅了されていった様子を日記からも跡付けることができる。

一八八八年（明治二一）八月十三日の日記には、レッシングの『賢者ナータン』*Nathan der Weise* について「ポッサルトPossartのナタンNathanに扮したるは、実に人の耳目を驚かすに足れり」と記している。ナータンを演じたのは舞台監督も務めたドイツが誇る知性派俳優エルンスト・フォン・ポッサルト（Ernst von Possart、一八五〇～一九一五）である。[17] ポッサルトの当たり役である『賢者ナータン』は、ドイツ啓蒙主義文学者の最高峰レッシング（Gotthold Ephraim Lessing、一七二九〜一七八一）の代表作である。妻子をキリスト教徒に殺されながらも、宗教的寛容を貫くユダヤ人ナータンの崇高な生き方に焦点があてられている。

ミュンヘンでは、ゲルトナープラッツ劇場で上演された英国人ギルバートとサリバンの合作コミックオペラ『ミカド』*Mikado*の初演も観ている。(18)『ミカド』はエキゾチシズムあふれる日本劇で、十月十五日の日記に「英人演する所の所謂日本劇を観る」と記している。登場人物は、死刑執行長官のココ、ココの婚約者ユム・ユム。彼女を見初めるのが、王子ナンキプーである。登場人物には中国風の名前が用いられており、鷗外は「役名などは皆支那人の名に類す」と、日本理解の程度の低さを指摘している。しかし、調度、衣装などは日本から取り寄せて使用するなどの工夫が凝らされており、「ピッチイ、シングPitti-Singと云ふ役を勤むる少女フオルステルKathi Forsterと云ふもの日本服の着けかた殊に良し」と「同学中」の評判を記している。

ところで鷗外の日記には、一八八七年（明治二〇）四月二日にベルリンのDeutsches Theaterの創立者で演出家であり、劇作家のラロンジュ（Adolf L'Arronge、一八三八〜一九〇八）の喜劇『クラウス博士』*Dr. Klaus*をResidenz-Theaterで観たと記され、劇の内容についても詳細な記述がある。最終幕についても「此段最も人を感ず。喝采鳴りも止まざりき」と観客の興奮を伝える臨場感あふれる記述がなされている。当時の新聞記事を調査した際にはわからなかったが、井戸田総一郎氏の示唆により上演チラシを昨夏ミュンヘン演劇博物館で調査することができた。

資料2にあるように、四月二日のResidenz-Theaterでは、当初、鷗外がライプツィヒ時代に読んでいた

K. Residenz-Theater.

München, Samstag den 2. April 1887.

Der

Hüttenbesitzer.

Schauspiel in vier Aufzügen von Georges Ohnet.

Personen:

Preise der Plätze:

Die Kasse wird um halb sieben Uhr geöffnet.

Anfang um 7 Uhr, Ende um 1/2 10 Uhr.

Der freie Eintritt ist Niemand gestattet.

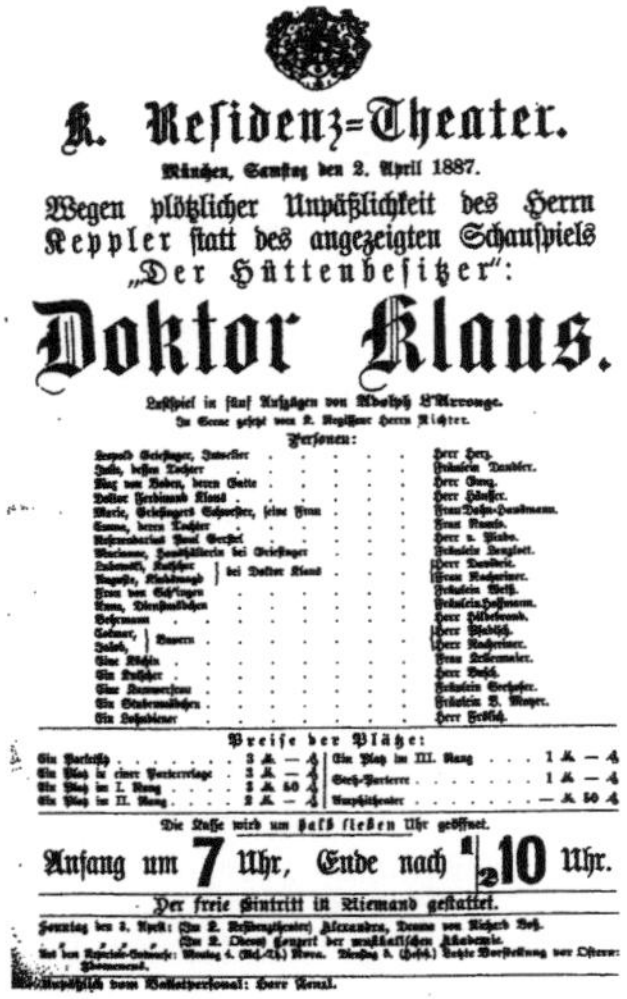
K. Residenz-Theater.

München, Samstag den 2. April 1887.

Wegen plötzlicher Unpäßlichkeit des Herrn Keppler statt des angezeigten Schauspiels „Der Hüttenbesitzer":

Doktor Klaus.

Lustspiel in fünf Aufzügen von Adolph L'Arronge.

Personen:

Preise der Plätze:

Die Kasse wird um halb sieben Uhr geöffnet.

Anfang um 7 Uhr, Ende nach 1/2 10 Uhr.

Der freie Eintritt ist Niemand gestattet.

資料2　1887年4月2日の上演チラシ（Residenz-Theater）。当初左のDer Veilchenfresserが上演される予定だったが、右のDoktor Klausに急に変更された。

ジョルジュ・オーネ（Georges Ohnet、一八四八〜一九一八）の『あばら家の主』*Der Hüttenbesitzer*を上演する予定であったのが、Kepplerの体調不調により急遽当日に*Doktor Klaus*に変更されていることがわかった。ケップラーは俳優兼演出家である。

なお、⑤の一八八六年十月七日に観た『餐菫者』*Der Veilchenfresser*については、演題しか記しておらず、劇場名がわからなかったが、当時の資料を調査し、*Der Veilchenfresser*は四幕喜劇で、Residenz-Theaterで上演されていることが明らかになった。作者のグスタフ・フォン・モーゼル（Gustav von Moser、一八二五〜一九〇三）はラロンジュと並ぶ一八七〇〜八〇年代のドイツ喜劇界を代表する劇作家である。(19)また、⑦の一八八七年三月十九日は「劇を観る」としか記述がないが、この日上演されていた

Spielplanを発見できた。

一八八七年三月十九日は、K. Hof-& National-Theaterでオペラ『ノルマ』（ベッリーニ作曲）*Norma*が、Residenz-Theaterでは*Doktor Klaus*が上演された。また、Theater am Gärtnerplatzでは、午後に*Der Glöckner von Notre-Dame*が、晩にはオペレッタ『ファリネッリ』（ツンペ他作曲）*Farinelli*が上演されていたことがわかった。

ミュンヘンでは一流の俳優たちによって上演される古典的名作劇の醍醐味も体験した。鷗外は帰国後、レッシングなどの古典的名作劇の翻訳を積極的に行っているが、そこにはドイツでの観劇体験が反映していたのである。鷗外が初めて翻訳するのもミュンヘンで観劇したスペインの劇作家カルデロンである。戯曲『サラメヤの村長』を弟の篤次郎[20]と共訳している。

また『ミカド』や『怪夫人』など、上演される演目の初演日に劇場に足を運んでいることからも、鷗外が劇の初演に貪欲な関心を寄せていたのがわかるだろう。

四　ベルリン時代と帰国後の演劇への関心

最後の滞在都市ベルリンは、ドイツの首都である。ミュンヘンでの滞在を終えた鷗外は、一八八七年（明治二〇）四月十六日にローベルト・コッホについて細菌学の研究に従事するためにベルリンに向かい、翌年の一八八八年（明治二一）七月五日に帰国の途につくまでの一年三カ月近く滞在する。自由なミュンヘン時代とは違って、在独日本人の交流会、大和会や軍医取締役の管理下に入り、劇場に頻繁に足を運ぶことはなくなる。だが、鷗外の演劇を観る目にさらに磨きがかけられたことは短い日記の記述からうかがうことができる。

Berlin（1887・4・16–1888・7・5） ベルリン時代（明治二十年四月十六日～明治二十一年七月五日）	
①明治二十年（一八八七）十月三十日	夜劇を宮廷戯園 Schauspielhaus に観る。演する所はシエエクスピイヤ Shakespeare ハムレット Hamlet なり。
②明治二十一年（一八八八）一月十一日	獨逸戯園 Deutsches Theater に至る。「ドン・カルロス」Don Carlos を観る。ゲスネル Gessner の美、ポオザ Posa の技、最も嘉す可し。

ベルリンではシェイクスピアの『ハムレット』*Hamlet* やシラーの『ドン・カルロス』*Don Carlos* など特にヨーロッパの代表的な古典劇を観ることができた。『ドン・カルロス』は人類愛を描いた歴史悲劇で、孤独なスペイン国王の子ドン・カルロスの継母への悲恋、親友のカルロスの身代わりになって死ぬポーザ伯爵の不屈の意志などを描き、シラーの最高傑作である。ベルリンは劇場の壮麗さにおいてはミュンヘンに劣るものの、名優がそろい鎬を削っていた。鷗外は、名優の演技力に改めて目を開かせられ、戯曲に生命を吹き込む演じ手の役割の意義を実感したのだった。

たとえばシラーの『ドン・カルロス』について「ゲスネルGessnerの美、ポオザPosaの技、最も嘉す可し」と、名演に賛辞を惜しまない。(21)ドイツにおける鷗外の観劇体験について島田謹二は「若き日の森鷗外と西洋演劇」の中で「西洋、とくにドイツ演劇を味わうとか、調べるとかを目的にしてかれはドイツにいたわけではない。だから、かれの演劇を観、劇場に出入りする気持ちも、ごくのん気なもので、いわばただの椋鳥のそれであったろう(22)」と述べている。しかしながら、観劇体験の質的変化に注目するならば、鷗外の演劇への傾斜は「ごくのん気なもので、いわばただの椋鳥」というものではない。むしろ積極的、目的意識的に演劇を吸収していたと考えるべきだろう。(23)

四都市での観劇体験は帰国後も持続する。一八八八年(明治二一)九月の帰国から一年後の一八八九年(明治二二)八月二十六日に日本演芸協会文芸委員となった。鷗外は、十月二十五日「文学評論しがらみ草紙」を創刊し、戦闘的啓蒙活動を開始した。「しがらみ草紙」創刊号に掲げた演劇改良についての鷗外の最初の評論は「演劇改良論者の偏見に驚く」である。「初め余等の演劇改良論の起れるを聞くや、躍然として云く。是れ豈空谷の跫音にあらずやと。其言ふ所を聞き、其行ふ所を見るに及びて、余等は実に駭歎せり。渠等の所謂演劇改良は徒らにこれを劇場に求めて、其極西欧現時の劇場を模倣するに止らむとすればなり」と強い調子で述べられ、西洋の劇場の模倣という安易な改良主義に対し、批判の矛先をむけた。その鋭い語気からも演劇改良にかける鷗外の並々ならぬ情熱をうかがうことができる。ここには、留学時代に実際に西欧演劇にふれる中で培ってきた演劇観に基づいての改良論であるという鷗外の自信がみられる。

鷗外がドイツでの観劇体験で得たものは、第一に劇評などの演劇論であり、第二に戯曲であり、第三にはそれを演じる俳優の重要性であった。演劇改良の提言にあたってもプレルスらの演劇論[24]を援用し、戯曲の劇場に対する優位性を説いている。また劇作家の自主性についても言及し、戯曲を文学における一ジャンルとして扱うことを提言した。この他にも、楽劇と違い「正劇に至りては則ち之に反す。是れ尋常の言語応答の間に、詩想の妙味を現呈すべきものなれば、真成に之を玩ぶものは、其精神注いで優人の一顰一笑一挙手一投足の中に在り[25]」と、戯曲の神髄を表現する俳優の演技力を強調しているのである。

以上のように、留学時の蓄積を基に演劇改良の提言を積極的に行っている。鷗外の日本演芸協会の参加によって低迷していた演劇改良運動は近代劇確立へと大きな一歩を踏み出すことになる。評論活動に加えて、鷗外はすぐれた戯曲こそが演劇の要であると演劇改良の実践として西欧近代劇の翻訳を行っていくようになるのである。佐藤春夫は「明治十七年、若い陸軍二等軍医として戦陣医学と衛生学との研究のためにドイツに渡つた鷗外森林太郎の洋行の事実を近代日本文学の紀元としたいと思ふ」と述べているが、日本の近代劇の流れを考えるなら、まさに鷗外のドイツ留学こそが日本の近代劇の紀元でもあったと言うことができよう。

注

（1）『日本における外国文学——比較文学研究　上巻』（朝日新聞社、一九七五年十二月）。

（2）『明治大正の劇文学——日本近代戯曲史への試み』（塙書房、一九七一年九月）。

（3）「試論　鷗外のドラマトゥルギー」（「演劇学」十四号、一九七三年三月）。

（4）拙著『鷗外と〈女性〉』（大東出版社、一九九二年十一月）。

（5）鷗外が気軽な劇場にも知人らと足を運んでいたことは、たとえば、ドレスデン滞在中、一八八六年二月十九日には ドイツ人軍医らとともにベルリンの「ライヒスハルレ」Theater der Reichshalle に出かけていることからもわかる。「名 は戯園と称すと雖、未責の水晶宮、徳停の『ヰクトリヤ』堂 Victoriasalon の類に過ぎず」と日記に記しているように、見世物も上演されるヴァリエテ施設である。

（6）『獨逸日記』には記載されていないものの、東京大学所蔵の鷗外文庫には鷗外の書き込みのあるオペラ台本が残って いる。瀧井敬子は『漱石が聴いたベートーヴェン――音楽に魅せられた文豪たち』（中公親書、二〇〇四年二月）でグ ルック作曲『オルフェウスとエウリディケ』の上演台本の一八八五年六月二十一日の書き込みに言及している。この 他にも井戸田総一郎『演劇場裏の詩人森鷗外――若き日の演劇・劇場論を読む』（慶応義塾大学出版会、二〇一二年四 月）ではオペラ台本の書き込みについての調査報告がなされている。

（7）拙稿「ライプツィヒ時代の森鷗外Ⅱ――演劇・音楽・文学・『獨逸日記』資料その3」（「鷗外」三十六号、一九八五 年一月）。ベルリン・ドレスデン等ライプツィヒ以外の劇場でも上演され、各地で大反響を呼び好評を博している。演 劇だけでなくオペラとしても上演され大評判となっており、今日でも大変なじみのある喜劇である。

（8）Leo Melitz; *Die Theaterstücke der Weltliteratur ihrem Inhalte nach wiedergegeben*, Globus Verlag, Berlin, 1904.

（9）小堀桂一郎『若き日の森鷗外』（東京大学出版会、一九六九年十月）。

（10）拙稿「ドレスデン時代の森鷗外――曙光・『舞姫』の歌・『獨逸日記』その七」（「鷗外」四十三号、一九八八年七月）。

（11）鷗外の演劇改良論は、戯曲、劇場運営、舞台監督や俳優の実態について総合的な視野から演劇史を詳述した劇評家 ローベルト・プレルスの『ドイツの劇文学と劇芸術史』*Geschichte der dramatischn Literatur und Kunst in Deutschland*, Leipzig, 1883. に負うところが大きい。

（12）「演劇改良論者の偏見に驚く」（「しがらみ草紙」明治二十二年十月）。

（13）拙稿「森鷗外の近代劇邂逅――『ミカド』から『ドン・カルロス』へ」（「鷗外」八十号、二〇〇七年一月）。

(14) 名女優として息長く活躍できたのは幅広い技量による。後に鷗外は『椋鳥通信』においてもツィーグラーの近況を度々伝え、自分の別荘をミュンヘン演劇博物館として提供し、演劇のために生涯尽くしたことも紹介している。

(15) Herausgegeben von Karl Heinz Berger, Kurt und Böttcher, Ludwig Hoffmann, Manfred Nauman, Gisela Seeger; *Schauspielführer in zwei Bänden* (*Band 1*), Henschelverlag Kunst und Gesellschaft Berlin, Berlin, 1986.

(16) 拙稿「ミュンヘン時代の森鷗外――独文新資料1」(「鷗外」三十三号、一九八三年七月)。

(17) Prof. Dr. Rudolph Genee, Max Grube, Dr. Robert Hessen, Dr. Paul Lindau, Victor Ottmann, Ernst v. Possart, Gotthilf Weisstein, Eugen Zabel u. a.; *Spemanns goldenes Buch des Theaters*, Verlag von W. Spemann, Berlin & Stuttgart, 1902.

(18) 注(13)に同じ。

(19) Leo Melitz; *Der Schauspielführer-Führer durch das Theater der Jetztzeit*, Globus Verlag, Berlin, 1904.

(20) 篤次郎が留学中の鷗外に芝居の報告を送っていたことも観劇への刺激となった。帰国後、『調高矣洋絃一曲』を三木竹二(篤次郎)と共訳した他、ドイツにおける演劇改良運動の牽引車であるレッシングの『エミリア・ガロッティ』を『折薔薇』と題して「しがらみ草紙」に連載するなど、翻訳戯曲の紹介にも力を入れている。後に、竹二が責任編集を務める演劇雑誌「歌舞伎」が創刊されると、鷗外は「歌舞伎」に翻訳戯曲を精力的に発表するようになる。

(21) ベルリン時代最後の観劇となった『ドン・カルロス』では、鷗外自らの目で俳優の演技力を評価するようになる。

(22) 注(1)に同じ。

(23) 島田謹二は、「若き日の森鷗外と西洋演劇」で鷗外の観劇した劇を「近世演劇史上の古典的大作」、ギリシャ古典劇の系譜、喜劇、そして十九世紀の風刺劇の四つに分類しているが、鷗外の観た劇を、『ドン・カルロス』のような男性中心の劇、『クリテムネストラ』のような女性中心の劇、そして『ハムレット』『ファウスト』のように男性が中心だが女性が重要な位置を占めている劇、という三つに分類することもできよう。

(24) 「嗚呼、演劇の急流は戯曲中一波一瀾の美麗と細膩とを掩蔵すと。又云く。戯曲を作るものは其意を舞台上の便に注ぐこと愈多ければ、其詩品愈降り、其詩格愈知る」(「再び劇を論じて世の評家に答ふ」、「しがらみ草紙」明治二二年十二月）と、プレルスの論を紹介して自説を補強している。また「聊か西欧諸国殊に獨逸の演劇論家が斯道の発達のためになしゝ運動の蹟に就いて、我協会に益あるべきものを拾ひ、これを演じて以て不腆の帰道に充てむとす。直ちにこれを輸入せむことは固より吾願にあらず。儻し参考の資ともならば、幸何ぞこれに若かむ」（「演劇場裏の詩人」、「しがらみ草紙」明治二三年二月）という言からもわかるように、ドイツの「演劇論家」の論が生かされている。

（25）「演劇改良論者の偏見に驚く」（「しがらみ草紙」明治二二年十月）。

付記　本稿で触れられなかった諸点については、拙著『鷗外と近代劇』（大東出版社、二〇一一年三月）で詳述しているのでご参照いただければ幸いである。

あとがき

私が『椋鳥通信』に関心を向けるようになったきっかけは、『椋鳥通信』が載っている分厚い『鷗外全集』第二七巻を何気なくめくっているときのことだった。その際、イギリスの女性参政権運動（サフラジェット）についての記事が多いことに気づいた。私の最初の著書が『鷗外と〈女性〉』であり、その後も『鷗外女性論集』を編著で出版したように、鷗外の女性に関する著述にずっと注目してきた。サフラジェットの運動を追いかけている一連の記事を読んでいくうちに、「やはりそうか」という強い思いがした。若き日の鷗外はドイツのライプツィヒで、一八八五年九月「獨逸婦人会」の総集会に、数少ない男性参加者として、男性が参加を許された二日間とも参加した。『獨逸日記』の記述から、女性解放運動に対する鷗外の並々ならぬ関心が読み取れる。それから二四年も経った一九〇九年の鷗外の心に、女性解放運動への関心は消えていなかったのである。このことに気づいてから、雑然とした西洋文化紹介記事、方向性のない膨大な文字の羅列と見えていた『椋鳥通信』が、鷗外の輪郭をもった確かな存在に変貌した。

鷗外研究史において、これまで『椋鳥通信』は軽視、あるいは無視されてきた。『椋鳥通信』は鷗外の手すさび、趣味的な西洋文化記事の翻訳・紹介の集積であると。しかし、そのような見方は誤りである。むしろ、作家としての鷗外の秘密、また人間鷗外の素顔も見える重要な作品である。これが、

『椋鳥通信』を研究対象として真正面から取り上げてみようと思ったきっかけである。

しかし、考えてみれば、『椋鳥通信』に私が関心を持つようになるきっかけは、ずっと前に萌していたようにも思える。私が初めてドイツに留学したのは、今から三七年も前の一九八二年八月から八四年二月にかけてのことだった。外国で暮らすのも初めての経験だったし、今のようにドイツの情報が日本でたやすく得られる状況でもなかったので、ドイツで見るもの聞くもののすべてが興味深く、日々新しいことの発見の連続だった。それらを伝えたくて、「ドイツ便り」という題名で、下手なイラストもつけて、両親や親戚、友人たちに何号もドイツから送った。その内容は、ソーセージやビール、ゴミの分別、カーニバル、映画、演劇、音楽、美術、反核運動、女性解放運動など種々雑多だったが、結構面白がってもらえたように思う。私の「ドイツ便り」を『椋鳥通信』と比べることなどおこがましいが、鷗外が『椋鳥通信』で西洋文化紹介の筆を取るときに喜びを覚えていただろう、と容易に想像できるのは、ささやかな私の体験があるからだ。若き日にドイツで日記にその日の出来事を書いていたときのような初心に、鷗外の気持ちは帰っていたのではないだろうか。そのような気持ちがなければ、あれだけ長大な連載を継続することはできなかっただろう。

さて、『椋鳥通信』は、私が富山大学人文学部の比較文学ゼミにおいて何年間もテーマにした作品でもあった。『椋鳥通信』は比較文学・文化の題材の宝庫である。そこには、トルストイ、ストリンドベリ、ハウプトマンら有名作家の動向から、マリネッティの「未来派宣言」など当時の最新情報もある。文学、演劇、美術などあらゆるジャンルの芸術の話題が豊富であり、女性参政権運動などフェミニズムに関わる話題もあり、ポルトガル革命、各国の社会主義運動などの政治動向もある。重要な科学的発見や犯罪、ユーモラスな事件もある。比較文学ゼミの学生たちをいくつかのグループに分けて、『椋鳥通信』からひとつテーマを選んで報告させ、ゼミ論集にまとめさせる、ということを何年も繰り返した。学生たちは、取り上げられた人名の索引や文学、演劇、美術といった芸術のどの分野のものが各年度において多く取り上げられているか、といった基礎的統計の作成から、医学、スポーツや宗教まで含む個別テーマの追求まで、実に熱心に調査してくれた。完成したゼミ論集の「後書」には、「大変な作業だった」というため息も見られるが、それなりに楽しんでくれたのではないか、と思っている。それは、『椋鳥通信』がどんな角度からのアプローチにも応えてくれる多様性と深みを兼ね備えた「西洋文化百科事典」であるからだ。学生たちの熱心な共同作業、成果発表により私自身も気付かなかった視点をいくつも教えてもらった。笑いあり涙ありの作業をしてくれた、富山大学の比較文学のゼミ生たちにこの場を借りて感謝したい。

さて、「『椋鳥通信』研究」という題をつけたものの、正確には「研究序説」と名づけるべきだったと思わざるをえない。ご覧のように、今までのところ、この分厚い「西洋百科事典」のまだ、ほんの「二、三科事典」分の解説しか書けていない。本来ならば、この何倍もの論文を書いていなければならないはずである。例えば、『渋江抽斎』と『椋鳥通信』の関係など興味深いテーマもあるのだが、まだ取り組めていない。ただ、『椋鳥通信』に読書人の関心を集めたい、また専門的に取り組む研究者が増えていってほしい、という切なる願いを込めて、不十分ではあるものの、この時点でひとまず本という形にしたのである。
本という形にする上では、鷗出版の小川義一社長にひとかたならぬお世話、というかご迷惑をおかけしてしまった。論文編、資料編とも私の方の事情で本になりにくい原稿しかなかったからだ。鷗外を愛する小川社長の献身的なご尽力がなければ、このような形で本になることは不可能であったろう。センスに満ちた装丁と活字など、細かいところにまで行き届いた造本に対するよろこびとともに、心からの感謝を捧げる次第である。

二〇一九年三月

金子　幸代

初出一覧

『椋鳥通信』における鷗外の引用戦略――「市民的公共圏」を求めて……「鷗外」九一号、森鷗外記念会、二〇一二年

森鷗外の『椋鳥通信』――『さへづり』・『沈黙の塔』へ……「森鷗外『椋鳥通信』における西欧文化の受容・伝播の総合的研究報告書3」二〇一〇年度科学研究費B、二〇一一年

二十年後の海外通信員――『舞姫』と『椋鳥通信』……『森鷗外『舞姫』を読む』勉誠出版、二〇一三年

森鷗外とミュンヘン画壇――『独逸日記』から『椋鳥通信』まで……『森鷗外と美術』双文社出版、二〇一四年

森鷗外のドイツ観劇体験――日本近代劇の紀元……「文学」隔月刊　第一四巻・第一号、岩波書店、二〇一三年

付録　『椋鳥通信』の原典「ベルリナー・ターゲブラット」（一九一一年一〇月～一九一二年一二月）……「森鷗外『椋鳥通信』における西欧文化の受容・伝播の総合的研究報告書3」二〇一〇年度科学研究費B、二〇一一年

12月	763	パリイの Faust 興行と云うのは、これまで Gounod の Opera	25日、2頁	Von Goethes Faust, Zebuochsen und anderen
12月	763	スヱエデン詩人 Werner von Heidenstam がアカデミイに這入った	25日、2、15頁	Werner v. Heidenstams Eintritt in die Akademie
12月	764	大使館や公使館を国毎に置くのは無駄で、中世的だから世界議	25日、3、4頁	Weihnachtsgedanken
12月	764	芸術家の大作を出すのは五十歳と六十歳との間にある	25日、33頁	Der Fünfzigerjährige als Künstler und Kaufmann
12月	764	脚本家 Leopold Kampf(Krakau) が死んだ	27日夕刊、11頁	Leopold Kampf
12月	764	ハンガリーの Arthur Goergy（1848年独立戦の将官）が	28日、1、2頁	Arthur Görgy
12月	764	ヨオロツパ最高の観象台は Sonnenblick(Tauern)	29日、6頁	Das höchtste meteorologische Observatorium in Europa
12月	764	「前晩に」は Kampf がロシアの革命を見て、	30日、2頁	Wie ein Revolutionsdrama entstand
12月	764	Reinhardt はドイツ座で、Wilhelm Schmidt-Bonn の新作	同上	Theaterchronik
12月	764	ドイツの外交官 von Kinderlen-Waechter が十二月三十日の朝	30日夕刊、1頁	Staatssekretär v. Kiderlen-Waechter plötzlich gestorben
12月	765	ロシアの内相 Makarow がやめて Maklakow が代つた	30日夕刊、2頁	Makarows Abschied
12月	765	「Berg-Eyvind とその妻と」は Island 詩人 Johann Sigurjonsson	31日、4頁	Ein isländisches Drama

資料作成にあたっては、山崎泰孝さん、堀弥子さんのお世話になった。記して感謝申し上げます。

12月	762	マンハイム劇場のマチネエでGobineauのRenaissanceを上場	17日夕刊、2頁	Gobineaus "Renaissance" in Mannheim
12月	762	国際大学学生会が出来て、Haagの平和宮の落成式と同時に	17日夕刊、11頁	Richard Dehmel
12月	762	ドイツの大学でなぜ外国人が理科試験を受けずに高等学科	17日夕刊、12頁	Der Studentenstreik in Halle
12月	762	ロシアの首相Kokowzowはバルカン諸国に同情した演説をして	19日、1、2頁	Kokowzow über das Balkanproblem
12月	763	Selmar Werner作のドレスデンのSchiller記念像は	19日、2頁	Kleine Mitteilungen
12月	763	グライフスワルド大学の学生もハルレへ同情の電報を発した	19日、15頁	Der Streik an der Universität Halle
12月	763	ドイツ教部省はハルレ学生の請を容れた	19日夕刊、13頁	Beendigung des Klinikerstreits
12月	763	Nantesのルネツサンス座が早朝に全焼した	20日、4頁	Das Renaissance-Theater in Nantes in Flammen
12月	763	小説Jean Christopheの第十巻をRomain Rollandが完成		
12月	763	英艦King George Vの代価は七億五千万円		
12月	763	Ermanno Wolf FerrariがMoliereのL 'amour medecinを糧にして	23日、2頁	Eine neue Oper von Wolf Ferrari
12月	763	印度副王Hardinge夫婦が象に乗つて通る所へ	23日夕刊、2頁	Bombenattentat auf den Vizekönig von Indien
12月	763	シナで鴉片を喫む量が減じて、印度や上海に鴉片が	24日夕刊、2頁	Die Opiumfrage
12月	763	クリスマスにGoethegesellschaftがAus Ottilie von Goethes Nachlass	24日夕刊、11頁	Die Weihnachtsgabe der Goethegesellschaft
12月	763	パリイのEdouard Detaille（戦争画）が六十四歳で死んだ	同上	Edouard Detaille

12月	761	Deutsches Theater のフアウスト第一部興行は Faust	6日、15頁	Theaterchronik
12月	761	Paul Cassierer は十二月五日にいよいよ Sezession(ベルリン)	同上	Die Vorstandwahl in der Berliner Sezession
12月	761	Emil Schering は故人 Augsust Strindberg の許を得て	6日夕刊、1、2頁	Strindberg gegen Schering
12月	761	Charles Darwin の子 George Howard Darwin（天文、試験的哲学）	8日、15頁	Professor Darwin gestorben
12月	761	Schirin und Gertraude は Ernst Hardt の新脚本である	8日、4頁	Theaterchronik
12月	761	Lessingtheater は Heinrich Mann 作 Die grosse Liebe を	10日夕刊、11頁	Theaterchronik
12月	761	Bonn の Karl Justi（美術史）が死んだ	10日夕刊、12頁	Karl Justi
12月	761	Nobel 賞を受けに Gerhart Hauptmann がストツクホルムに往った時	11日夕刊、11頁 / 13日、15頁	Gerhart Hauptmann in Stockholm / Hauptmann und die Politik
12月	761	Deutsches Schauspielhaus で Hermann Sudermann 作	14日、2頁	In Hermann Sudermanns neuem Schauspiel
12月	762	トルストイの Fedor Kusmitsch を雑誌に出したので	14日夕刊、15日	Wladimir Korolenko vor Gericht
12月	762	ゲルハルト・ハウプトマンはストツクホルムから Kopenhagen に	15日、2頁	Gerhart Hauptmann in Kopenhagen
12月	762	ハルレ大学の医科学生がストライクをしている	16日、15頁	Der Universitätkonflikt in Halle
12月	762	キヨルンの劇場で十八歳の女詩人 Margarethe Zoellner の作	16日夕刊、11頁	Kleine Mitteilungen
12月	762	ストラアスブルヒ大学では医学生の請を容れて、	17日、1頁	Der Streik an der Universität Halle
12月	762	南極探検家 Amundsen が Legion d'honneur 勲章を受けた	17日、15頁	Amundsen Großoffizier der Ehrenlegion

11月	759	Otto Brahm が十月二十八日に死んだ	29日、2頁と15頁	Otto Brahm
11月	759	Carlheim-Gyllenskoeld(Stockholm)は Henry von Philip	30日、4頁	August Strindbergs Briefe
12月	759	Poestlingberg(Linz付近)に洞窟学（Spelaeologie）の博物館が	12月1日、55頁	Das Museum für Höhlenkunde
12月	759	Bielschowsky の Goethe 伝の二十五板が出た	同上	Ein "Goethejubiläum"
12月	759	Leoncavallo の新作オペラ Zingari は Gavacchioli がリブレツトオを	2日、2頁	Leoncavallos jüngste Oper
12月	759	ハンブルヒで Gustav Frenssen 作 Soenke Erichsen が上場	同上	Theaterchronik
12月	760	Max Liebermann のかいた1892年の Gerhart Hauptmann の	2日夕刊、11頁	Ein neues Gerhart Hauptmann-Bildnis Max Liebermanns
12月	760	女性 Faust と称せられる Franz Wedekind 作 Franzisca が	3日、2頁	Wedekinds "Franziska"
12月	760	ベルリンで Irene Trietsch の Hedda Gabler が賞賛せられている	4日、2頁	Irene Triesch als Hedda Gabler
12月	760	フランクフルト・アン・デル・オオデルで Heinrich Kleist の少作	同上	Kleists "Familie Ghonorez"
12月	760	Toni Stadler が Pinakothek を管理することになる	5日、2頁	Tschudis Nachfolger
12月	760	Les Ecalaireuses は Maurice Donnay の新作で女子運動を	5日、15頁	Ein neues Stück von Maurice Donnay
12月	760	Savignon(二十八歳）が小説家として Emanuel von Bodman	同上	Kleine Mitteilungen
12月	760	Die heimliche Krone はカルルスルウエで上場した Emanuel von Bodman	5日夕刊、11頁	"Die heimliche Krone"
12月	760	Granville Barker(Kingsway)の Shakespeare 興行が	6日、2頁	Shakespeare-Renaissance in England

11 月	757	General von der Goltz 曰く。トルコには 1908 年までの	23 日夕刊、2 頁	Generalfeldmarschall v.d. Glotz über die türkische Armee
11 月	757	Max Kruse（画）はベルリン分離派を脱した	23 日夕刊、15 頁	Der Austritt Kruses aus der Sezession
11 月	757	ベルリンの Lessing 像を作つた Otto Lessing	24 日、2 頁	Professor Otto Lessing
11 月	757	Basel にヨオロツパ諸国の社会主義者 500 人が集会をして	25 日 2 頁と 25 日夕刊 15 頁	Internationaler Sozialistenkongress
11 月	757	ライプチヒでの Hauptmann の演説にかう云うことがある		
11 月	758	ベルリンに氷片が降つた（Eisregen）雪が一旦融けて	26 日、6 頁	Eisregen in Berlin
11 月	758	Porte St. Martin で Bataille 作 Les Flambeaux の初興行があつた	26 日夕刊、11 頁	Ein neues Stück von Bataille
11 月	758	1895 年 3 月 27 日に Tolstoi が手帳に書いた遺言案が公に	27 日、2 頁	Tolstois Testament
11 月	758	ヰイスバアデンで Ottomar Enking 作 Peter Luth von Altenhagen	27 日、2 頁と 15 頁	Theaterchronik
11 月	758	ミラノの脚本作者 E. A. Butti が肺病で死んだ	27 日、15 頁	E.A. Butti
11 月	758	Arthur Hunt(Oxford)が訳して、Die Spuerhunde	27 日夕刊、2 頁	Sophokles als Komiker
11 月	758	老年の Paul Heyse が喘息に悩んでいる	27 日夕刊、11 頁	Paul Heyse
11 月	759	ハンブルヒで Stefan Zweig 作 Das Haus am Meer	同上	Stefan Zweig
11 月	759	Reinhardt は Otto Borngraeber 作 Althaea und ihr Kind	28 日、15 頁	Borngräber bei Reinhardt
11 月	759	Eine fuerstliche Maulschelle をブレスラウで興行させた	28 日夕刊、2 頁	Wolzogens literarische Pläne
11 月	759	Reinhardt の興行した脚本を Wilhelm Borngraeber(Berlin)から	同上	Die Klassiker des Deutschen Theaters

11月	756	ヴェルテルのロツテのモデル Charlotte Buff(Frau Rat Kestner	10日、49頁と50頁	Lottes Nichte
11月	756	ベルリンの分裂派（Sezession）が Paul Cassirer を首座にしそうなので	11日、15頁	Der neue Präsident der Sezession
11月	756	Hugo von Hofmannsthal は Hauptmann の五十の誕生に	同上	Hugo von Hofmannsthal an Gerhart Hauptmann
11月	756	ベルリンの分離派の首座 Lovis Corinth が辞職の申し込みをした	11日夕刊、11頁	Rücktritt Corinth vom Präsidium der Sezession
11月	756	ヴインの Burg 座の座長には Hugo Thiming がなりそうだ	同上	Der neue Burgtheaterdirektor
11月	756	ブダペストで Franz Molnar の新作滑稽劇「狼」が喝采	同上	Theaterchronik
11月	756	ドイツ風俗会議（Deutsche Sittlichkeitskonferenz）が		
11月	756	無政府主義者 Manuel Pardinas Sarate（三十二歳）が	13日、1頁	Ermordung des spanischen Ministerpräsidenten
11月	756	Kleiststiftung は Dehmel の審査によって	13日夕刊、11頁	Die ersten Preisträger der Kleiststiftung
11月	757	Nobel 賞金を理学者 Dalen(Stockholm)	同上	Die Nobelpreis für Physik und Chemie
11月	757	Hauptmann が未発表脚本 Der Bogen des Odysseus	14日夕刊、11頁	Gerhart Hauptmanns Roman "Atlantis"
11月	757	Die Raeuber は Herman Bahr が書いている長編小説	同上	Hermann Bahrs Memoiren
11月	757	スパニアで Romanones 伯が内閣を組織する	15日、2頁	Canalejas Nachfolger
11月	757	十一月のベルリン無鑑査展覧会の出品数は八百点である	15日、19頁	Juryfreie Kunstschau Berlin 1912
11月	757	ベルリンの Hotel Adlon で Hauptmann の五十の誕生の祝が	15日夕刊、11頁	Gerhart Hauptmanns Geburtstagsfeier
11月	757	Karl Joel が Basel 大学の総長になつた	21日夕刊、11頁	Karl Joel

11月	753	Nobel 賞の候補に Gustav Frenssen が立つた	3日、2頁	Frenssen als Nobelpreiskandidat
11月	753	ベルリンで Eduard Stucken 作 Merlins Geburt が興行せられる	同上	Theaterchronik
11月	754	Volksschillerpreis が Herbert Eulenberg の手に落ちたのは	4日、2頁	Herbert Eulenbergs "Belinde"
11月	754	Max Reinhardt がロンドンの Palace Theatre で興行する筈の	5日、15頁	Reinhardts "Venezianische Nacht" in London verboten
11月	754	「ヴェネチアの夜」は Karl Volmoeller の書いたので、禁止の理由は	5日、夕刊、11頁	Das Londoner Verbot gegen Reinhardt
11月	754	ライプチヒでは Hauptmann の五十の賀に大学学生が Florian Geyer	同上	Gerhart Hauptmann und die Leipziger Universität
11月	754	Schillerstiftung の Breslau 支部では Hermann Stehr	6日、4頁	Eine Ehrengabe für Hermann Stehr
11月	754	Askanisches Gymnasium は Hauptmann の五十の賀に	同上	Die Erstaufführung von Hauptmanns "Hirtenlied"
11月	754	Woodrow Wilson がアメリカの大統領になつた	6日夕刊、1頁	Präsident Wilson
11月	755	Semmering の山の上に Peter Altenberg, Hermann Bahr	6日夕刊、2頁	P.A. Auf dem Semmering
11月	755	ドイツ諸劇場での最近一年間の興行数は左の通	6日夕刊、11頁	Die großen Erfolge
11月	755	Peter Luth von Altenhagen は Ottomar Enking	7日夕刊、11頁	Theaterchronik
11月	756	活動写真に出る Hauptmann の作はこれまで小説 Atlantis	8日夕刊、11頁	Gerhart Hauptmann auf dem Film
11月	756	Les affranchis, Le redoutable の作者 Marie Lenéru	9日、4頁	Die schaffende Frau in Frankfurt
11月	756	「ヴェネチアの夜」は改作して許された	9日、15頁	Die "Venezianische Nacht" in London freigegeben
11月	756	ドイツの統計では男子六人中の一人、女子二十五人中の一人	10日、5頁と6頁	Jeder 6. Mann und jede 25. Frau

10月	752	ドイツの赤十字社員はトルコとセルビアとへ出すことに	29日夕刊、2頁	Ein deutsche Rot-Kreuz-Expedition für Serbien
10月	752	Dublin大学でWhiteが「社会的不安に関する文芸」と題する演説	29日夕刊、11頁	Eine Ehrung Wedekinds durch das Ausland
10月	752	Celsus, Porphyius, Julianusをクリスト教の三反対者	30日、2頁	Harnack über "Celsus"
10月	752	Oscar Bieがベルリンでドイツの音楽の現状を批評した	30日、2頁と15頁	"Unsere Jüngsten in der Musik"
10月	753	Kiamil Paschaがトルコの内閣を組織する	30日、15頁	Kiamil Pascha Großwesir
10月	753	十一月十三日はLudwig Uhlandの五十回忌なので、	30日、11頁	Eine Gedächtnistafel für Ludwig Uhland
10月	753	十月三十一日にRichard Dehmelの前妻	30日夕刊、2頁	Paula Dehmel
10月	753	バイエルンの風景画家Karl Haiderが死んだ	30日夕刊、2頁と11頁	Karl Haider
10月	753	Kirschnerの率いたドイツ赤十字社員が	30日夕刊、12頁	Die Spende des Kaisers für die Rote-Kreuz-Expeditonen
10月	753	Andre RouveyreのParisiennesがライプチヒの	31日、4頁	Die beschlagnahmten Pariserinnen
10月	753	ロシア赤十字社員がSofiaに着いた	31日夕刊、2頁	Die russischen sanitären Missonen
10月	753	ドイツ赤十字社員の第四団はアルバニア		
10月	753	フランスのアカデミイでComte Henry Houssayeと		
11月	753	ベルリンのOrientalisches Seminarが二十五年記念祝をした	11月1日、5頁と6頁（注）	Das Orientalische Seminar
11月	753	HelbingがHanns Heinz Ewersに外科手術をして遣った	1日、夕刊、11頁	Kleine Mitteilungen
11月	753	Halle大学に教育学の講座が出来てAlfred Rauschが担任する	2日、5頁	Der erste pädagogische Lehrstuhl auf einer preussischen Universität

10月	751	ヴインで Stefan Zweig 作 Das Haus am Meer を	23日夕刊、11頁	Theaterchronik
10月	751	Mainz の Dom の基礎が危うくなった	24日夕刊、11頁	Der Maizer Dom in Gefahr
10月	751	Wuerttemberg が Reinhardt と Strauss とに	25日夕刊、2頁	Die Große Medaille für Reinhardt und Strauss
10月	751	ヴインで Arthur Schnitzler の滑稽脚本 Professor Bernhardi が	26日、11頁	Schnitzlers neue Komödie in Wien verboten
10月	751	ベルリン大学の歯医教室が新築せられた	26日、4頁	Zur Eröffnung des neuen zahnärtzlichen Instituts der Universität Berlin
10月	751	Zirkus Busch(ハンブルヒ)で Hippolyt(Euripides)が興行	27日、2頁	Euripides im Hamburger Zirkus Busch
10月	751	世界最大と称すべき New York Public Library	27日、33頁	Die größte städtische Volksbibliothek der Welt
10月	751	Neue Hebbeldokumente(Berlin, Schuster &Loeffler) は Hebbel	同上	Neue Hebbeldokumente
10月	751	S. Fischer(ベルリン)から Jakob Wassermann 著		
10月	751	スツツトガルトの演劇総監督 Baron Joachim zu Putlitz	28日、2頁	Eröffnung des Deutschen Opernhauses
10月	752	建築家 Paul Wallot (ベルリン) の記念祭と図案展覧会	同上	Wallot-Gedächtnisfeier
10月	752	トルコ軍の野戦衛生長官はドイツ人 Richard Bier	28日夕刊、2頁	Die Organisation des Sanitätsdienstes
10月	752	ロンドンの大学に Joseph Lister の記念像が立つ		
10月	752	Karl von Schirach がワイマルの劇場総監督になつた	28日夕刊、11頁	Weimarer Auszeichnungen
10月	752	青年文芸家の補助金を出すのに、Kleiststiftung は	同上	Ein neues System von Preisverleihung
10月	752	デネマルクの史家 Albert Fridericia が死んだ	29日、15頁	Albert Fridericia
10月	752	Brendel の首唱した惑星の国際観測所が	29日、9頁	Eine internationale Planetenberechnungstelle

10月	749	Bulgariaが十月十六日十二時十分に宣戦の言明をした		
10月	749	出版業及線画術国際展覧会を1914年にライプチヒで	17日、15頁	Die "Burga" gesichert
10月	750	十月十七日午後Serbiaがトルコ政府に対する宣戦言明を	18日、2頁	Serbien erklärt der Türkei den Krieg
10月	750	十月十七日トルコ政府はギリシア公使に旅券を送付した	同上	Die besondere Behandlung Griechenlands
10月	750	十月十八日ギリシアがトルコに対する宣戦を言明した	18日夕刊、2頁	Die Kriegserklärung Griechenlands
10月	750	ベルリンの諸劇場はHauptmannの誕生にMichael Kramer	18日夕刊、11頁	Gerhard-Hauptmann-Feier der Berliner Theater
10月	750	自叙伝（Memoiren）をHermann Bahrが書きはじめた	19日夕刊、2頁	Hermann Bahrs Memoiren
10月	750	フランス語にIbsenを訳したProzor伯の娘Gretaが	21日、15頁	Theaterchronik
10月	750	ハンブルヒでBahr作Prinzipを興行した	21日夕刊、2頁	Hermann Bahrs "Prinzip"
10月	750	Rupertsweiler Leutを書いたHarriet Straub（仮名）は	21日夕刊、11頁	Ein Buch der Gattin Fritz Mauthnauers
10月	750	在ロンドンのドイツ大使の妻Mechtild LichnowskyがGoetter	22日、2頁	Im Königsgrab
10月	750	Graz大学で理財学教授Schumpeterが苛酷なので学生が	22日、15頁	Studentenrevolte in Graz
10月	750	オランダが1908年のベルン条約（著作権の件）に加盟した	同上	Der Beitritt Hollands zur Berner Konvention
10月	750	Freiburg i. B. でHanns Heinz Ewers作Das Wundermaedchen	22日夕刊、11頁	Theaterchronik
10月	750	ドイツの所々の劇場でHerbert Eulenberg作Belinde	23日、2頁	Herbert Eulenbergs "Belinde"
10月	751	ライプチヒのAnton Hartmannが死んだ	23日夕刊、2頁	Anton Hartmann

10月	748	新聞記者 Eduard von Tempeltey が八十の誕生を祝する	13日、47頁	Eduard v. Tempeltey
10月	749	ベルジツクの大臣 Auguste Beernaert（平和論者）が四十四歳で		
10月	749	ドイツの所々の劇場で Ludwig Thoma 作 Magdalena が興行せられた	14日夕刊、2頁と11頁	Das Volksstück von Ludwig Thoma
10月	749	ミユンヘン芸術家劇場座主 Georg Fuchs（著述のある人）が	14日夕刊、11頁	Theaterchronik
10月	749	Die Bekenntnisse des Hochstaplers und Hoteldiebes Felix Krull	同上	Ein neuer Roman von Thomas Mann
10月	749	ベルリン大学で新総長 von Baudissin が就任した	15日、2頁	Rektoratsübergabe an der Berliner Universität
10月	749	Friedrich 大帝全集が出はじめた。仏文は皆ドイツ訳にしてある	同上	Die Werke Friedrichs des Großen
10月	749	Minor は一万クロオネンをオヨステルライヒのアカデミイに	同上	Das Testament Professor Minors
10月	749	十月十五日トルコとイタリアの平和条約が Beaurivage-Ouchy	16日、1頁	Abberufung der türkischen Gesandten aus den Balkanstaaten
10月	749	十月十六日トルコの代理公使 Mukhil Bei が宣戦の言明なしに	16日夕刊、1頁	Kriegsbeginn ohne Kriegserklärung
10月	749	ライプチヒでは Gerhart Hauptmann の五十の誕生に	16日夕刊、11頁	Gerhart-Hauptmann-Feier in Leipzig
10月	749	ベルリンの August Grisebach が Alfred Messel の研究をしている	同上	Ein Werk über Alfred Messel
10月	749	ナポレオンの旧別荘 San Martino(Elba)は Del Buono と	16日夕刊、12頁	Die verkaufte Villa Napoleons

10月	747	パリイでEmile Zolaの死んだ日に記念会が催された	同上	Der Todestag Emile Zolas
10月	748	ロシア政府はLengyel-Biro合作のZarinを禁止した	8日、15頁	Theaterchronik
10月	748	Walter William Skeat(Etymological Dictionary of the English Languageの	同上	Walter William Skeat
10月	748	ヴインのJakob Minor(Goethe研究家）が五十七歳で死んだ	同上	Jakob Minor
10月	748	Emil Fischer（化学）が十月九日に六十の誕生を	8日、11頁	Emil Fischer
10月	748	十月八日にトルコとMontenegroが先ず戦争状態に移った	8日夕刊、1頁と2頁	Montenegro soll den Krieg erklärt haben
10月	748	Sophie Behr即ちLeo Tolstoi夫人の回想録が出版せられる	9日、2頁	Tolstois Liebeswerben
10月	748	Stefanssonは北部Canadaで発見した二千人の	10日、5頁	Die rätztelhaften "weißen Eskimos" von Nordkanada
10月	748	Otto Janke（ベルリン）からWilhelm Raabeの抒情詩集が出る	10日夕刊、11頁	Ein literarisches Ereignis
10月	748	Alexis Carre(New-York)が外科でNobel賞金を貰った	11日、2頁	Verleihung des medizinischen Nobelpreis für 1912
10月	748	フランスの農務大臣Pamsが国立農家学校に「割烹学」の講座	11日夕刊、2頁	Das Katheder der Köchin
10月	748	脚本Hinter MauernがOesterheld ＆Co.から出る	11日夕刊、11頁	Theaterchronik
10月	748	ブダペスト市立女学校の女教師Sari Perczelは声学を研究して	同上	Lehrerin und Soubrette
10月	748	ベルリン芸術院首座にLudwig Manzelが就任した	同上	Aus der Akademie der Künste

9月	746	Wassen (Gotthard 線) に詩人 José Rizal の像	27日、15頁	Ein Denkmal für José Rizal
9月	746	Alexandra Tolstoi が母と和睦した	28日、夕刊、11頁	Versöhnung im Hause Tolstoi
9月	746	Georg Mueller（ミユンヘン）から Birinski 作　Narrentanz	29日、2頁	Birinskis "Narrentanz"
10月	746	スエエデンで Werner von Heidenstam がアカデミイに	1日、13頁(注)	Die neuen Mitglieder der Schwedischen Akademie
10月	746	Descartes の髑髏は洪水の時箱に片づけたことが	1日夕刊、11頁	Der Schädel Descartes
10月	746	Eugen Degraeve(Bruxelles)は文士で寺院へ盗に這入る計画を	3日、15頁	Schriftsteller und Bandit
10月	746	十月十日にドレスデンで Gabriel Schillings Flucht を興行するので	3日夕刊、11頁	Theaterchronik
10月	747	或る女が別荘の壁に Hans Meyer に壁画をかいて貰つたが、	同上	Die übermalten Sirenen und das Reichsgericht
10月	747	Glaube und Heimat の作者 Karl Schoenherr が Volkstheaterpreis	4日、2頁	Schönherr als Preisträger
10月	747	ドレスデンに出来た Kuenstlerverein Dresden は無鑑査展覧会を開く	4日、11頁	Juryfreie Ausstellungen in Dresden
10月	747	パリイの秋のサロンの出品者は外国人 655 人、フランス人 315 人	5日夕刊、2頁	Zwei Worte über den Herbstsalon
10月	747	オランダで Vincent van Gogh-Museum を立てる計画がある	5日夕刊、15頁	Die Begründung eines van Gogh-Museums
10月	747	Sophie Tolstoi は亡夫 Leo Tolstoi の遺物中で	同上	Ein unveröffentlichter Roman Leo Tolstois
10月	747	流行雑誌の初は Abbé La Mésangére が 1786 年に Gavarni に	7日夕刊、2頁と 11頁	Die Ausstellung
10月	747	Sacha Guitry の La prise de Berg op zoom は軽い作である	7日夕刊、11頁	"Die Einnahme von Berg op Zoom"

9月	744	Strindberg の Einsam に Goethe の評がある	21日、2頁と15頁	Strindberg über Goethe
9月	744	ドレスデンに大学を立てることを市長 Beutler が主唱している	21日、15頁	Für die Universität Dresden
9月	744	Schweizer Nationale Kunstausstellung で二度続けて	22日、15頁	Attentate für Hodlersche Bilder
9月	745	Hans Ostwald が Die neue Zeitschrift を出す	同上	"Die neue Zeitschrift"
9月	745	「大尉 Bubnow の奇遇」は新たに発見せられた		
9月	745	Leoncavallo の新曲 Zingari は Pagliacci と一対になる		
9月	745	Ostwald が Amtsscheibermuehle(Eisenberg 付近）を買って		
9月	745	Vaudeville 作者（パリイ）Léon Gandillot が死んだ	23日、夕刊、11頁	Léon Gandillot
9月	745	Hans Vaihinger が六十の賀をする	24日、4頁	Hans Vaihinger
9月	745	1650年にストツクホルムで死んだ Descartes の体がパリイへ	24日、夕刊、11頁	Der Schädel Descartes
9月	745	Fritz Mauthner が監督のもとに Georg Mueller	25日、5頁	Die Bibliothek der Philosophie
9月	745	Santa Maria della Grazie(Milano)にある	26日、2頁	Ein sterbendes Kunstwerk
9月	746	ライプチヒの Thomasschule（現在校長 Jungmann）	26日、15頁	Die Jahrhundertfeier der Leipziger Thomasschule
9月	746	四百人の無教養者の作品を閲した結果を	26日、夕刊、1頁と2頁	Schriftsteller- Autodidakten
9月	746	十一月十日に授与せられる Volks-Schillerpreis は	26日、夕刊、2頁	Der Volks-Schillerpreis
9月	746	脚本 Rodion Raskolnikow は Leo Birinski の新作	同上	Theaterchronik
9月	746	Wilhelm Leibl（画）の Kutterling の家が居酒屋に	26日、夕刊、11頁	Das Leiblhaus in Kutterling

9月	743	Ilmenau にある Gickelhahnhaeuschen にギヨオテが鉛筆で	11日、2頁と15頁	Die Urschrift von Goethes "Nachtlied"
9月	743	九月十三日に Marie Ebner-Eschenbach が八十二歳	11日、15頁	Kleine Mitteilung
9月	743	マグデブルヒで Haeckel が自己の Materialismus と	11日、5頁	Haeckel und Ostwald
9月	743	Serbia の抒情詩人 Milan Curcin が Zarathustra	11日、夕刊11頁	Nietzsche in Serbien
9月	743	スツツトガルトへ往く筈の Gerhart Hauptmann が	12日、夕刊、2頁	Von einer Erkrankung Geburt Hauptmanns
9月	743	Booth が死んだので Bernard Shaw 作 Major Barbara	12日、11頁	Shaw und die Heilsarmee
9月	743	クライネス・テアアテルで Ludwig Thoma 作	13日、15頁	Theaterchronik
9月	743	Scientific american で Etchegoyen が	13日夕刊、11頁	Ein neues Meer
9月	743	1913年には Certaldo(Toscana) で Boccaccio の六百年記念祭	同上	Zur sechshundertjährigen Boccacciofeier
9月	743	「有識社会の瓦解」は Artzibaschew が書こうとしている	14日、4頁	Artzibaschew gegen die Intelligenz
9月	743	Pocantice Hills にいる Rockefeller の所へ「黒手組」		
9月	743	André Le Notre の三百年記念のため1913年の	14日、11頁	Le Notre Gedächtnisausstellung in Paris
9月	744	九月十三日にスツツトガルトの宮廷座が開かれた	14日夕刊、1頁と2頁	Thaliens Doppelburg
9月	744	Gertrud Storm は父 Theodor Strom の最期の短編	14日夕刊、2頁	Eine posthume Novelle Theodor Storms
9月	744	サハラを海にすると云うことは昔 Roudaire が云ったことがある	14日夕刊、11頁	Das "Saharameer"
9月	744	Elbe 河畔の Blasewitz に菩提樹がある	20日、4頁	Zwei gefährdete Schillerstätten

9月	741	Obersalzbrunn で Gerhart Hauptmann の五十の誕生を	4日、15頁	Gerhart Hauptmann und sein Geburtsort
9月	741	印度神話集に Hanns Pellar が画を入れたのが出る	4日夕刊、11頁	Der Großherzog als Dichter
9月	741	Louis Tuaillon（彫刻）が五十の誕生を祝する		
9月	741	Positivismus 協会を Forel(Yvorne)Lamprecht(Leipzig)		
9月	741	フランクフルト・アム・マインに立つはずの大学は、もう資本が	9日、2頁	Die Frankfurter Universität
9月	741	Versailles にあつた Bellangé, Beaune, Gros, Vernet の戦争画を	同上	Bandalen
9月	741	Tirol にある Goethe 記念物は 1786年9月7日に	同上	Eine Goetheerinnerung
9月	742	Louis Tuaillon は Krefeld の Kaiser-Wilhelm-Museum に取り付ける，	9日夕刊、2頁	Neue Werke von Louis Tuaillon
9月	743	Milano の Scala 座が十二月から開いて	9日夕刊、11頁	Das Programm der Mailänder Scala
9月	743	Rudolf Eucken が十月に Harvard 大学へ往く	10日、15頁	Professor Dr. Rudolf Eucken
9月	743	ボヘミア詩人 Emil Bothus Frida 作名 Jaroslaw Vrchlicky が死んだ	10日夕刊、2頁	Jaroslaw Vrchlicky
9月	743	Marlitt の後継者 Bertha Behrens 作名 Wilhelmine Heimburg が	同上	Wilhelmine Heimburg
9月	743	チロオルにはまだ Torbole（ガルダ湖畔）にギヨオテの	同上	Eine Goetheerinnerung
9月	743	ベルリンの王室座で出した脚本 Bluthochzeit は	11日、2頁	Königliches Schauspielhaus

8月	739	雑誌 La société nouvelle に、1866年 Bruxelles に来て、	24日、15頁	Baudelaire in Belgien
8月	739	ヴィインの Burg 座長 Alfred von Berger が八月二十四日午前三時	24日夕刊、1頁と2頁	Alfred Freiherr und Berger
8月	739	Gilchrist という婆さんを殺して金剛石のブロオチを取った	27日、13頁	Conan Doyle als Warner
8月	739	Louvre で Madame Haudibourt-Lescoit の自画像に穴が	27日、15頁	Das Kunstattentat in Louvre
8月	739	Helene Scharffenstein(Pseudonym)の作「ドイツ一女優の日記」	27日夕刊、2頁	Eine Echtheitsfrage
8月	739	Joechers Gelehrtenlexon に Lessing が	28日、4頁	Die neuen Lessingfunde
8月	739	詩人 Ompteda の父 Kammerher Wilhelm Heinrich が死んだので、ビスマルクの	28日夕刊、11頁	Ein Bonmot Bismarcks
8月	740	ヴィインの Theodor Gomperz（希臘語）が死んだ	30日、15頁	Theodor Gomperz
8月	740	Otto Hasenclever の新曲 Oratorium は Franz Wedekind が	30日夕刊、11頁	Ein Oratoriumtext von Franz Wedekind
8月	740	アメリカへ Otto Ernst が朗読をしに往く	31日、10頁	Kleine Mitteilung
8月	740	Parsifal 公開問題に対する意見を問はれて、Richard Strauss が	31日夕刊、2頁	Richard Strauß, der Politiker
9月	740	Berlin, die Wende einer Zeit in Dramen の第三曲 Ignorabimus	1日、9頁（注）	Ein sonderbares Experiment
9月	740	秋季機動演習と同時に発表せられた受勲者の中に文士が	同上	Ein Ordensregen
9月	741	Heidelberg の Unterstrasse 十六番地に Hebbel の記念碑	2日夕刊、11頁	Eine Ehrung für Hebbel
9月	741	Henri Poincaré の死んだ跡へ Académie の新顔として	3日夕刊、11頁	Clémenceau

8月	738	ロンドンの劇場で入りを取った脚本の作者は Macdonald Hastings	20日、2頁	Die Londoner Theatersaison
8月	738	海の最深尺はドイツ船 Planet の測った 9780 米突で、	20日、4頁	Die größte Meerestiefe
8月	738	Anwers の Academie の首座 Juliaan de Vriendt（歴史画）が七十の誕生を	20日、15頁	Zum siebzigsten Geburtstage von Juliaan de Vriendt
8月	738	ミュンヘンのアカデミイ首座 Theodor von Heigel（歴史家）も同断	21日、5頁	Theodor von Heigel
8月	738	ベルリンの無鑑査展覧会は Rudolf Lepke の陳列所で十一月に開かれる	同上	Kunstchronik
8月	738	Graz の Rudolf Hoernes（地震学）が死んだ	21日、15頁	Rudolf Hoernes
8月	738	Firenze には既に Casa di Dante があったが、	21日夕刊、11頁	Die Gründung eines Dantemuseums in Florenz
8月	738	Nobel 賞金が Gerhart Hauptmann に廻って来そうだ	22日、2頁	Gerhart Hauptmann
8月	738	Ecole des Beaux-Arts の大ロオマ賞金を受けたのは		
8月	738	Claude Debussy（作者）が五十の誕生を祝する	22日、15頁	Claude Debussy
8月	738	Christiania の国民劇場の前に立っている Sinding 作 Ibsen	22日夕刊、11頁	Zwei umstrittene Statuen
8月	738	Insel から出る Ricarde Huch の三十年戦は三冊物になる筈である	23日、15頁	Ricarda Huch
8月	739	Malmstatt で鉄道の怪我があった時 August Strindberg の長女が	23日夕刊、2頁	Kein Strindbergmuseum
8月	739	San Vigilio（Garda 湖畔）の岬を毀つて大ホテルを建てようと	同上	San Vigilio

8月	737	Poincaré の代わりにアカデミイに這入るのは Alfred Capus だろうと云う噂	9日、15頁	Alfred und die Akademie
8月	737	ヴェネチヤ付近に久しく引き込んでいた Eleonora Duse が此冬は	10日、11頁	Eleonora Duse
8月	737	ドイツの議事堂を作った Paul Wallot が Langenschwalbach で死んだ	11日、2頁	Paul Wallot
8月	737	Paul Schoenemann 作の Heine 記念像が Halle に立った	12日夕刊、11頁	Das erste Heinedenkmal
8月	737	ハルレの書估 Hermann Gesenius が死んだ	13日、15頁	Hermann Gesenius
8月	737	八月十二日は Christoph Willhelm von Hufeland の第百誕生である	13日、4頁	Christoph Wilhelm v. Hufeland
8月	737	Jules Massenet（楽）がパリイで死んだ	14日、2頁	Jules Massenet
8月	737	Johannes Trojan が七十五の誕生を祝する	14日夕刊、11頁	Der 75. Geburtstag Johannes Trojans
8月	737	Palmyra の故跡が次第に湮滅する	16日夕刊、11頁	Die sterbende Ruinenstadt
8月	737	Volapuek の発明者 Schleyer が死んだ	17日、15頁	Der Erfinder der Volapük
8月	737	ヴィインの Julius Hann（気象学）エヂンバラの William Turner（解剖）が		
8月	737	Moliére 作 Le bourgeois gentilhomme によって、Hugo von Hofmannsthal が	19日夕刊、2頁	Richard Strauß über seine"Ariadne auf Naxos"
8月	737	Oskar Hammerstein はロンドンの Opera House を畳んでアメリカへ往く	19日夕刊、2頁と11頁	Hammersteinprojekte
8月	737	Cena delle beffe（嘲る人々の宴）がイタリアで第二千回の	19日夕刊、11頁	Kleine Mitteilung

7月	735	Henri Poincaré の畢生の議論を通俗の一言に約すれば	同上	Dem Gedächtnis Henri Poincaré
7月	735	「我フインランド」と題する Juhani Aho の書がドイツに訳せられる	25日夕刊、1頁	Wacholder
7月	735	どうしたのか Hermann Sudermann が髭を剃った	26日夕刊、2頁	Sudermann ohne Bart
7月	735	Klimt が Oestreichischer Kuenstlerbund の念頭になつた	27日夕刊、11頁	Klimt Präsident des Oestereichischen Künstlerbundes
7月	735	バイエルンの詩人 Franz Wisbacher が汽車に轢殺せられた	29日夕刊、11頁	Der altbayerische Volksdichter Franz Wisbacher
8月	735	Karl Justi（Bonn の芸術史家）の八十の誕生は	1日、2頁、15頁	Karl Justis achtzigster Geburtstag
8月	736	ベルリン大学の新職員は左の通り。総長 Graf von Baudissin	2日、15頁	Die Rektoratswahl in der Universität
8月	736	八月十六日に Wilhelm Wundt が八十の誕生を祝する	2日夕刊、11頁	Wilhelm Wundt
8月	736	「ラテン字よりはドイツ字が目のために好い	同上	Lateinische oder deutsche Schrift?
8月	736	Der Wille zum Leben は Ludwig Ganghofer の脚本でミュンヘンで	6日夕刊、2頁	Theaterchronik
8月	736	旅行興行を企てた Maurice Maeterlinck 夫婦は最初に Nizza へ	8日、15頁	Das Theater Maeterlincks
8月	736	Krupp が創立百年の祝をした	8日、夕刊、11頁	Die Krupp-Festschrift
8月	736	デネマルクの詩人 A. U. Baath が死んだ	同上	A. U. Baath
8月	736	Belinde は Herbert Eulenberg の新脚本、Das Wundermaedchen von Berlin は	同上	Hoffnungen und Entwürfe

7月	734	ドレスデン付近の Hellerau に Jacques Dalcroze の学校が出来て	13日夕刊、1頁、2頁	Hellerau
7月	734	Jessnitz(Anhalt)に Hermann Conradi の大理石記念碑が掛かる	13日夕刊、15頁	Eine Gedenktafel für Hermann Conradi
7月	734	八十二歳の Provence 詩人 Frédéric Mistral が腸の重病に罹った	15日、2頁	Frédéric Mistral
7月	734	諾威詩人 Olav Hoprekstad が脚本 Frithjof と Ingeborg を完成した	同上	Theaterchronik
7月	734	Lederer 作の Heine 記念像をハンブルヒに立てることが許されたそうだ	17日夕刊、2頁	Das Hamburger Heinedenkmal
7月	735	数学家 Henri Poincaré が死んだ	18日、2頁	Henri Poincaré
7月	735	Norden(哲学) Schwarzschild（天文）の二人がベルリンのアカデミイに	19日夕刊、11頁	Neue Mitglieder der Akademie der Wissenschaften
7月	735	Parsifal をバイロイトから出すまいとする組合が出来た	20日、2頁、11頁	Der Aufruf des Parsifalschutzbundes
7月	735	Louvre の Boucher 作婦人の肖像に赤インキを	22日、2頁	Ein Gemälde von Boucher
7月	735	アムステルダムが劇場の座長になつて Hermann Heijermans がベルリンを去る	22日夕刊、11頁	Hermann Heijermans
7月	735	Banchory で Andrew Lang が死んだ	同上	Andrew Lang
7月	735	「医学は人類の失はれたる希望なり。人は到底病を克服すること能はず	25日、11頁	Lord Rosebury über das Wesen der Medizin
7月	735	Emil Fischer（ベルリンの化学者）が十月九日に六十の誕生を祝する	25日、15頁	Der 60. Geburtstag von Professor Emil Fischer

7月	733	歴史画家で小説を作った Victor von Schubert — Soldern（ドレスデン）が死んだ	同上	Kleine Mitteilung
7月	733	十一月十五日は Hauptmann の五十の誕生なので、イエナで Gabriel Schillings Flucht を興行する	6日、15頁	Zum Gerhart Hauptmanns 50. Geburtstag
7月	733	八月三日から Stratford upon Avon にシエエクスピア祭がある	7日、15頁	Shakespeare-Feste in England
7月	733	パリイ在住の Bjoern Bjoernson が世話物の処女作を書いた	8日、13頁	Björn Björnson
7月	733	ワチカンにある Herakles の torso を Hasse, Schulze の二人で修理する	同上	Der Torso des Herakles
7月	733	海軍軍医 Regnault は Toulon で自分の足関節の手術を	同上	Ein Arzt der sich selbst operiert
7月	734	ミュンヘンの Theresienhoehe に人形芝居が出来ている	8日夕刊、11頁	B. G. S.
7月	734	Reuter 研究家 Theodor Gaebertz が死んだ	9日、15頁	Karl Theodor Gaebertz
7月	734	ワグネル一家に反対して Die heilige Sache を書いた Felix Doerrmann は共著者 Hans Fuchs と	10日夕刊、2頁	Der Schriftsteller Hans Fuchs
7月	734	二年間外国にいた Gabriele d'Annunzio は借財のかたが付いたので	同上	Die Rückkehr des verlornen Sohnes
7月	734	Lieder eines Suenders, Phrasen, Adam Mensch の作者 Hermann Conradi	11日、4頁、13頁	Auch ein Fünfzigjähriger
7月	734	Perez Galdos が Madrid の劇場の座長になった	12日夕刊、2頁	Theaterchronik

7月	731	Koernermuseum（ドレスデン）の長 Emil Peschel が死んだ		
7月	731	Frorieg の新たに発見した Schiller の頭骨が本物だと云う証拠の一つは		
7月	732	Karl Seffner 作 Wilhelm Roscher（理財）の胸像がライプチヒ大学に		
7月	732	北海をヨオロツパからアジアへ来ようとする		
7月	732	Nuernberg の市劇場で Gilbert 作 Autoliebchen の興行中俳優を		
7月	732	ベルリンの俳優 Albert Bassermann は決して写真を売らせない		
7月	732	Die Panfloete は Franz Molnar がベルリンで出版する短編集		
7月	732	Gil Blas の選んだ詩人王は Paul Fort である	2日夕刊、2頁	Der "Fürst der Dichter"
7月	732	Dresdner Hoftheater で Gabriel Schillings Flucht を出すので	同上	Gerhart Hauptmann
7月	732	Kurland zu Rathenow -- Havel に Friedrich Hoelderlin の記念柱	3日、15頁	Ein Denkmal für Hölderlin
7月	733	ミュンヘンの官憲は Otto Borngraeber 作 Die ersten Menschen の興行を禁じて	3日夕刊、11頁	Die freigegebenen "Ersten Menschen"
7月	733	1913年の Nobel 賞金の文芸の部を Henri Bergson に遣るが好いか	同上	Der Nobelpreis für Literatur
7月	733	ライプチヒで興行した Hanna Rademacher 作	5日、4頁、13頁	Leipziger Theater
7月	733	Leibnitz 金牌を得たのはアカデミイに献金した Elise Koeniges	5日、15頁	Die Verleihung der Leibniz-Medaillen

6月	730	ルソオの記念祭は Ermenonville で始まって、パンテオンで終わる	25日、夕刊、1頁	Die Feier für Rousseau in Frankreich
6月	730	六月二十四日の夜ヴィイスバアデンで Lawrence Alma-Tadema が死んだ	25日、夕刊、11頁	Alma-Tadema
6月	730	Jessnitz(Anhalt)にある Hermann Conradi の生まれた家に	同上	Kleine Mitteilung
6月	730	遺稿を追加した Otto Ludwig 全集が George Mueller(Muenchen)から出る	26日、4頁	Die Hinterlassenschaft Otto Ludwigs
6月	730	Max Dauthendey 作 Maja（滑稽劇）は1908年に出たもので、	26日、夕刊、4頁	Strindberg auf der Bühne!
6月	730	ルメニアの詩人 Jon Luca Caradiali がベルリンで死んだ	27日、15頁	Ein rumänischer Dichter
7月	730	Rousseau の二百年目の誕生日が祝はれた時、種々の史論が出た中に		
7月	731	ベルリンの展覧会を開く時、市長 Reicke が新画家 Slevogt, Kolbe, Hueber, Mosson	1日、2頁	Eine Erläuterung des Bürgermeisters Dr. Reicke
7月	731	ルソオ記念祭の時 Panthéon で演説したのは	同上	Die Pariser Rousseau-Feier
7月	731	ヴインで建築中の Wiener Schauspielhaus で Gerhart Hauptmann	同上	Theaterchronik
7月	731	薬学者 Karl Binz(Bonn)が七月一日に八十の誕生を祝する	同上	Der Geheime Medizinalrat Professor Dr. Karl Binz
7月	731	Capitolium(Roma)の Marcus Aurelius の騎馬銅像の馬の体に	同上	Das "kranke" Roß Marx Aurels
7月	731	ドレスデンで出した August Strindberg 作 Wetterleuchten をミュンヘンの		

6月	728	芝居の役割（Theaterzettel）の印刷がドイツではいかにもまづい	同上	Berliner Theaterzettel
6月	728	Kuemmel, Cohen の二人が Ostasiatische Zeitschrift を出す	22 日、5 頁	"Ostasiatische Zeitschrift"
6月	728	来年二月には Otto Ludwig の百年の誕生が来る	22 日、4 頁	Die Hinterlassenschaft Otto Ludwigs
6月	728	再び現代的材料を取り扱った Hermann Sudermann 作 Der gute Ruf	22 日、15 頁	Theaterchronik
6月	728	Grossherzogin von Gerolstein を Ludwig Thoma が書くということは	同上	Theaterchronik
6月	729	ドイツ字（Fraktur）は Albrecht Duerer が作った	19 日、4 頁、13 頁	Das Alter der deutschen Schrift
6月	729	生物学的衛生学会議が十月にハンブルヒである	19 日、6 頁	Wissenschaftliche Nachrichten
6月	729	Kufstein に Martin Greif の記念像が立つ	19 日、夕刊、11 頁	Ein Denkmal für Martin Greif
6月	729	Gussew の Leo Tolstoi と二年間と題する書がベルリンで	同上	"Leo Tolstoi wider Staat und Kirche"
6月	729	詩人 Pentscho Slawejkoff が死んだ	20 日、4 頁	Ein Dichter und ein Mann
6月	729	Ellin Schleussner の英訳 August Strindberg 全集が	20 日、夕刊、11 頁	Strindberg in englischer Sprache
6月	729	Quedlinburg の Julius Wolff の生まれた家に記念碑が	同上	Kleine Mitteilung
6月	729	ワイマルで Johannes Schlaf が五十の誕生を祝ふ	21 日、2 頁、15 頁	Johannes Schlaf
6月	729	L'Empire des Tsars et les Russes の著者 Anatole Leroy-Beaulieu が死んだ	17 日、夕刊、11 頁	Anatole Leroy-Beaulieu
6月	730	イタリアの名高い女が死んだ。娘の時ベルリンで肖像画を		

6月	727	Rousseau 二百年誕生の祝にフランス議会へ	同上	Jean Jacques Rousseau und Bonnot
6月	727	A. von Vestenhof の Im Schosse der Goetter	12日、夕刊、1頁	"Im Schoße der Götter"
6月	727	Der junge Kainz, Briefe an seine Eltern (Berlin, S. Fischer)	12日、夕刊、1頁、2頁	Der junge Kainz
6月	727	詩人 Léon Dierx が死んだ。Stephane Mallarmé の死後に	12日、夕刊、2頁	Der Dichter Léon Dierx
6月	727	Willi Zuegel（ミュンヘン）作 Theodor Christomanos 記念像が	12日、夕刊、11頁	Das Christomanos Denkmal
6月	727	Lauchstaedt で Gerhart Hauptmann 作 Gabriel Schillings Flucht	17日、2頁	Der Schluß der Hauptmannspiele in Leuchstädt
6月	727	女優 Helene Scharfenstein のメモアアル	15日、夕刊、1頁、2頁	Vom Elend der Schauspielerinnen
6月	727	ベルリンに五十の誕生を祝う画家が二人ある	15日、夕刊、15頁	Zwei Berliner Maler
6月	728	ミュンヘンでは新に禁止を解かれた Borngraeber 作 Erste Menschen を		
6月	728	Vom energetischen Imperativ は Wilhelm Ostwald の新著	16日、夕刊、15頁	"Vom energetischen Imperativ"
6月	728	Bukarest 大学（法科）では教授がストライクをして	同上	Streikende Professoren
6月	728	アフリカ内地を旅行すると鶏肉と卵とにあきる		
6月	728	Sophokles 脚本 Ichneutai（探偵犬）の断片が発見	23日、15頁	Ueber das neue Sophoklesdrama
6月	728	ルソオ祭は Panthéon(パリイ)でする	22日、夕刊、15頁	Wie Paris Rousseau feiert
6月	728	Ernst Haeckel がワイマル市に Herbarium Haussknechitianum	同上	Eine Schenkung Ernst Haeckels an Weimar
6月	728	Lauchstaedt から Hauptmann は Agnetendorf へ帰った	同上	Gerhart Hauptmann

6月	725	ロンドンで Huth 氏の蔵書を競売に付した所が Cervantes の	7日、11頁	Ein teures Buch
6月	725	楽譜出版業をしていて音楽に通じていた Giulio Ricordi	同上	Ricordi
6月	725	ミュンヘンのアカデミイ・デル・キユンステの首座	7日、6頁	Zum siebzigsten Geburtstag von Ferdinand von Miller
6月	725	古来蔵書家の名を博したものの中から抜き出す	7日、夕刊、1頁、2頁	Bücherliebhaberei und Bücherwut
6月	726	Naturkundliches Heimatmuseum がライプチヒに開かれた	7日、夕刊、11頁	Ein Naturkundliches Museum in Leipzig
6月	726	シユワイツの Albert Welti（画）が死んだ	8日、15頁	Albert Welti
6月	726	脚本 Mutter Sorge 等の作者 Rudolf Hawel が	8日、夕刊、2頁	Rudolf Hawel
6月	726	六月八日にフランス政府は銅貨（五、十、二十五サンチイム）を廃して	10日、1頁	Französische Münzreform
6月	726	脚本「ロオマに於けるギヨオテ」をイタリア人 Augusto Dandolo が書いた	10日、2頁	Das italienische Goethedrama
6月	726	Don Juan を Edmond Rostand が新しく書いて、	10日、夕刊、2頁	Ein Don-Juan-Drama von Rostand
6月	726	Dresden に大学を起こすという議論がある	10日、夕刊、11頁	Für eine Universität in Dresden
6月	726	ロシアは Ketty Malecka を社会主義者だというので	10日、夕刊、12頁	Begnadigung der Miss Malecka
6月	726	Seeboeck 作 Mau の像がポムペイに立つ	11日、夕刊、2頁	Die Büste eines deutschen Archöologen in Pompeji
6月	726	犬から取った Glycobacter を腸に輸入して大腸に糖を	11日、夕刊、11頁	Die "Eingeweideflora"
6月	726	Wiener Schauspielhaus im 12. Bezirk	12日、15頁	Ein neues Theater in Wien
6月	726	Alt-Heidelberg の作者 Wilhelm Meyer-Foerster が五十の誕生	同上	Wilhelm Meyer-Förster

6月	724	キイルでショペンハウエル会の第一総会が開かれた	4日、5頁	Die Schopenhauergesellschaft
6月	724	ドレスデンの衛生博物館は Stuebelallee の植物園に立てられる	4日、6頁	Das geplante Hygienemuseum in Dresden
6月	724	盲目詩人 Oskar Baum が云うのによると、「光を恋しがるのは	4日、夕刊、1頁、2頁	Der Blinde und die anderen
6月	724	ドレスデンの Eugen Bracht(画）が七十の誕生	4日、夕刊、11頁	Die Bracht-Feier
6月	724	シュニツツレルが Zwischenspiel でグリルパルチエル賞を	5日、2頁	Der Zwergriesen
6月	724	ベルリン大学で Zoepfl が「ベルリン市」と云う題の講義	同上	Ein Kolleg über die Stadt Berlin
6月	724	ストツクホルムの曲馬場で、Wennersten の監督の下に August Strindberg 作	5日、夕刊、2頁	Strindbergs "Gustav Adolph"
6月	724	Max Levi（彫）がシヤルロツテンブルヒで死んだ	6日、15日	Max Levi
6月	724	Hartmann 作のシルレル記念損がライプチヒに立つ	6日、12頁	Das Leipziger Schillerdenkmal
6月	724	Eugen d'Albert の楽劇 Die toten Augen の詞曲は	6日、夕刊、2頁	Theaterchronik
6月	724	Greenpark（ロンドン）に立つ Edward 七世の銅像は彫刻家 Bertram Mackennal と	同上	Kleine Mitteilung
6月	724	Goettingen 大学で Ueber die erkenntnisstheoretischen Grundlagen des Positivismus	同上	Die Frau in der Philosophie voran -!
6月	725	女小説家 Clarice Tartufari は Padua の Dante 協会で	同上	Auch in der Literaturforschung -!
6月	725	ロシアで著作権法の改正をしているが	6日、夕刊、11頁	Eine russische-deutsche Literaturkonvention
6月	725	Froriep の発見した Schiller の遺骨は元の墓を再築	同上	Die Streit um die Zukunft des Schillerschädel

6月	722	Kleines Theater（ベルリン）の夏興行に Friedrich Freksa	5.30. 朝刊. 2 頁	Grotesken in Kleinen Theater
6月	722	Komische Oper（ベルリン）で Magnus Hansen 作	5.31. 朝刊. 2 頁,15 頁	"Evatöchter" von Magus Hansen
6月	722	「人道主義（Humanismus 古語研究）が実学	5.31. 夕刊. 11 頁	Henri Poincarés humanistisches Bekenntnis
6月	722	二十一箇所の劇場で同時に Leo Birinski 作 Narrentanz を	5.31. 夕刊. 11 頁	Theaterchronik
6月	722	シヤルロツテンブルヒで Wilhelmine Voss, geborne Rust が	1日、15頁	Fritz Reuters "Mining"
6月	722	聖書の Sinai は今の Hala-l-Bedur だと云う説を	1日、5頁	Die Entdeckung des wahren Sinai
6月	723	ザツクゼンの内務省は国内の演劇興行認可が	3日、夕刊、2頁	Eine sächsische Landesstelle für Theaterzensur
6月	723	七月にパリイで催す国際芸術会議は政府保護の下に	同上	Der internationale Kunstkongress in Paris
6月	723	シルレルの髑髏が世間の問題に	3日、夕刊、11頁	Das Verfügungsrecht an Schillers Gebeinen
6月	723	Alexander Kraumann 作の Koerner 記念像が	同上	Ein Körnerdenkmal für Breslau
6月	723	ドイツ皇太子の著 Aus meinem Jagdtagebuch が	4日、夕刊、2頁	Das Buch des Kronprinzen
6月	723	ヴインの Burg で G.A.Cruewell 作 Schoenwiesen が	3日、夕刊、2頁	Theaterchronik
6月	723	休日に医師が休んで、其日の正午から夜の十二時まで	4日、1頁	Der Sonntagsarzt
6月	723	Harzer Bergtheater で Karl Hauptmann 作 Die Bergschmiede を	4日、11頁	Theaterchronik
6月	723	瓦斯や電気や上水を中央から市民に配ることはどこにもあるが		
6月	723	ドイツの民事訴訟法第八百十一条では財産差押	4日、4頁	Das Handwerkzeug des Schriftstellers

6月	720	ザツクゼン王の誕生に Ferdinand Hodler（画）が	5.23. 夕刊. 2 頁	Kleine Mitteilung
6月	720	Amundsen が Buenos Aires に着いた	5.24. 夕刊. 11 頁	Der Südpolendecker Amundsen
6月	720	五月二十四日にワイマルで始て Ur-faust を興行	5.25. 朝刊. 2 頁, 15 頁	Urfausts Uraufführung
6月	720	Erfurt で Julie Riemschneider, geborene Salzmann が	5.25. 朝刊. 15 頁	Die letzte Bekannte Goethes gestorben
6月	720	ワイマルで Euphrosyne 記念柱	5.25. 夕刊. 11 頁	Die Jahresversammlung der Goethgesellschaft
6月	720	プラハの警視庁が Tolstoi 作 Und das Licht leuchtet in der Finsterniss	5.26. 朝刊. 2 頁	Tolstoi und die Prager Zensur
6月	720	ドイツの将校が軍医を侮辱した	5.26. 朝刊. 5 頁, 6 頁	Zur Duellfrage
6月	721	硬ゴムはブラジリア、南米（ペルウ）及アフリカ等の自然産		
6月	721	Chamisso の Peter Schlemihl を L'Arronge は脚本にしたが	5.28. 夕刊. 2 頁	Chamissos "Schlemihl" auf der Bühne
6月	721	Athen に大劇場が出来て、Eleonora Duse	5.28. 夕刊. 2 頁	Die Duse, Duncan und Mounet Sully an einem Theater
6月	721	キヨルンで Heinrich Lee 作 Gruene Ostern	5.28. 夕刊. 2 頁	Theaterchronik
6月	721	東京の国際的博覧会の建築は日本式でなくてはならぬ	5.28. 夕刊. 11 頁	Peter Altenberg an Marie v. Bunsen
6月	721	カプリイで書いた Gorki の短編が	5.29. 朝刊. 15 頁	Neue Arbeiten von Maxim Gorki
6月	721	某伯が Zwei Seelen の作者 Wilhelm Speck の小説	5.29. 夕刊. 2 頁, 11 頁	Der Dichter in seiner Heimat
6月	722	Lemberg 大学が Henry Sienkiewicz を名誉学士にした	5.30. 朝刊. 15 頁	Neue Ehrendoktoren der Universität Lemberg
6月	722	Frankfurter Akademie が Deutscher Germanistenverband を起こして	5.30. 朝刊. 15 頁	Gründung eines deutschen Germanischenbundes

6月	718	Bonn の Eduard Strassburger（植物）が	5.20. 朝刊. 2 頁	Eduard Straßburger
6月	718	ベルリンの Nicolaihaus(Bruederstrasse 13) には	5.20. 朝刊. 2 頁, 15 頁	Das Nicolaihaus
6月	718	平和運動の功によって Nobel 賞を得た	5.20. 朝刊. 15 頁	Frédérie Passy
6月	718	十月に五十の誕生に逢う Otto Ernst の許に	5.20. 朝刊. 15 頁	Kleine Mitteilungen
6月	719	Bonnier 書店から Strindberg のメモアアルが	5.20. 夕刊. 2 頁	Unter Strindbergs ungedruckten Werken
6月	719	ポオランドの小説家（滑稽小説）	5.20. 夕刊. 2 頁	Alexander Glowacki
6月	719	五月十九日は Fichte の百五十年誕生に	5.20. 夕刊. 2 頁	Kleine Mitteilungen
6月	719	Loschwitz の Koerner, Schiller 記念像は		
6月	719	ハンブルヒの書店 Campe の私有地に立っている Heine 記念像	5.21. 朝刊. 15 頁	Der Schöpfer des Heinedenkmals
6月	719	Ceylon 島に始て貯水池（Tank）を設けたのは	5.21. 朝刊. 6 頁, 11 頁	Ueber die Wunderbauten Ceylons
6月	719	小説 Die Memoiren der Frau Marianne Rollberg を書いた	5.21. 夕刊. 2 頁	Kleine Mitteilung
6月	719	フランクフルト・アム・マインで Melchior Lengyel の三幕物	5.22. 朝刊. 15 頁	Die Uraufführung des dreiaktigen Dramas "Prophet Parcival"
6月	719	故人 Glowacki の主な作品は	5.22. 朝刊. 15 頁	Boleslaw Prus
6月	720	ライプチヒの高等学校 Nikolaischule は昔から Thomasschule と対峙	5.22. 朝刊. 4 頁, 13 頁	Die Leipziger Nikolaischule
6月	720	Montmartre で死んだギリシア人、象徴派の元祖 Moreas	5.23. 朝刊. 2 頁	Die Comédie française
6月	720	Belinde は Herbert Eulenberg が新たに脱稿した脚本	5.23. 夕刊. 2 頁	Theaterchronik

6月	716	Barock 時代に Schoenheitspflaesterchen と	5.12. 朝刊. 51頁	Wie das Schönheitspflästerchen entstand?
6月	716	「作者は死んでから少したつと忘れられる		
6月	716	Julien Emile Frédéric Massenet（作曲者）	5.11. 夕刊. 2頁	Julien Emile Frédéric Massenet
6月	716	Freie Volksbuehne は Die im Schatten leben の禁止に対する	5.13. 朝刊. 15頁	Eine Protestversammlung gegen die Zensur
6月	716	ベルリンの Akademie der Kuenste の首座 Artur Kampf が	5.13. 夕刊. 1頁	Manzel Präsident der Akademie
6月	716	フランクフルト・アム・マインの Peter Mueller Stiftung の	5.13 夕刊. 11頁	Herbert Eulenberg und Wilhelm Schmidbonn
6月	716	Prag で Adolf Paul 作 Die Sprache der Voegel	5.14. 夕刊. 11頁	Theaterchronik
6月	716	ミュンヘンの警視総監が Friedrich Werner von Oestéren の	5.14. 夕刊. 11頁	Der Münchener Zensur!
6月	716	五月十四日午後四時三十分ストツクホルムで	5.15. 朝刊. 2頁, 15頁	August Strindberg
6月	717	微行中のデネマルク王 Frederik がハンブルヒの町	5.15. 夕刊. 1頁	Plötzlicher Tod des Königs von Dänemark in Hamburg
6月	717	Karl Heim Gyldenskjoeld は遺言によって	5.15. 夕刊. 15頁	Strindbergs Modelle
6月	718	自動車賊 Garnier, Vallet の二人がパリイの町家で	5.15. 夕刊. 12頁	Die Automobilbanditen Garnier und Vallet getötet
6月	718	ロシア政府は Maxim Gorki に対して	5.16. 朝刊. 15頁	Ein Steckbrief gegen Gorki?
6月	718	Lamprecht が発起してライプチヒに	5.16. 朝刊. 21頁	Forschungsstätten für Geisteswissenschaften
6月	718	Rubner（生理）はベルリン大学をやめて	5.17. 夕刊. 2頁	Professor Rubner
6月	718	五月十九日にストツクホルムで Strindberg の葬式が	5.20. 朝刊. 2頁	Strindbergs Beerdigung
6月	718	墺帝は老優 Baumeister を十分間引見した	5.20. 朝刊. 2頁	Baumeister beim Kaiser von Oesterreich

6月	714	ベルリンに Charonfreunde という新進作者の結社がある	5.7. 夕刊. 11 頁	Charon
6月	714	ベルリンの市長 Kirschner がやめて Wermuth が据わる	5.8. 朝刊. 1 頁	Staatssekretät a. D. Wermuth Oberbürgermeister von Berlin
6月	715	Ernest Shackleton が病気になった	5.8. 朝刊. 15 頁	Sir Ernest Shackleton
6月	715	小説の Die Verfuehrten の作者 Hans Hyan と	5.8. 朝刊. 15 頁	Kleine Mitteilungen
6月	715	義務納本（Pflichtexemplar）はドイツでは	5.8. 朝刊. 4 頁	Eine deutsche Reichsbibliothek?
6月	715	Breslau の Freie Literarische Vereinigung で		
6月	715	Schutzverband deutscher Schriftsteller は会員たる		
6月	715	Burg の老優 Baumeister が八十三の誕生を	5.10 朝刊. 13 頁	Zum Baumeisterjubiläum
6月	715	Freie Volksbuehne の合奏会が禁ぜられた		
6月	715	Samuel の発明した吹奏器 Aerophor		
6月	715	Nobel 賞を得た Maeterlinck のために		
6月	715	Kassel の Goethebund で Deutsche Nationalbuehne と云うものを		
6月	715	Neue freie Buehne が Kammerspiel で	5.12 朝刊. 2 頁	Die Neue Freie Bühne
6月	715	「女は女仲間のために流行の衣裳を着る		
6月	715	一幕物 Zum Einsiedler の作者、	5.10. 夕刊. 11 頁	Benno Jacobson
6月	716	Wissmann とアフリカを旅行した Eugen Wolf が	5.12. 朝刊. 15 頁	Der Afrikareisende Eugen Wolf
6月	716	Buchholz(Sachsen)に戸外劇場が	5.12. 朝刊. 13 頁	Eine Freilichtbühne in Buchholz

6月	713	ベルリンの S. Fischer から作者五十年の誕生を期として Arthur Schnitzler	5.4. 朝刊. 6頁	Schnitzlers gesammelte Werke
6月	713	Am Horn(Weimar)に故人 Ernst von Wildenbruch の別荘がある	5.4. 夕刊. 2頁	Ein Schriftstellerheim in Weimar
6月	713	長女 Karin Smirnof と娌 von Philp との話に August Strindberg は	5.4 夕刊. 2頁, 15頁	Von Strindbergs Krankbett
6月	713	Gera(Reuss)では Ludwig Ganghofer を	5.4. 夕刊. 15頁	Ludwig Ganghofers "Pflaumenhandel"
6月	713	ロンドンの Fewersham の持っていた Rembrandt の	5.5. 朝刊. 15頁	Der Verkauf eines Rembrandt nach Amerika
6月	713	Goethebund が活動写真に対する方針を		
6月	714	故の Burgtheater 座長 Max Burckhardt の蔵書を	5.5. 朝刊. 13	Max Burckhardts Bibliothek
6月	714	ハンブルヒに Niederdeutsche Bibliographie の編纂と	5.5. 朝刊. 51頁	Die Begründung einer niederdeutschen Bibliographie
6月	714	Joseph Sattler の Totentanz	5.5. 朝刊. 51頁, 52頁	Ein moderner Totentanz von Joseph Sattler
6月	714	ドイツの演劇史会（Gesellschaft fuer Theatergeschichte）	5.5 朝刊. 15頁	Die Festsitzung der Gesellschaft für Theatergeschichte
6月	714	Helena von Sparta は Emil Verhaeren の脚本で	5.6. 夕刊. 11頁	Emil Verhaerens "Helena von Sparta"
6月	714	ライプチヒの Richard Wagner 百年誕生は余程盛んな	5.6. 夕刊. 11頁	Das Richard Wagner Jubiläum in Leipzig
6月	714	文芸的作品の朗読は朗読者が金を儲けて	5.7. 朝刊. 2頁	Vortragskünster und Schriftsteller
6月	714	今年の Bruxelles の Salon には国際的宗教芸術展覧会	5.7. 朝刊. 11頁	Der Brüsseler "Salon"
6月	714	Verein fuer Socialpolitik で熱帯における白人の生活に	5.7. 夕刊. 11頁	Staatssekretär a. D.v. Lindequist als Schriftsteller
6月	714	Parma 付近の Roncole では来年此土地で生まれた Verdi の	5.7. 夕刊. 11頁	Aus der Musikwelt

6月	710	一九一二年中に五十の誕生を祝う文士	5.1 夕刊. 11頁	Die Fünftigjährigen
6月	711	Giuseppe Salamoneはイタリアの最後の義賊である	5.2 朝刊. 4頁	Brigant als Dichter
6月	711	ウンガルン新進作者の一派は		
6月	711	フランス軍がこれまでのケピイ帽の代わりに	5.2. 夕刊. 1頁	Der blanke Helm
6月	711	此頃神経病で退院した Halle の民事訴訟法教授	5.2. 夕刊. 11頁	Die Laufbahn eines Gelehrten
6月	712	五十年前に死んだヴィインの滑稽諷刺作者	5.3. 朝刊. 2頁	Johann Nestroy
6月	712	Koestritz（Reuss j. L.)で詩人 Julius Sturm の記念像	5.3. 朝刊. 15頁	Enthüllung eines Julius Sturm Denkmals
6月	712	Tuebingen の教授 von Froriep が Schiller の頭骨を	5.3. 朝刊. 15頁	Schillers Totenschädel
6月	712	Segantini の図書室が Museum に	5.3. 朝刊. 11頁	Das neue Segantinimuseum
6月	712	Toepferplatz(Leipzig)に Max Klinger 作 Richard Wagner 記念像が	5.3. 朝刊. 11頁	Kingers Richard Wagner Denkmal in Leipzig
6月	712	La Crise は Paul Bourget が	5.3. 夕刊. 2頁	Paul Bourgets erste Komödie
6月	712	1906年にロオマで死んだ女優 Adelaide Ristori の記念銅像が	5.3. 夕刊. 2頁	Ein Denkmal für die Ristori in Cividale
6月	712	Deutsches Schauspielhaus で Adolf Paul 作の滑稽劇	5.3. 夕刊. 2頁	Theaterchronik
6月	712	教授 von Froriep がシルレルの頭骨を発見したのは	5.3. 夕刊. 11頁	Schillers echter Schädel
6月	712	ライプチヒの詩人 Edwin Bormann が六十二歳で肺病で死んだ	5.3. 夕刊. 12頁	Edwin Bormann
6月	713	Berliner Freie Volksbuehne で興行しようとした Emil Rosenow	5.4. 朝刊. 15頁	Die Zensur
6月	713	Rembrandt の鶏を膝に載せた女の絵がパリイで	5.4. 朝刊. 15頁	Ein Rembrandt auf dem Kunstmarkt

5月	709	1913年にBreslauで自由戦の百年記念祭があるので	同上	Gerhardt Hauptmann und Max Reinhardt
5月	709	Wagnerの百年の誕生にライプチヒにKlinger作の記念像が立つ	4.27. 朝刊. 19頁	Ein Wagnerdenkmal
5月	709	四月二十日にConrad Ferdinand Meyerの同胞	4.27. 夕刊. 1頁	Die Betsy
5月	709	五月一日からライプチヒの停車場が開かれる	4.27. 夕刊. 1, 2頁	Der größte Bahnhof Europas
5月	709	Neue freie Volksbuehne(ベルリン)は会員組織の	4.27. 夕刊. 15頁	Eine Versuchsbühne
5月	710	Louvreの画に被さっている硝子が取り除けられる	同上	Eine Neuerung im Louvre
5月	710	Ernst Schulzeの詩に歌われたCaecilie Tychsenの死面型が	同上	Die Totenmaske der "Bezauberten Rose"
5月	710	Richard StraussのFeuersnotがBudapestとPragとで初興行	4.28. 朝刊. 15頁	Theaterchronik
5月	710	ArnstadtにMarlittの記念像が立ちそうだ	4.28. 朝刊. 3, 4, 13頁	Das Denkmal der Marlitt
5月	710	ミュンヘンのHofner(画)ベルリンのStichling(彫)が死んだ	4.29. 朝刊. 15頁	Professor Stichling
5月	710	四月二十八日に自動車賊Bonnot等の立て篭もった	4.29. 夕刊. 1, 2頁	Der Kampf von Choisy-le-Roy
5月	710	Veit StossはTim Kleinの作で、ミュンヘンで興行せられた	4.30. 朝刊. 2頁	Münchner Theater
5月	710	Curie夫人の標本が国際的Radiumstandardになった	4.30. 朝刊. 6頁	Die Einsetzung eines internationallen Radiumstandart
5月	710	ドレスデンの大美術展覧会が開かれた	4. 29. 夕刊. 11頁	Die Dresdener Kunstausstellung
6月	710	ミュンヘンで売れた画の代の二三	5.1 朝刊. 13頁	Bilderpreise
6月	710	Max Burckhardtの蔵書七千巻を競売して	5.1 朝刊. 9頁	Die Bibliothek Max Burckhardt

5月	707	Titanic の無線電信技手 Philipps は最後の瞬間まで	4.23. 夕刊. 2 頁	Ein Denkmal für den Telegraphisten Philipps
5月	707	Steiner 派の Theosophische Gesellschaft が		Ein Theosophentheater
5月	707	1912年三月二十四日独逸帝の Kabinettsorder によって	4.23. 夕刊. 11 頁	Rudolf Virchow und Robert Koch
5月	707	Weimar の Shakespeare 会の総会係 Wislicenus	4.23. 夕刊. 11 頁	Shakespeares Totenmaske
5月	708	エネチアでは国際美術展会と同時に Campanile 落成式がある	4.24. 朝刊. 2 頁	Vom Campanile
5月	708	女優 Siri von Essen(Wrangel)は 1876 年に Strindberg の妻になって	4.24. 夕刊. 2 頁	Strindbergs erste Frau
5月	708	ライプチヒの Schiller 記念像競技で Johannes Hartmann が第一賞を得た	4.24. 夕刊. 11 頁	Das Schiller-Denkmal in Leipzig
5月	708	ドイツの議会で陸相 von Heeringen がした演説に、	4.25. 朝刊. 1 頁	Sturm im Reichstag
5月	708	Pietro Mascagni と D'Annunzio とで La Parisina と云うオペラを作る	4.25. 朝刊. 2 頁	Gabriele D'Annunzio und Pietro Mascagni
5月	708	Napoli で懸賞を得たオペラの題は Hoffmann と云うので	同上	E.T.A. Hoffmann als Held einer preisgekrönten italienischen Oper
5月	708	今後の戯曲の主人公は Goethe の Faust, Tasso 次いで	4.25. 朝刊. 4, 13 頁	Der Held im modernen Drama
5月	709	Stuttgart 宮廷劇が Erdgeist, Marquis von Keith を出す	4.25. 夕刊. 11 頁	Franz Wedekind wird hoftheaterfähig
5月	709	五月十五日は Schnitzler の五十の誕生に当たるので	同上	Theaterchronik
5月	709	Zur Teleologie と題した Heine の詩は	同上	Ein Frangment von Heine
5月	709	Tschechen の詩人 Jaroslaw Vrchlicky	4.26. 朝刊. 2 頁	Joroslaw Vrchlicky

5月	706	ライプチヒに著作権法の講座が出来る	4.16. 朝刊. 15頁	Ein Professor für literarisches Urheber- und Verlagsrecht
5月	706	四月十四日にTitanic号が沈没した	4.16. 夕刊. 1, 2頁	Der Untergang der "Titanic"
5月	706	LuebeckでIda Boy-Edが六十の	4.16. 夕刊. 2頁	Ida Boy-Ed
5月	706	Der verwandelte KomoediantはStefan Zweigの	4.16. 夕刊. 2頁	Theaterchronik
5月	706	パリイにゐるMax NordauをAthen大学が	4.17. 朝刊. 2頁	Max Nordau
5月	706	五月二十五日にはWeimarでGoethe会がある	4.17. 朝刊. 13頁	Die diesjährige Tagung der Goethe-Gesellschaft
5月	706	Morawe & Scheffert(Berlin)から1812年の原形のままのTieck	4.17. 朝刊. 11頁	Tiecks "Phantasus"
5月	706	Eugen Rentsch(Muenchen)からBertha Badt編纂のRahel von Varnhagenの語録が出た		
5月	707	Titanicの死者中に画家で文士を兼ねたFrancis Milletがいた	4.17. 夕刊. 1頁	Die letzten Schreckenstunden der Titanic
5月	707	フリイドリヒヴィルヘルムスタツト(ベルリン)で久しく延期	4.17. 夕刊. 11頁	Theaterchronik
5月	707	風説にAugust Strindbergが	4.19. 朝刊. 2頁	August Strindberg
5月	707	Titanicの死者は一等202人、二等115人、三等173人	4.19. 夕刊. 1, 2頁	Die Ueberlebenden der "Titanic" in New York
5月	707	BrombergのWalter Leistikowの家にKlimisch	4.20. 夕刊. 2頁	Ein Gedächtnistafel für Walter Leistikow
5月	707	カンメルスピイル(ベルリン)でStanislaw Przybyszewskiの	4.21. 朝刊. 15頁	In den Kammerspielen
5月	707	婿von Philpの話に、Strindbergの胃癌は四月十六日に始て	4.22. 夕刊. 2, 10頁	Strindbergs Befinden

5月	704	有名な Geleitshaus zur Saalebruecke(Jena)が	4.12. 朝刊. 15頁	Kleine Mitteilungen
5月	704	Loschwitz bei Dresden の Schillerhaeuschen の	4.12. 朝刊. 5頁	Körner-Schiller-Denkmal
5月	704	Tiergarten で未来派展覧会が	4.12. 朝刊. 5頁	Kunstchronik
5月	704	Grosse Berliner Kunstausstellung	4.12. 夕刊. 11頁	Die Eröffnung der Großen Berliner Kunstausstellung
5月	704	四月十日に Kassel で死んだ伯爵夫人	4.12. 夕刊. 11頁	Emanuel Geibels Jugendliebe
5月	704	Carducci の後に Bologna 大学の文学教授の椅子	4.12. 夕刊. 11頁	D'Annunzio als Nachfolger Pascolis
5月	704	Algérie の総督 Lutaud は Anatole France	4.12 夕刊. 11頁	Anatole France in Algerien
5月	705	外国旅行をして帰り掛かつた Mereschkowski は	4.12. 夕刊. 11頁	Russland und seine Dichter
5月	705	四月二日に春季の Salon が開かれた	4.13. 朝刊. 2頁	Der Pariser Salon
5月	705	Rodin 嫌の人数人を呼んで、Bernard Shaw が	4.12. 夕刊. 11頁	"Kunstkenner"
5月	705	Benrath(bei Duesseldorf)に戸外劇場	4.13. 朝刊. 2, 15頁	Das Naturtheater im Benrather Park
5月	705	銅鐫家 Piranesi の記念像	4.13. 朝刊. 15頁	Ein Denkmal für Piranesi
5月	705	Mardschanow がモスクワに無言劇場を立てる	4.13. 夕刊. 2頁	Drama ohen Worte
5月	705	Henri Brisson が四月十四日に死んだ	4.15. 朝刊. 1頁	Henri Brisson
5月	705	Villa Romana 賞金を Georg Greve（画）が貰った	4.15. 朝刊. 15頁	Der Villa Romana-Preis
5月	705	Nuernberg で初興行をした Franz Duelberg	4.15. 夕刊. 1頁	Franz Dülbergs "Cardenio"
5月	705	一八二七年板の Heine の Buch der Lieder を	4.15. 夕刊. 11頁	Heines Buch der Lieder
5月	705	Stuttgart で Hans Kyser 作	4.16. 朝刊. 15頁	Hans Kysers Drama "Litus und die Jüdin"

4月	702	アメリカの富豪 Chanler と離婚して	4.9. 夕刊. 11頁	Die schöne Lina Gavalieri
4月	702	四月十日に Tegel 城で八十の賀をする	4.10. 朝刊. 15頁	Wilhelm v. Humboldts Enkelin
5月	702	Salzburg で Mozarthaus の建築に	4.10 朝刊. 15頁	Die Erbauung des Mozarthauses in Salzburg
5月	702	Woelfflin の代わりにベルリンに来た	4.10 朝刊. 5頁	Ein neues kunsthistorisches Auditorium an der Berliner Universität
5月	702	家系研究（Familienforschung）の第一会議を	4.10 朝刊. 5頁	Der erste Kongreß für Familienforschung
5月	702	Gesellschaft deutscher Naturforscher und Aerzte では	4.10 朝刊. 5頁	Die Adelheid-Bleichröden-Stiftung
5月	703	Deutscher Germanistenverband と云うものが立って	4.10 朝刊. 5頁	Ein deutscher Germanistenverband
5月	703	Friedrich Kayssler はベルリンの	4.10 夕刊. 1, 2頁	Evangelium und Drama
5月	703	ベルリンに Werkstatt der Werdenden と云う不公開劇場	4.10 夕刊. 2, 11頁	Wedekinds "Tod und Teufel"
5月	703	ペエテルブルク女子高等学校に	4.10 夕刊. 11頁	Von der russischen Turgeniew-Forschung
5月	703	Wiener Bibliophilengesellschaft	4.10 夕刊. 11頁	Die Wiener Bibliophiengesellschaft
5月	703	今年マドリツトで開かれる筈の Graphik 国際展覧会	4.10 夕刊. 11頁	Ein Madrider Ausstellungsplan
5月	703	Emin Pascha の遺稿十六巻が	4.11. 朝刊. 2, 15頁	Der literarische Nachlass Emin Paschas
5月	703	パリイの Gabriele Monod(歴史)	4.11. 朝刊. 15頁	Gabriel Monod
5月	703	Athen 大学が外国人九十人に	4.11. 夕刊. 11頁	Ehrendoktoren der hellenischen Universität
5月	703	Neues Schauspielhaus（ベルリン）で	4.12. 朝刊. 15頁	Theaterchronik
5月	704	Wilhelm Borngraeber（ベルリン）から	4.12. 朝刊. 15頁	Kleine Mitteilungen

4月	700	文士会の Matinée で Kurt Geucke 作	4.3. 夕刊. 11 頁	Theaterchronik
4月	700	Pan 雑誌で Gerhart Hauptmann が Fragmant : Galahad を公にした		
4月	700	Die 4096 Ahnen Seiner Majestaet des deutschen Kaisers	4.4. 朝刊. 4 頁	Die Ahnenpyramide
4月	700	Die Mutter は Kammerspiel のマチネエで出す	4.4. 夕刊. 11 頁	Theaterchronik
4月	701	ライプチヒで Puderquaste	4.5. 朝刊. 15 頁	Theaterchronik
4月	701	Der Teufel, Der Leibgardist の作者	4.5. 朝刊. 15 頁	Eine Dichtung von Franz Molnár
4月	701	Lauchstaedt の小さい劇場で Hauptmann の	4.6. 夕刊. 2 頁	Liebermann und Hauptmann in Lauchstedt
4月	701	Jules Verne の八十日世界周遊を	4.6. 夕刊. 2 頁	Verne, Vollmöller und Reinhardt
4月	701	Deutsches Opernhaus(Charlottenburg)が	4.6. 夕刊. 15 頁	Eröffnung des Deutschen Opernhauses
4月	701	Pichelswerder 戸外劇場は	4.6. 夕刊. 15 頁	Die Pichelswerder Festspiele
4月	701	Wiener deutsches Volkstheater 座長 Steinert は	4.6. 夕刊. 15 頁	Theaterchronik
4月	701	Wannsee で死んだベルリンの少壮詩人	4.6. 夕刊. 15 頁	Der Nachlass Georg Heyms
4月	702	イタリアの詩人(Bologna 大学教授)	4.7. 朝刊. 15 頁	Giovanni Pascoli
4月	702	Leipziger Schauspielhaus が Deutsches Theater になって	4.9. 朝刊. 2 頁	Ein Deutsches Theater in Leipzig
4月	702	Erl(Tirol)に Passion 劇がある	4.9. 朝刊. 15 頁	Ueber das Passionsspiel in Erl(Tirol)
4月	702	Verein Leipziger Jahresausstellung の展覧会を	4.9. 夕刊. 2 頁	Die Leipziger Jahresausstellung
4月	702	ドイツで一番古い高等学校は	4.9. 夕刊. 2 頁	Das älteste deutsche Gymnasium

3月	698	Max Liebermann がベルリンの Akademie der Kuenste の	3.27. 夕刊. 2 頁	Max Lieberman Senator der Akademie
3月	698	Grand Théatre van Lier（アムステルダム）が創立六十年祭	3.28. 夕刊. 2 頁	Das Grand Théatre van Lier
3月	698	ブレエメンで Julius Magnussen 作	3.28. 夕刊. 2 頁	Theaterchronik
3月	699	Journal Amusant の Mars（画）が死んだ	3.30. 朝刊. 15 頁	Der Pariser Karikaturist Mars
3月	699	四月四日にベルリンの Sezession 展覧会	3.30. 夕刊. 15 頁	Die Berliner Sezessionsaustellung
3月	699	ボンの書估 Friedrich Cohen が死んだ	3.31. 朝刊. 15 頁	Verlagsbuchhändler Friedrich Cohen
4月	699	伯林の電車には角	1912.4.1. 夕刊. 1, 2 頁	1/1000mm, 1/000000g
4月	699	ライプチヒの Karl Chun（動物学）が	4.1. 夕刊. 2 頁	Karl Chun Preisträger der Otto-Vahlbruch-Stiftung
4月	699	小説家 Lene Haase は	4.1. 夕刊. 2.頁	Kleine Mitteilungen
4月	699	Katherina Iwanowna は Leonid Andrejew の新脚本で	4.1. 夕刊. 11 頁	Theaterchronik
4月	699	異様な評判を取っていた小説家 Karl May が	4.1. 夕刊. 11 頁	Karl May
4月	699	匈牙利には二三の戯曲家が出た	4.2. 朝刊. 4, 13 頁	Neue ungarische Theaterstücke
4月	700	Lausanne の César Roux（医学）の二十五年勤務祝い	4.2. 朝刊. 5 頁	Wissenschaftliche Nachrichten
4月	700	Graz で Rudolf Brix 作 Das Gnadenbild の	4.2. 夕刊. 2 頁	Ein Theaterskandal in Graz
4月	700	Schauburg（ハンノオエル）の座長	4.2. 夕刊. 11 頁	Theaterchronik
4月	700	五月二十五日にワイマルで Goethegesellschaft の総会	4.3. 朝刊. 15 頁	Die Generalversammlung der Goethe-gesellschaft
4月	700	Freiburg im Breisgau 大学の Weismann	4.3. 朝刊. 5 頁	Professor Weismanns Nachfolger
4月	700	ヰインの Gustav Klimt（画）は	4.3. 夕刊. 11 頁	Ein Plan Gustav Klimts

3月	696	ミュンヘン大学で助教授 Arthur Kutscher が	3.21 夕刊. 11 頁	Franz Wedekind als Lehrgegenstand
3月	696	雑誌 Pan を又 Alfred Kerr が書く	3.21 夕刊. 11 頁	Die Wochenschrift "Pan"
3月	697	自動器械で Reklam を売り始める	3.22. 夕刊. 11 頁	Der Antischund-Automat
3月	697	Thueringen の Rennsteig (Dreihernstein)に Arthur Bock 作	3.23. 朝刊. 2 頁	Ein Scheffeldenkmal am Rennsteig
3月	697	Neues Schauspielhaus（ベルリン）で Hermann Reichenbach	3.23. 朝刊. 2 頁	Theaterchronik
3月	697	Madame Curie が外科手術を受けたが	3.24. 朝刊. 15 頁	Madame Curie
3月	697	Koenigsberg i. Pr.の警視庁は	3.24. 夕刊. 2 頁	Regierungspräsident gegen Polizeipräsident
3月	697	新作 Matthias Tedebus, der Wandersmann を	3.25. 夕刊. 11 頁	Ottomar Enking
3月	697	五月二十二日から三十日迄ロンドンで国際園芸会がある	3.25. 夕刊. 11 頁	Eine internationale Gartenbauausstellung
3月	698	Das neue Schauepielhaus（ベルリン）で Karl Fischer が	3.26. 朝刊. 2 頁	Theaterchronik
3月	698	Auerbach 生まれの Stromer が 1530 年から 1538 年までの間に	3.26. 朝刊. 4 頁	Auerbachs Keller
3月	698	彫塑家 Ernst Rietschel の子、神学者 Georg Rietschel が	3.26. 朝刊. 5 頁	Wissenschaftliche Nachrichten
3月	698	ドレスデンの Walter Hemoel	3.26. 朝刊. 5 頁	Wissenschaftliche Nachrichten
3月	698	Arrigo Boito の Nero（オペラ）が出来た	3.26. 夕刊. 2 頁	Arrigo Boitos Oper "Nero"
3月	698	醵金の約半額を貧民に与えた Strindberg は	3.26. 夕刊. 2 頁	Strindberg gegen den Krieg
3月	698	ベルリンの Wilhelm Muench(博言学）が死んだ	3.26. 夕刊. 2, 11 頁	Wilhelm Münch
3月	698	第十八版の詩集を出して置いて Albert Traeger が死んだ	3.27. 夕刊. 1 頁	Albert Traeger

3月	695	久しく脚本を書きたがっていた Anatole France が	3.18. 朝刊. 2頁	ein Lustspiel von Anatole France
3月	695	諷刺雑誌 Kladderadatsch の社中一同が	3.18. 朝刊. 2頁	Einen Besuch bei Johannes Trojan
3月	695	Théatre Réjane で当たった Dario Dicodemi 作	3.18. 夕刊. 2頁	Theaterchronik
3月	695	ドレスデンで Viktor Hardung の	3.18. 夕刊. 2頁	Theaterchronik
3月	695	Koenigsberg i. Pr.で Geheimer Oberfinanzrat	3.18. 夕刊. 11頁	Ernst Behrend
3月	695	Castration を受けた最後の歌者	3.19. 朝刊. 11頁	Maestro Mustafas Tod
3月	695	Frankfurt の Goethehaus に付属している	3.19. 朝刊. 17頁	Ein neues Goethemuseum in Frankfurt a. M.
3月	695	歌女 Emmy Destinn はドイツ語の	3.20. 夕刊. 2頁	Emmy Destinn
3月	696	ドレスデンで Franz Wagenhoff （Wagh)の	3.20. 夕刊. 2頁	Theater im Reich
3月	696	西班牙や北米で大使をしていた Lord Sackville の娘	3.20. 夕刊. 2頁	Die Lady als Tänzerin
3月	696	Capri にいる Maxim Gorki は短編小説「三日」と「ロシアの昔話」	3.20. 夕刊. 11頁	Neues über Maxim Gorki
3月	696	ミュンヘンの宮廷楽長（Felix Mottl）の跡に	3.20. 夕刊. 11頁	Ernst Kunwald als Nachfolger Felix Mottls
3月	696	Frank Kirchbach（画、ミュンヘンのアカデミイの一員）が	3.20. 夕刊. 11頁	Der Münchener Akademieprofessor Frank Kirchbach
3月	696	Max Liebermann がベルリン大学の名誉学士に	3.21. 朝刊. 15頁	Max Liebermann Ehrendoktor der Beliner Universtität
3月	696	牧師 Walter Nithack-Stahn が	3.21 夕刊. 11頁	Theaterchronik
3月	696	Bruno Cassierer(ベルリン）から出す Kant 全集は	3.21 夕刊. 11頁	Eine schöne Kantausgabe

3月	692	三月二十四日イタリア王	3.14. 夕刊. 1 頁	Attentat auf den König von Italien
3月	692	Der schwarze Philippo は Max Kaempner-Hochstaedt の	3.14. 夕刊. 11 頁	Theaterchronik
3月	692	パリイの Albert Bartholmé(彫) が	3.14. 夕刊. 11 頁	Albert Bartholmé
3月	692	Rotterdam に van't Hoff 記念像	3.14. 夕刊. 11 頁	Ein van't Hoff-Denkmal in Rotterdam
3月	692	Francisco de Goya y Lucientes（画）	3.14. 夕刊. 11 頁	Ein Goya-Denkmal in Bordeaux
3月	692	Susanna Dessoir（歌女）が	3.15. 朝刊. 2 頁	"Kommen und Gehen…"
3月	692	Kammerspiel（ベルリン）での Sternheim 作	3.16. 朝刊. 15 頁	Franz Blei auf der Bühne
3月	692	去年二百年祭のあつた Lamonossoff	3.15. 朝刊. 11 頁	Begründung eines Lamonossoff-Instituts
3月	693	ベルリンで少女 Eleonore Kalkowska	3.15. 夕刊. 11 頁	Ein Talent
3月	693	暴行して獄に下った Suffragettes の中に	3.15. 夕刊. 11 頁	Die Seele der Suffragette
3月	693	Burg の座長 Max Burckhardt が死んだ	3.16. 夕刊. 1, 2 頁	Max Burckhardt
3月	693	Versunkene Glocke をオペラにしたり、	3.16. 夕刊. 2 頁	Heinrich Zoellner
3月	693	Eugen Illés がベルリンで週刊 Lichtspielzeitung を	3.16. 夕刊. 15 頁	Kleine Mitteilungen
3月	693	温泉場 Lauchstaedt で始て Gerhart Hauptmann の	3.17. 朝刊. 2 頁	Spiele in Lauchstädt
3月	694	Deutsches Volkstheater で Felix Salten の	3.17. 朝刊. 2 頁	Felix Saltens neue Komödie
3月	694	Deutsches Theater（ベルリン）で Ludwig Fulda の	3.17. 朝刊. 15 頁	Theaterchronik
3月	694	Torquemada, Zur Psychologie der Zensur は Frank Wedekind が	3.17. 朝刊. 3, 4 頁	Torquemada, Zur Psychologie der Zensur

3月	690	Gioconda を盗まれて Louvre の館長をやめた Homolle が	3.9. 朝刊. 15 頁	Kunstchronik
3月	690	Sansovino の Loggia（ヴェネチア）が修繕せられた	3.9. 朝刊. 15 頁	Die neue alte Sansovinologgia in Venedig
3月	690	Comédie Française で Maurice Donnay 作	3.10. 朝刊. 15 頁	Le Ménage de Molière
3月	690	Die letzten Dinge は Wien で上場	3.10. 朝刊. 15 頁	Ganghoferpremiere in Wien
3月	691	三月十二日に Richard Skowronnek が五十歳になる	3.11. 夕刊. 2 頁	Richard Skowronnek
3月	691	Mein Feind, Fraeulein Bubi という Franz Molnar の両脚本は	3.11. 夕刊. 11 頁	Theaterchronik
3月	691	Larsson の画が猥褻として検挙	3.11. 夕刊. 11 頁	Das Bild von Karl Larsson
3月	691	坑夫をしたことのある詩人	3.11. 夕刊. 11 頁	Ein Arbeiter=Dichter
3月	691	三月十二日にベルリンの Adolf Lasson(哲学）が八十の誕辰を	3.12. 朝刊. 2 頁	Adolf Lasson
3月	691	三月十三日に Oskar Blumenthal が	3.12. 夕刊. 1, 2 頁	Der "blutige Oskar"
3月	691	Evatoechter は Wuerzburg で上場した	3.12. 夕刊. 2 頁	"Evatöchter"
3月	691	エナの大学学生は折々昔話	3.12. 夕刊. 11 頁	Die Märchenvorlesungen der Jenaer Studenten
3月	691	南独逸の社会民政党が宮中へ	3.12. 夕刊. 11 頁	Die "höfischen Sorgen"
3月	691	前市長 Knobloch が Elberfeld で	3.13. 夕刊. 2 頁	Ein Dramatiker aus dem Hansabunde
3月	692	小説 Die Verruehrten の筆者 Hans Hyan	3.13. 夕刊. 2 頁	Theaterchronik
3月	692	徳育国際会議を八月に	3.13. 夕刊. 11 頁	Der zweite internationale Kongreß für moralische Erziehung
3月	692	Trebbin 市のために Hermann Sudermann が	3.14. 夕刊. 2, 11 頁	Hermann Sudermann und Trebbin

3月	688	今年の秋 Hermann Bahr は	3.4. 夕刊. 11 頁	Kleine Mitteilungen
3月	688	Maehre で Wilhelm Mrstik（詩人）	3.5. 朝刊. 11 頁	Der Selbstmord eines Dichters
3月	689	病の癒え掛かつた August Strindberg	3.6. 夕刊. 2 頁	Die Strindbergsammlung
3月	689	Froehlich 姉妹は Grillparzer の女友人	3.6. 夕刊. 11 頁	Die Stiftung der Schwerstern Fröhlich
3月	689	Germanist で音楽史家たる	3.7. 朝刊. 2, 15 頁	Rochus v. Liliencron
3月	689	Ilse Schuetze（画）の夫 Ernst Schnur が	3.7. 朝刊. 15 頁	Ernst Schnur
3月	689	学制改革家 Gustav Wendt が	3.7. 朝刊. 15 頁	Gustav Wendt
3月	689	Ehrsam und Genossen は	3.8. 朝刊. 2 頁	Wiener Theater
3月	689	Greifswald の新学長は	3.8. 朝刊. 20 頁	Wissenschaftliche Nachrichten
3月	689	考古学会が九月に Genève で	3.8. 朝刊. 20 頁	Wissenschaftliche Nachrichten
3月	689	Friedrich Wilhelmstadt（ベルリン）で	3.8. 夕刊. 2 頁	"Das Leutnantsmündel"
3月	689	Stuttgart 宮廷劇で Frank Wedekind	3.8. 夕刊. 11 頁	Franz Wedekind im Hoftheater
3月	689	Dubois の Edenie（オペラ）には Camille Lemonnier が	3.8. 夕刊. 11 頁	Eine Oper von Camille Lemonnier
3月	690	醵金が愈 Strindberg に渡された	3.8. 夕刊. 11 頁	Die Uebergabe der Strindbergsammlung
3月	690	Duesseldorf に Heine の記念像を	3.8. 夕刊. 11 頁	Bismarck über Heine
3月	690	Roald Amundsen(Norwegen)が 1911 年 2 月 14 日に南極に	3.9. 朝刊. 1 頁	Amundsens Südpolfahrt
3月	690	滑稽劇を Grossherzog Ernst von Hessen	3.9. 朝刊. 2, 15 頁	Der Großherzog von Hessen und Gustav Kadelburg im Autorenkompagnie
3月	690	Wien(Neues Volkstheater=Neue Freie Volksbuehne)で	3.9. 朝刊. 15 頁	Theaterchronik

2月	684	Verein Leipziger Jahresausstellungの今年の展覧会の	2.29. 朝刊. 19頁	Die Jury der Leipziger Jahresausstellung
3月	684	Koeln の Kardinal Fischer は	1912.3.1. 朝刊. 4, 13頁	Kunst und Kirche
3月	684	Hamburg-Altoma の市劇場長に	3.1. 夕刊. 11頁	Dr. Hans Loewenfeld
3月	684	Hamburg で Hugo Lubliner	3.1. 夕刊. 11頁	Theaterchronik
3月	684	Dessau で Fritz Oliven-Rideamus	3.2. 朝刊. 15頁	Im Dessauer Hoftheater
3月	684	ベルリンの Harrach 伯（画）	3.2. 朝刊. 6頁	Zum 80. Geburtstag des Grafen Harrach
3月	684	ウンガルンの Philipp Laszlo	3.2. 朝刊. 6頁	Aus der Kunstwelt
3月	684	昔書いた Heimatsfest の中の人物を主人公に	3.2. 朝刊. 15頁	Ein Schauspiel von Gustav Frenssen
3月	685	Lessingtheater（ベルリン）で	3.2. 夕刊. 15. 頁	Theaterchronik
3月	685	オオストリア人が上海で	3.2. 夕刊. 15頁	Chinesische Sorgen
3月	685	Peter Nansen の Eine glueckliche Ehe	3.3. 朝刊. 2頁	Hanns Heinz, der Schauspieler
3月	685	独逸に朗読旅行した Emile Verhaeren	3.3. 朝刊. 2, 15頁	Emile Verhaeren, Empfang in Deutschland
3月	685	Felix Philippi のミュンヘン追憶記	3.3. 朝刊. 3, 4, 13頁	Münchener Bilderbogen
3月	687	Buehnengenossenschaft の首座は	3.3. 朝刊. 49頁	Eine außerordentliche Delegiertenversammlung
3月	687	Freie Volksbuehe（ウイン）の建築	3.3. 朝刊. 49頁	Das Schauspielhaus der Wiener Freien Volkesbühne
3月	687	三月一日に Hermann Bang の棺が	3.4. 朝刊. 15頁	Hermann Bang
3月	688	強盗 Trenkler を精神病院に	3.4. 朝刊. 15頁	Paul Lindau
3月	688	Kammerspiel（ベルリン）で Moritz Himann	3.4. 夕刊. 11頁	Theaterchronik

2月	682	Feuillet の小説 Le roman d'un jeune homme pauvre を脚本化した	2.22. 夕刊. 2 頁	"La cœur dispose"
2月	682	Richard Andree(Braunschweig) が七十七で死んだ	2.22. 夕刊. 11 頁	Richard Andree
2月	682	Nozières と云う男が Guy de Maupasannt の	2.23. 夕刊. 11 頁	"Bel Ami" als Schauspiel
2月	683	六十三歳の Hubert von Herkommer(画) が危篤	2.23. 夕刊. 11 頁	Hubert v. Herkommer
2月	683	バイエルン方言詩人 Maximilian Schmidt(Waldschmidt)が	2.24. 夕刊. 1 頁	Ein Volksdichter
2月	683	Der Seeraeuber は Deutsches Theater(Berlin) で	2.25. 朝刊. 15 頁	Theaterchronik
2月	683	Jules Lefévre,(肖像) Ludwig Sckell (風景) の	2.25. 朝刊. 15 頁	Aus der Kunstwelt
2月	683	Dettmann(画), Kaun (楽) の二人がベルリンのアカデミイ	2.25. 朝刊. 4, 13 頁	Neue Mitglieder der Berliner Akademie der Künste
2月	683	Magdalene は Ludwig Thoma の脱稿した脚本	2.27. 朝刊. 2 頁	Theaterchronik
2月	683	Rudolf Berthold Auerbach と云う Berthold Auerbach の息子が	2.28. 朝刊. 15 頁	Berthold Auerbach-Gedenkfeier
2月	683	西洋でも活動写真に音楽を使っている。	2.29. 朝刊. 2 頁	Musik im Kino
2月	683	Eugen d'Albert のオペラ Tiefland の Kurfuerstenoper	2.29. 朝刊. 2, 15 頁	Ein Jubiläum
2月	683	Schauspielhaus (ベルリン) では Otto von der Pfordten の	2.29. 朝刊. 15 頁	Im königlichen Schauspielhaus
2月	683	Deutsches Theater(ベルリン)で Stanislaw Przybyszewski の	2.29. 朝刊. 15 頁	Theaterchronik
2月	684	三月二十五日から四月一日まで Athen 大学が	2.29. 朝刊. 19 頁	Das Jubiläum der Universität Athen
2月	684	ベルリンの Sezession の夏季展覧会 (第二十四回) は	2.29. 朝刊. 19 頁	Die Sommeraustellung der Berliner Sezession

2月	680	Karl Muck の代わりに Koenigliche Oper(Berlin)に	2.17. 朝刊. 2 頁	Mucks Nachfolger
2月	681	Merlin は Alberta von Puttkammer の	2.17. 朝刊. 2 頁	Theaterchronik
2月	681	Berliner literarisches Bureau の長に Comtesse が当選	2.17. 朝刊. 15 頁	Der neue Direktor des Berner literarischen Bureaus
2月	681	二月十七日午後九時半オオストリアの外相 Aehrenthal	2.18. 朝刊. 1 頁	Graf Aehrenthal
2月	681	今年の Bauernfeld 賞（Wien）を貰った人々	2.18. 朝刊. 2 頁	Die Träger des Bauerfeldpreises
2月	681	Madame Vix(Opera comique) は蟻塚をサロンにおいて	2.19. 朝刊. 2 頁	Der Ameisenhaufen im Salon
2月	681	ベルリンの Sezession の首領 Lovis Corinth が	2.19. 朝刊. 2 頁	Lovis Corinth
2月	681	ベルリンに立つ Rudolf Virchow-Haus の	2.19. 朝刊. 11 頁	Das Berliner Rudolf Virchow-Haus
2月	681	Humperdinck は病気が好くなって散歩した	2.19. 朝刊. 11 頁	Professor Humperdinck
2月	681	Die Interlectuellen は Grete Meisel-Hess の小説で	2.20. 朝刊. 4, 13 頁	Grete Meisel-Hess
2月	682	Deutsches Theater で昔の Lucie Hoeflich,	2.20. 夕刊. 2 頁	Linda Reyem
2月	682	Richard Strauss の Ariadne auf Naxos は	2.20. 夕刊. 2, 11 頁	"Ariadne auf Naxos" in Stuttgart
2月	682	Albert Hertel（風景画）が死んだ	2.20. 夕刊. 11 頁	fst. Albert Hertel
2月	682	Eisenach で初興行をした Erich Korn の	2.21. 夕刊. 2 頁	"Die golden Quarry"
2月	682	Wilhelm von Humboldt の蔵書を纏めて持っている	2.21. 夕刊. 11 頁	Die Auffindung der Bibliothek Wilhelm von Humboldt
2月	682	Pan に Flaubert の紀行を出した Herbert Eulenberg は	2.21. 夕刊. 11 頁	Eulenberg vor dem Reichsgericht
2月	682	Nennowitz bei Bruenn に Josef Viktor Widmann の記念碑が	2.22. 朝刊. 15 頁	Eine Gedenktafel für Josef Viktor Wildmann

2月	679	癩研究家 Armauer Hansen が	2.13. 夕刊. 11 頁	Dr. Armauer Hansen
2月	679	高層空気研究所が Hildebrandt, Kuemmel の	2.13. 夕刊. 11 頁	Ein Laboratorium zur Erforschung höherer Luftschichten
2月	679	Grosse Berliner Kunstausstellung が	2.13. 夕刊. 11 頁	Die große Berliner Kunstausstellung 1912
2月	679	Lydia Kempner(元ロシア人 Rabinowitsch 氏、	2.14. 朝刊. 2, 15 頁	Ein neuer weiblicher Professor
2月	679	フランクフルト・アム・マイン大学は 1914 年	2.14. 朝刊. 15 頁	Zur Frankfurter Universitätsfrage
2月	679	法律史家 Emil Seckel 支那学者 Johann Maria de Groot	2.14. 夕刊. 2 頁	Neue Mitglieder der Berliner Akademie der Wissenschaften
2月	679	四月九日乃至十三日に Giessen に	2.14. 夕刊. 2 頁	Ein Kongreß für Familienforschung
2月	679	Buttel Reepen は Humboldtstiftung の金で	2.14. 夕刊. 2 頁	Wissenschaftliche Nachrichten
2月	680	Comédie Française の楽屋で Emil Mas（批評家）と	2.14. 夕刊. 2, 11 頁	Antikritik
2月	680	Der lose Vogel と云う文芸雑誌は一切作者を匿名で	2.14. 夕刊. 11 頁	"Der lose Vogel"
2月	680	ヰインの文士 Robert Weil は Homunculus の名で	2.14. 夕刊. 11 頁	Homunculus
2月	680	労働を糊口の種にして（Bote, Rechtanwaltsschreiber, Setzer	2.16. 朝刊. 2 頁	Ein neuer Dramatiker
2月	680	Deutsches Theater(Hannover)は三月十六日に	2.16. 朝刊. 2 頁	Theaterchronik
2月	680	Camillo Golgi(Pavia,医）と Emil Wiechert(Goettingen, Geophysik）が	2.16. 夕刊. 2 頁	Aus der Akademie der Wissenschaften
2月	680	秋になると Rudolf Eucken が	2.16. 夕刊. 2 頁	Rudolf Eucken als Austauschprofessor
2月	680	「舟」（Das Schiff）は近い内に発行する	2.16. 夕刊. 11 頁	Ein neuer Roman von Joh. V. Jensen

2月	677	チユウリヒ大学の総長には民法学者	2.7. 夕刊. 11頁	Wissenschaftliche Nachrichten
2月	677	Institut de France が Max Liebermann を	2.8. 朝刊. 2頁	Eine französische Ehrung Professor Max Liebermann
2月	677	ギヨツチンゲンの Gustav Koerte(考古学)	2.8. 夕刊. 11頁	Zum sechzigsten Geburtstag von Gustav Körte
2月	677	1912年夏期の末に Wilhelm Wundt が	2.10. 夕刊. 2頁	Wilhelm Wundts Rücktritt
2月	677	Lobetheater(Breslau) で興行した	2.11. 朝刊. 2頁	Wilhelm Weigands "Könige"
2月	677	三月初に Emil Verhaeren がハンブルヒ	2.12. 朝刊.11頁	Emil Verhaeren in Deutschland
2月	677	Lessingtheater（ベルリン）に集めてある	2.12. 夕刊. 2頁	Rudolf Rittner wieder in Berlin
2月	677	Heinrich Lautensack の所謂秘密劇場	2.12. 夕刊. 2頁	Das heimliche Theater
2月	677	Neues Schauspielhaus(Berlin)は Maximilian Boettscher	2.12. 夕刊. 2頁	Theaterchronik
2月	678	二月十一日に Joseph Lister がロンドンで八十五歳で死んだ	2.12. 夕刊 11頁	Joseph Lister
2月	678	日本で謂う「聲色」（こわいろ）の高尚なものを	2.12. 夕刊. 11頁	Ludwig Hardt und die zehn Masken
2月	678	パリイの画界は半年前に方形派（cubistes）が横行して	2.13. 朝刊. 2頁	Futurum
2月	678	Elisabeth Foerster-Nietsche 対書肆 Eugen Diederichs	2.13. 朝刊. 2頁	Der Abschluß des Prozesses Förster-Nietzsche gegen Diederichs-Bernoulli
2月	678	Schillertheater Charlottenburg は Paul Lindau の	2.13. 朝刊. 15頁	Theaterchronik
2月	678	Halberstaedter は Ludwig Spannuth-Bodenstedt の	2.13. 朝刊. 15頁	Theaterchronik
2月	678	オペラうたひ Lillian Nordica が	2.13. 夕刊. 2頁	Lillian Nordica
2月	678	Neues Komoedienhaus(Berlin) は	2.13. 夕刊. 2頁	Theaterchronik

2月	674	Neue Pinakothek(Muenchen)に無名氏が	2.3. 夕刊. 15頁	Manets "Frühstück im Atelier"
2月	675	Potsdamerstrasse(Berlin)で第二回無鑑査展覧会が	2.3. 夕刊. 15頁	Aus der Kunstwelt
2月	675	Anhalt 公が歌女 Lula Mysz Gmeiner に	2.3. 夕刊. 15頁	Kleine Mitteilungen
2月	675	Mannheim で Richard Dehmel の	2.3. 夕刊. 15頁	"Michel Michael" in Mannheim
2月	675	Friedrich Wilhelmstaedtisches Schauspielhaus(Berlin)で	2.3. 夕刊. 15頁	Theaterchronik
2月	675	Madame Bovary を訳した Joseph Ettinger	2.3. 夕刊. 15頁	Joseph Ettinger
2月	676	Hannover で Friedrich Kayssler の	2.4. 朝刊. 15頁	Theaterchronik
2月	676	女小説家 Elise Schweichel が	2.4. 朝刊. 15頁	Die Witwe Robert Schweichels
2月	676	七十歳になった Georg Brandes が	2.5. 朝刊. 5頁	Die Geschichte vom schwarzen Peter und von Saumatz
2月	676	二月七日は Charles Dickens の百年目の誕生日	2.5. 夕刊. 1, 2頁	Ein Dichterjournalist
2月	677	Generaldirektor preussischer Staatsarchive Reinhold Koser が	2.5. 夕刊. 2頁	Reinhold Kosers sechzigster Geburtstag
2月	677	彫塑家 Rietschel の子神学教授 Rietschel が	2.5. 夕刊. 2頁	Eine auffällinge theologische Berufung
2月	677	ストラアスブルヒ大学の総長に神学者	2.5. 夕刊. 2頁	Wissenschaftliche Nachrichten
2月	677	ハイデルベルヒ大学の Prorektor に刑法家	2.5. 夕刊. 2頁	Wissenschaftliche Nachrichten
2月	677	Sylvio Lazzari のオペラ La Lepreuse	2.6. 朝刊. 2頁	"La Lepreuse"
2月	677	Felix Draeseke 作 Christus（楽劇）が	2.6. 朝刊. 11頁	Wissenschaftliche Nachrichten
2月	677	化学者 Sir William Ramsay が	2.7. 夕刊. 11頁	Sir William Ramsay

資料　『椋鳥通信』の原典「ベルリナー・ターゲブラット」（1912年）

1月	673	Fritz Klimsch(Sezessionist), Hermann Hosaeus（彫塑）がベルリンのアカデミイに	31日夕刊、2頁	Die neuen Akademiker
1月	673	妻と共にFrank WedekindはPragへ興行旅行をしている	同上	Frank Wedekind
2月	673	Finnlandのアカデミイ（学問会と称す）からはこれまでに	1912.2.1. 夕刊. 1頁	Wissenschaftliche Arbeit in Finnland
2月	674	不幸にして「危険なる年齢」でヨオロツパに名を知られた	2.1. 夕刊. 1頁	Karin Michaelis in Berlin
2月	674	イギリスの名高かつたオペレツトうたひFlorence St. Johnが	2.1. 夕刊. 2頁	Die Sängerin Florence St. John
2月	674	Ludwig BarnayがHannoverで二月十一日に	2.2. 朝刊. 2頁	Ludwig Barnay
2月	674	五月六日から十八日までロンドンで国際金属展覧会	2.2. 朝刊. 15頁	Eine internationale Ausstellung von Metallen
2月	674	ライプチヒのSchauspielhausを改築して	2.2. 朝刊. 13頁	Ein neues Volkstheater in Leipzig
2月	674	Ein Schatten fiel ueber den Tischは	2.2. 夕刊. 2頁	"Ein Schatten fiel über den Tisch"
2月	674	Gymnase(Paris)でHenry Bernsteinの	2.2. 夕刊. 2頁	Henry Bernsteins neues Stück
2月	674	Neue freie Presse(Wien)で	2.2. 夕刊. 11頁	Hofmannsthal gegen D'Annunzio
2月・	674	Asserはノベル賞金を基金として	2.3. 朝刊. 2頁	Eine neue Friedensstiftung
2月	674	死ぬる前六週間にBangは	2.3. 朝刊. 2, 15頁	Todesahnungen
2月	674	LessingtheaterのOskar Fuchsが	2.3. 朝刊. 1 5頁	Kleine Mitteilungen
2月	674	書肆Bernhard Tauchnitz(Leipzig)が二月一日に	2.3. 朝刊. 15頁	Kleine Mitteilungen
2月	674	Victoria and Albert-Museum(London)に	2.3. 夕刊. 2頁	Pierpont Morgans Kunstsammlung

1月	672	平和運動に名のある Frederic Passy（初てノベル賞金を得た人）が肺炎に	27日夕刊、15頁	Frederic Passy
1月	672	画家 Brockhusen(Berlin), Gerbig(Dresden)が Villa Romana 賞金を得た	28日、15頁	Die Preise der Villa Romana
1月	672	俳優（滑稽）Felix Schweighofer と作者（滑稽劇）Alecandre Bisson とが死んだ	29日、1頁	Zwei Tote
1月	672	Susanna Ibsen が Gossensass へ Henrik Ibsen が最後の署名	29日夕刊、11頁	Kleine Mitteilungen
1月	672	Potsdamer Naturtheater の募った Deutsche Heimatspiele の授賞は	30日、2頁と15頁	Für das Preisausschreiben der Deutschen Heimatspiele
1月	672	Josef Baer & Co. (Frankfurt am Main) は非常に完全な Spinoza-Bibliothek	30日、15頁	Spinoza und Humboldt
1月	672	Friedrich Delitzsch の Babel und Bibel について	同上	Orthodoxie und Wissenschaft
1月	672	Ludwig Pietsch の遺作を Alfred Doren（孫壻）が整理している		
1月	672	San Francisco 行の汽車が Ogden(Utah)停車上付近を通る時	30日夕刊、2,11頁	Hermann Bang
1月	673	Deutsches Theater で Leo Tolstoi 作 Und das Licht scheint in der Finsternis	30日夕刊、11頁	Theaterchronik
1月	673	ベルリンの Lessingtheater で作 Die Erde の後に		
1月	673	Ravene-Galerie（ベルリン）の画が全部売られる	31日、15頁	Die Ravene-Galerie
1月	673	Lessingtheater で興行する Willy Grunwald の Societaetsbuehne	同上	Gerhart Hauptmann

1月	670	Schillerstiftungに対するHans Kyserの攻撃は有力である	25日夕刊、1と2頁	Der Kampf um die Stiftung
1月	670	ロシアでは俳優、芸人の外国輸入に対して課税する	25日夕刊、2頁	Theaterreisen nach Russland
1月	670	Cotta(Stuttgart)からNeues Leben(Wihelm Borngraeber, Berlin)	25日夕刊、11頁	Ein literarisches Diner
1月	670	Gossensass(Innsbruck付近)にIbsenhausが立つ	同上	Kleine Mitteilungen
1月	670	W. FredがPan雑誌社を脱した	同上	Redaktionsänderung im "Pan"
1月	670	Die fuenf FrankfurterというKarl Roesslerの脚本も、		
1月	671	Reimar Hobbing(Berlin)からFriedrich der Grosseの全集が原文	26日夕刊、2と11頁	Friedrichs des Großen Werke in deutscher Ausgabe
1月	671	1874年にシベリアへ謫せられ、1885年に帰国したWladimir Korolenko		
1月	671	Milano通信によればGabriele d'Annunzioの戦争の詩を集めた本	26日夕刊、11頁	D'Annunzios Kriegsoden
1月	671	誕生日の翌日は天気がよくてStrindbergは上機嫌であつた	27日、2頁	Strindbergs Dank
1月	671	Hans BacmeisterがEssenでこれまで興行したことのないOtto Ludwigの滑稽劇	27日夕刊、2頁	Eine Uraufführung Otto Ludwig
1月	671	MascagniのIsabeau（オペラ）がイタリアで当たて価値の有無が議論に	同上	Mascagnis "Isabeau"
1月	672	Deutsches Volkstheater(Wien)はその興行物（Unbekannte）を活動写真に出したのを	同上	Theater gegen Kino
1月	672	遺稿中にあるEmil Rosenow（社会民政党員、国会議員）の作	同上	Theaterchronik

1月	669	Gyldendal 書店の事務を午前十時から午後五時まで取るために、制作から遠ざかっている Peter Nansen		
1月	669	Jahrbuecher fuer Nationaloekonomie und Statistik の編者	23日夕刊、11頁	Die "Conradschen Jahrbücher"
1月	669	Friedrich 大帝記念展覧会を開いたを機として	24日、11頁	Nach der Eröffnung der Ausstellung Friedrich der Große in der Kunst
1月	669	同上	24日夕刊、11頁	Emil Ludwigs Gedenkrede über Friedrich den Großen
1月	669	Physiognomik を研究した Theodor Piderit（Detmold)が死んだ	同上	Theodor Piderit
1月	669	ベルリンで Karin Michaelis が朗読をする	同上	Kleine Mitteilungen
1月	669	決闘の科で Franz Molnar が十四日間の禁錮に処せられた	同上	Kleine Mitteilungen
1月	669	一月二十四日にはいよいよフリイドリヒ大帝の二百年記念祭がベルリンで興行	24日夕刊、3頁	Die Friedrich-Gedenkfeier
1月	669	同上	25日、2頁	Festvorstellung im Opernhause
1月	669	同上	25日、11頁	"Die Schlacht bei Liegnitz"
1月	670	博言学者 Wilhelm Thomsen（コツペンハアゲン）が七十の賀をする	同上	Wilhelm Thomsen
1月	670	天才で酒に溺れた画家 Eduard Regler が溺死した	同上	Ein Untergang
1月	670	Romagnoli が世界電信記念標の制作を託せられた	同上	Das Welttelegraphendenkmal in Bern
1月	670	大帝記念日に宮中の Weisser Saal でアカデミイの会合があつて	25日、3頁	Die Friedrich-Gedenkfeier

1月	666	美術史専門でベルリン大学で学士になつた Marie Gruenwald は Woelfflin の女弟子である	同上	Wissenschaftliche Nachrichten
1月	666	フランクフルト・アム・マインの Neues Komoedienhaus の座長 Fischer Peschlow は	22日、2頁	Das Schicksal des Frankfurter Komödienhauses
1月	666	一月二十二日の誕生日には Strindberg は健康を回復している筈である	同上	Strindbergs Geburtstag
1月	666	ベルリンの Max Loewenthal(新聞記者の長老) が一月二十二日に	同上	Der Rektor der deutschen Journalisten
1月	667	Paul Schlenther が Strindberg との邂逅を書いた	22日夕刊、1頁	Begegnungen mit Strindberg
1月	667	五月には Earls Court（ロンドン）で Shakespeare の記念大興行をする	22日夕刊、11頁	Shakespeares England
1月	667	Berliner Bildhauer-Vereinigung では首座に Max Unger が再選	同上	Vorstandwahl in der Berliner Bildhauer-Vereinigung
1月	667	Heinrich Lautensack は Das heimliche Theater を組織して、Wedekind の Totentanz を	同上	Das "heimliche Theater"
1月	667	前記の外、新に興行せられた脚本は左の通		
1月	668	Richard Wagner の Walkuere を Barcelona の Teatro Gran Liceo	23日、4頁	Die "Walküre" in katalanischer Mundart
1月	668	ヴインの Rathauspark に立つ Lessing 像は Frank Metzner		
1月	668	Kuenstlerbund Bayern が役人を新に選挙した	23日、13頁	Aus der Kunstwelt
1月	668	Castello Paraggi に滞在している Gerhart Hauptmann は Aftonstidning 新聞のために	23日夕刊、1頁	Gerhart Hauptmann über August Strindberg

1月	665	キヨオニヒスベルヒ大学の今年の総長は Georg Winter（婦人科）で	17日、15頁	Wissenschaftliche Nachrichten
1月	665	ロンドン Kingsway に立つた Hammerstein のオペラ座は維持が出来なく	17日夕刊、2頁	Oskar Hammersteins Londoner Oper
1月	665	パリイのグランド・オペラで踊り子が総ストライクをした	同上	Der Pariser Ballettstreik
1月	665	Verein fuer niederdeutsche Sprachforschung の 1912 年の首座は	17日夕刊、11頁	Wissenschaftliche Nachrichten
1月	665	Gainsborough のかいた Ferrers 伯爵夫人の肖像がアメリカへ売られて	同上	Ein Gainsborough nach Amerika
1月	665	Robert Schumann の Schwaegerin Marie Wieck(Pianistin) がドレスデンで	同上	Marie Wieck
1月	665	梵語学者ハイデルベルヒの Salomon Lefmann が八十で死んだ	18日、13頁	Wissenschaftliche Nachrichten
1月	666	ブルク座（ヴイン）で初興行をした Ludwig Fulda の	18日夕刊、11頁	Ludwig Fuldas Lustspiel "Der Seeräuber"
1月	666	一月十八日にロシアで発行した Leo Tolstoi 遺稿の第三巻にある小説 Feodor Kusmitsch		
1月	666	Der Briefwechsel zwischen Goethe und Schiller をワイマルの文書に本づいて	19日夕刊、11頁	Der Briefwechsel zwischen Goethe und Schiller
1月	666	ハンブルヒの Eduard Weber の美術品がベルリンで二月に競売になる	20日、2頁	Versteigerung der Sammlung Weber
1月	666	Gustav Hellmann（気象）がベルリン学士院に入れられた	20日夕刊、2頁	Ein neues Mitglied der Berliner Akademie der Wissenschaften
1月	666	第三回国際考古学会が 1912 年十月にロオマに開かれる	20日夕刊、15頁	Wissenschaftliche Nachrichten

1月	664	ベルリン学士院の補助を受けるのは Ruebens と Boernstein	14日、4頁	Aus der Berliner Akademie der Wissenschaften
1月	664	Cosima Wagner は病気が直って Santa Margherita Ligure の	15日、2頁	Kleine Mitteilungen
1月	664	ミュンヘンで Herbert Eulenberg 作 Alles um Geld が喝采	同上	Theaterchronik
1月	664	Poincare 内閣が確定した	15日夕刊、11頁	Das Kabinett Poincaré an der Arbeit
1月	664	アメリカからベルリンへ往っている所謂交換教授の Reinsch が	15日夕刊、2頁	Das Erwachen der chinesichen Nation
1月	664	音楽家 Thea von Marmont と一緒になつて、Richard Dehmel が	16日、2頁	Richard Dehmel
1月	664	エナで Otto Liebmann（哲学）が死んだ	16日、15頁	Otto Liebmann
1月	665	Lui と題してドイツ帝の諷刺を書いた John Grand-Carteret が	同上	John Grand-Carteret
1月	665	一月十六日から Berliner Tageblatt に Hauptmann の小説 Atlantis	16日、3頁	Atlantis
1月	665	ベルリン大学の三百年祭に Friedrich Kraus のした演説 Tod und Sterben	16日、5頁	Ein Angriff gegen einen Berliner Gelehrten
1月	665	Baum の発掘に従事している Dortmund 付近の Oberaden が	同上	Der Ort der Hermannschalcht
1月	665	Leyden 大学で前年総長をしていた Marie de Groot がベルリン大学の	同上	Wissenschaftliche Nachrichten
1月	665	第十七国際医学会が八月にロンドンで開かれる	同上	Wissenschaftliche Nachrichten
1月	665	オランダの Wilhelm Rooyards（俳優）が登場二十五年の記念日を		

1月	663	ロオマでコンスタンチヌス帝の記念祭をする	同上	In hoc signo vinces!
1月	663	ブラウンシュワイヒの Emil Schulz（肖像画）が八十九が死んだ	10日夕刊、11頁	Kleine Kunstchronik
1月	663	Caillaux 内閣が総辞職をした	11日、1頁	Rücktritt des Kabinetts Caillaux
1月	663	ロンドンで Max Reinhardt の受けた饗応の首席は Argyll 公爵であつた	11日夕刊、11頁	Eine Ehrung Max Reinhardts
1月	663	フランクフルト・ア・オの市劇場の長に H. Roebbeling がなつた	同上	Theaterchronik
1月	663	ダルムスタツト宮廷劇場の総長に Paul Eger がなつた	12日、2頁	Der neue Generaldirektor des Hoftheaters zu Darmstadt
1月	663	Tod und Teufel の禁止について Wedekind 曰く。あれはぜげん	同上	Frank Wedekinds "Tod und Teufel"
1月	663	裁判中の Franz Blei 編纂の詩集 Lustwaeldchen は芸術趣味のものとして解放	同上	Die Beschlagnahme des "Lustwäldchens" aufgehoben
1月	664	オオストリア皇帝の所有になつている Tivoli の Villa d'Este が美術館に	同上	Ein österreichisches Kunstinstitut in Rom
1月	664	Richard Strauss は Ariadne auf Naxos を完成しに St. Moritz へ行った	12日、15頁	Kleine Mitteilungen
1月	664	フランクフルト・ア・エムで Neuphilologenverband の年会がある	同上	Wissenschaftliche Nachrichten
1月	664	Emil Orlik（美術工芸館長）がエジプト、セイロン、日本を歴遊する	同上	Professor Emil Orlik
1月	664	講和旅行で声帯を痛めた Roda Roda が手術を受ける	13日夕刊、15頁	Kleine Mitteilungen

資料　『椋鳥通信』の原典「ベルリナー・ターゲブラット」（1912年）

1月	662	カタニアで歴史詩人 Marco Rapisardi が肋膜肺炎で死んだ	同上	Der italienische Dichter Marco Rapisardi
1月	662	ヴインでは二三箇所を改めて許された Franz Duelberg 作	5日、4頁	Das verbotene Stück
1月	662	Caroline 書簡集と Uhland 研究とを、Erich Schmidt が遠からず出す	5日夕刊、2頁	Erich Schmidt über seine wissenschaftlichen Arbeiten
1月	662	ドイツからトリポリスへ派出せられる紅半月団体の長は Goebel である	同上	Wissenschaftliche Nachrichten
1月	662	一月二十二日にいよいよ Strindberg の六十三年の誕生が祝せられる	6日、夕刊2頁	Die Strindbergfeier
1月	662	他作家 A. Pinero の新脚本は The Mind the Paint Girl である	同上	"The "Mind the Paint" Girl"
1月	662	カンメルスピイレ（ベルリン）で、Verein neue freie Buehne が Stanislaw Przybyszewski	7日、15頁	Theaterchronik
1月	663	レジデンツ・テアアテル（ミュンヘン）で Max Halbe 作 Der Ring des Gauklers	同上	Theaterchronik
1月	663	Humperdinck は左半身麻痺になつた	8日夕刊、2頁	Humperdinck schwer erkrankt
1月	663	Regina Badet（パリイ）が裸で踊つたので訴えられたそうだ	8日夕刊、11頁	Die gefährliche Regina
1月	663	テノリスト Magnere（パリイ）は舞台に出ると声が出なくなるので廃業する	9日、15頁	Das Lampenfieber des Tenors
1月	663	一幕物 Die G'schamige の広告画をハルレの警察が没収した	同上	Kleine Mitteilungen
1月	663	ヴインで Wedekind 作 Tod und Teufel が禁止せられた	9日夕刊、2頁	Wedekinds "Tod und Teufel" in Wien verboten
1月	663	デネマルク及スエエデンの作を多く訳した Emil Jonas が八十八で死んだ	9日夕刊、11頁	Emil Jonas

1月	661	Sienaの聖セバスチアノ寺で十六世紀無名氏作の画を盗んだものがある	同上	Ein neuer Bilderdiebstahl
1月	661	Koch記念像はLuisenplatz（ベルリン）に立つ筈である	3日、15頁	Vom Berliner Robert-Koch-Denkmal
1月	661	一月三日朝BreslauでFelix Dahnが死んだ	3日夕刊、1、2頁	Felix Dahn
1月	661	戦争の頌に次いで、Gabriele d'AnnunzioはDardanellの頌を	3日夕刊、11頁	Gabriele d'Annunzios jüngste Ode
1月	661	Madame Curieが盲腸炎でRue Blometの病院に這入った	同上	Madame Curies Erkrankung
1月	661	ベルリン大学のThechnologisches Institutの長Karl Hermann Wichelhaus	同上	Zum siebzigsten Geburtstag von Hermann Wichelhaus
1月	661	世界最大のsuperdreadnoughtはイギリスのOrionである		
1月	661	クライネス・テアアテル（ベルリン）でLeo Tolstoiの遺稿中の脚本	4日、2頁	Theaterchronik
1月	661	Fritz SattlerがKurfuerstenoperのregisseurになる		
1月	661	ペエテルブルクのGregori Mjassojedow（風景画）が死んだ	4日、11頁	Aus der Kunstwelt
1月	661	Ludwig SteinがKant und seine Schuleという十回に亘る演説をする	同上	Kleine Mitteilungen
1月	662	Gotthard線の事務長Dietlerが瑞西の名誉学士になつた		
1月	662	フリイドリヒ大帝の二百年誕生に帝の作った唯一のオペラで、	4日夕刊、11頁	Friedrichs des Großen Schäferspiel
1月	662	ベルリンのMarie Kirschner（女画家）が六十の誕生を祝する	5日、2頁	Zum sechzigsten Geburtstag von Marie Kirschner

12月	659	テアトル・リリコ（ミラノ）で Sem Benelli のオペラ	同上	Benellis "Rosamunde"
12月	659	ハンノオエルのシヤウブルヒで Friedrich Kayssler 作	同上	Theaterchronik
12月	659	肺炎をわづらつていた Strindberg が無熱になつた	同上	August Strindberg
12月	659	Gabriel Schilling がノイエ・ルンドシヤウの1911年1月号で	30 日夕刊、1 頁と2頁	Der Gerhart Hauptmanns "Gabriel Schilling"
12月	660	コツペンハアゲンで既に興行せられた Peter Nanse の滑稽劇	30 日夕刊、15 頁	Theaterchronik
12月	660	ミユンヘンの検定顧問（Zensurbeirat）を相手にして	同上	Frank Wedekind und der Münchner Zensurbeirat

【1912年】

月	頁	書き出し	Berliner Tageblatt 日付	Berliner Tageblatt 見出し
1月	660	病床にある Strindberg の容態が又悪くなった	2日夕刊、11 頁	August Strindberg
1月	660	レツシング・テアアテル（ベルリン）で一月六日に出す Hermann Bahr	3日夕刊、11 頁	Theaterchronik
1月	660	ドイツチエス・テアアテルでは Wilhelm Schmidt-Bonn 作		
1月	660	音楽家 Otto Schmidt が死んだ		
1月	660	Der Spiegel von Shalott や Atlanta のような脚本を	2日、1、2、15 頁	Friedrich und Bismarck
1月	661	Koburg 宮廷劇の座長に von Holthoff が任命	2日、15頁	Theaterchronik
1月	661	Louis Gallet がテクストを書いた、Camille Saint-Saens のオペラ	2日夕刊、2頁	"Dejanira"
1月	661	Paul Natorp（マルブルヒ）は Allgemeine Psychologie と	2日夕刊、11 頁	Wissenschaftliche Nachrichten

12 月	657	ミユンヘンの動物画かき Ludwig Voltz が死んだ	同上	同上
12 月	657	ルイ十四世時代の歴史小説を殆ど完成している Dora Duncker	28 日、4 頁と 13 頁	Unsere Schriftsteller bei der Arbeit
12 月	658	Geschichte der Liebe のために W. Fred はもう十年ばかり	同上	同上
12 月	658	これまで長編小説ばかり書いていた Wilhelm Hegeler が	同上	同上
12 月	658	脚本 Glueck auf をアムステルダムで興行するために、	同上	同上
12 月	658	Zwoelf Gedichte は Karl Vollmoeller がインゼル（ライプチヒ）	同上	同上
12 月	658	肺炎をわづらつていた August Strindberg は少し快方に	28 日夕刊、11 頁	August Strindbergs Gesundheit
12 月	658	アフリカ旅行家 Georg Schweinfurth がカイロで七十五の誕生	同上	Zum 75. Geburtstage von Georg Schweinfurth
12 月	658	第二の Moses Mendelssohn と呼ばれているユデア教の	29 日、15 頁	Zum 100. Geburtstag Dr. Ludwig Philippsons
12 月	658	Eleonora Duse は Tripolis へ行く積だと Butti に話した	同上	Die Duse in Tripolis
12 月	658	概念を排斥する Henri Bergson の哲学がドイツでも	29 日、4 頁と 13 頁	Henri Bergson
12 月	658	Albéric Magnard は従来 Guéricoeur のやうな大作が	29 日夕刊、2 頁	"Bérénire"
12 月	659	小説、脚本の作の外、Otto Ernst はニイチエ哲学の評を	同上	Otto Ernst
12 月	659	Technische Hochschule（シヤルロツテンブルヒ）で	29 日夕刊、11 頁	Ausstellung eines Denkmals in der Technischen Hochschule
12 月	659	Schillerstiftung はドイツ文芸に功のある人を補助する	30 日、2 頁と 15 頁	Eine Anklage gegen die deutsche Schillerstiftung
12 月	659	五十七歳になる船乗 Christian Konrad Hebbel	30 日、15 頁	Der einzige Neffe Friedrich Hebbels

12月	652	諷刺その物を諷刺の的にすると云うことは面白い落想である	23 日夕刊、1頁	"Oaha"
12月	652	看客二万人を容れるOlympia-Hall（ロンドン）で、	24日、15頁	Das "Wunder" in London
12月	652	ベルリイネル・タアゲブラツトはクリスマスにドイツの諸作者に、	24日、37頁と38頁	Unsere Schriftsteller bei der Arbeit
12月	654	ベルリンのJaeger（少壮彫塑家）がLe Moustierの骸骨を		
12月	654	SesenheimのFriederike BrionがGoetheに堕落させられたか、		
12月	654	Trinidalの南岸、Erin湾のChatam村から三キロメエトルの所に		
12月	654	ロシアでは勘定が出来ないと、「それはScheremetjewに払わせろ」と		
12月	655	米人Leaのスパニア焚殺事件史をProsper Muellenforffが		
12月	655	スパニアのEulalia女王が公にしようとした書物は		
12月	655	新興行脚本一覧		
12月	657	芝居の稽古はドイツでは十回位だが、モスクワの芸術家劇で	27日、1頁	Maeterlincks "Blauer Vogel"
12月	657	ロンドンでKarl Vollmoellerの書いたThe Miracleを興行した時、	27 日夕刊、1頁と2頁	"The Miracle"
12月	657	ドイツチエス・テアアテル（ベルリン）はFriedrich Freksaの新作	27 日夕刊、11頁	Ein Drama von Friedrich Freksa
12月	657	故郷Wiedensahlに立つWilhelm Buschの記念像は	28日、15頁	Aus der Kunstwelt

12月	650	シヤウスピイルハウス（ベルリン）の Nibelungen の興行には	22日、2頁	Kriemhilds Rache
12月	650	Agram で Goethe の Goetz を Kroaten 語にして上場した	同上	Goethe in kroatischer Sprache
12月	650	動物の族（genus）が二十万あつて種（species）が五十万ある	22日、2頁と15頁	Ein Mäcen wird gesucht
12月	651	Glaspalast（ミユンヘン）の次の大展覧会は1913年である	22日、15頁	Aus der Kunstwelt
12月	651	パリイの新派美術家が Académie moderne を興す	同上	同上
12月	651	1912年にハンノオエルの大展覧会がある	同上	同上
12月	651	Adorée-Via Villeny の舞踏（裸体）を褒めたので	同上	Der Prinzregent und die Nackttänze
12月	651	ベルリンでヂフテリイが流行するので、一年の収入二千マルク		
12月	651	Menzel の Kinderalbum(Gouache 画）が E. A. Seemann から	22日夕刊、1頁	Menzels Kinderalbum
12月	651	ヴインの Waehringer Friedhof が早晩取払になる運命を	22日夕刊、1頁と2頁	An Beethovens Grabe
12月	651	ドイツの大学に入るには古代語を教ふる高等学校を	22日夕刊、2頁と11頁	Die Lösung des Gymnasialproblems
12月	651	ハイデルベルヒの Salomon Lefmann（サンスクリツト）が	22日夕刊、1 1頁	Wissenschaftliche Nachrichten
12月	651	Theatre Gymnase で、Edmond Rostand の妻	23日、2頁	"Le bon petit diable"
12月	652	パリイの Odilon Marc Lannelongue（医）が七十一歳で死んだ	23日、15頁	Professor Lannelongue
12月	652	アメリカを旅行していた Rudolf Herzog がドイツへ帰つた	同上	Rudolf Herzog

12 月	648	Der Kampf ums Rosenrote と云う Ernst Hardt が少時の作を	同上	Ein Jugenddrama von Ernst Hardt
12 月	649	プラハで歴史学者 Joseph Ladiuslaus Pic が自殺した	20 日夕刊、11 頁	Aus Gram über eine wissenschaftliche Niederlage
12 月	649	ベルジツクのアカデミイは六百フランの賞を懸けて、	同上	Wissenschaftliche Nachrichten
12 月	649	デネマルクの Hermann Bang は 1912 年に世界周遊を	同上	"Eine Spazierfahrt um die Welt"
12 月	649	レツシング・テアアテルで興行した Strindberg の	21 日、２頁	Strindbergs "Scheiterhaufen"
12 月	649	ブダペスト市の中央、Kronprinzgasse に Café	21 日、4 頁	Das Stammcafé Petösis
12 月	649	Humboldt-Akademie の委託によつて、Julius Bab は	21 日、13 頁	Kleine Mitteilungen
12 月	649	ヴイン付近に Heinrich von Kleist の親戚の女	21 日夕刊、1 頁	Ein angebliches Gedicht von Heinrich v. Kleist
12 月	650	ストツクホルムの通信に、Strindberg の近況が書いてあつた	21 日夕刊、2 頁	Neues von Strindberg
12 月	650	ドレスデンの俳優 Paul Wiecke が初舞台以来二十五年に	同上	Zum Jubiläum Paul Wieckes
12 月	650	Elenora Duse が精神病で入院すると云う風説がある	同上	Ueber Eleonora Duse
12 月	650	Berthold Daun が Dorotheenstaedtisches Realgymnasium	21 日夕刊、11 頁	Wissenschaftliche Nachrichten
12 月	650	ロシアの事を多く書いている Eugen Zabel が十二月二十三日に	同上	Eugen Zabel
12 月	650	Koenigsberg i. Pr. には従来美術品を展覧する場所が	同上	Eine Kunsthalle für Königsberg i. Pr.
12 月	650	小説 Der Weg nach Zion の裁判で、書肆は無罪になつた	同上	Kleine Mitteilungen

12月	647	1910年12月1日のドイツの人口調査によると、	19日、1頁	Männer und Frauen
12月	647	Goethegesellschaftは例年のとほりクリスマスに面白い印刷物	19日、4頁	Die Weihnachtsgabe der Goethegesellschaft
12月	647	ベルリンの俳優Hugo Lublinerが六十五歳で死んだ	19日夕刊、1頁と2頁	Hug Lubliner
12月	647	Teneriffaの観測所に地震研究室が増設せられた	19日夕刊、2頁	Zur Erdbebenforschung
12月	647	此冬季のベルリン大学の学生は男9829人、女845人	同上	Die Frequenz der Berliner Universität im Wintersemester
12月	648	近代哲学史を書いたRichard Falckenbergが六十の誕生を	19日夕刊、2頁と11頁	Wissenschaftliche Nachrichten
12月	648	ベルリン市長Georg Reickeは大学生の会で自己の作品を	19日夕刊、11頁	Georg Reicke als Dichter und Vorleser
12月	648	ベルリンの王室図書館にあるKarl August Varnhagen von Ense	同上	Ein interessanter literarischer Fund
12月	648	Kaiser Wilhelm-Gesellschaftは3500マルクを	19日夕刊、2頁	Die Kaiser-Wilhelm-Gesellschaft zur Förderung der Wissenschaften
12月	648	十二月二十日ライプチヒの書肆Wilhelm Engelmannが	20日、2頁	Ein Jubiläum
12月	648	Verband deutscher Schriftstellerの首座には	同上	Der Verband Deutscher Bühnenschriftsteller
12月	648	アメリカの記者John Bigelowがニユウヨオクで九十四歳で	20日、15頁	John Bigelow
12月	648	Axel Juncker（シャルロツテンブルヒ）から出す詩集	同上	Kleine Mitteilungen
12月	648	Jenaにdas deutsche Schriftstellerheimが立つ筈である	20日、4頁と13頁	Das deutsche Schriftstellerheim
12月	648	Essenで興行したHeinrich IlgensteinのEuropa lachtは	20日夕刊、2頁	"Europa lacht"

12月	645	Trient のセミナアルから小使 Cassoni の盗み出した	同上	Der Diebstahl des Dantekodex
12月	645	ベルリンの Peter Baumgartner（風俗画）が死んだ	同上	Aus der Kunstwelt
12月	645	Gustav Mahler-Stiftung は未亡人 Alma Maria Mahler	15日、15頁	Gustav-Mahler-Stiftung
12月	645	ベルリンに Meyerbeer 記念像設立委員が組織せられた	同上	Das Meyerbeer-Denkmal
12月	645	Brand der Leidenschaften は Josip Kosor の未熟ながら	15日、4頁と13頁	Müncher Theater
12月	645	現社会に於ける女の運命を深く思はせるのは Georg Engel	15日夕刊、1頁と2頁	Die verirrte Magd
12月	646	Teplitz で Roda Roda の Feldherrnhuegel が禁ぜられた	15日夕刊、11頁	Theaterchronik
12月	646	Erich Reiss(Berlin)から Fritz von Unruh の	16日、2頁	"Offiziere"
12月	646	Neue Rundschau の新年号に Hauptmann の	16日、15頁	Kleine Mitteilungen
12月	646	猥褻文書として告発せられた Kurt Muenzer の	16日夕刊、15頁	"Der Weg nach Zion" vor Gericht
12月	646	ミユンヘン市は Dietrich Flesch の Trastevere の興行を	17日、2頁	Theaterchronik
12月	646	国際地質学者会議第十二回を1913年に	17日、15頁	Der zwölfte internationale Geologenkongreß
12月	646	ブリユクセルの Chronique で、Camille Lemonnier が自伝を	18日夕刊、2頁	Camille Lemonnier
12月	646	Interlaken で戸外興行をする Tell 劇は、Haug-Schaffhausen	同上	"Tell" Freilichtspiele in Interlaken
12月	647	ベルリンでは平屋から上の五段に人の住むことは	18日夕刊、11頁	Polizei und Künstlerateliers
12月	647	ヴインの Graf Albrecht von Wickenburg が七十三歳で死んだ	同上	Graf Albrecht v. Wickenburg
12月	647	1912年1月12日は Strindberg が六十三の誕生に	同上	Die Nationalspende für August Strindberg

12月	644	法律の形式主義を嘲つたため、一時禁止になつていた	13日、2頁と15頁	"Fiat Justitia"
12月	644	七十二歳になるJohn Rockfellerは石油王として世界第一の	13日、4頁	Aus dem Leben des reichen Mannes der Welt
12月	644	Vernis mou(weicher Aetzgrund)は銅板に	13日夕刊、1頁	Vernis mou
12月	644	Mutterschutzbewegungの首唱者Ruth Breéが死んで	13日夕刊、11頁	Vom Stamme des Franziskus
12月	644	ブリユクセル美術学校の生徒は彫塑家Mattonを嫌つて上校しない	同上	Ein Studentenstreik
12月	644	Muenchener Neueste Nachrichtenの持主Thomas Knorrが	同上	Kleine Mitteilungen
12月	645	Arnold Beer, das Schicksal eines JudenはMax Brodの	同上	同上
12月	645	楽人Monnet-SullyのためにEdmond Rostandがソネット	同上	Ein Gedicht Rostands zu Ehren Massenets
12月	645	1870年から1910年までのKladderadatschの中央党	14日、2頁	Der "Kladderaderadatsch" und das Zentrum
12月	645	Bund zeichnender Kuenstler MuenchenはErnst Liebermann	14日、15頁	Kleine Kunstchronik
12月	645	キイルのNeumann（美術史）の跡へGraf Vitzhum von Eckstaedt	14日、12頁	Wissenschaftliche Nachrichten
12月	645	ロンドンのJoseph Dalton Hooker（植物）が九十四歳で死んだ	同上	同上
12月	645	トルストイ、ビヨルンソン（Bergliot）フオンタアネ、		
12月	645	Gertrud StormはTheodor Storm Ein Bild seines Lebens	14日夕刊、1頁と2頁	"Husumerei"
12月	645	ヴインにTheaterzentralkommisionが創立せられて、従来の	14日夕刊、11頁	Theaterzentralkommission

12月	642	キヨルン市は Eduard Stucken の Gawan を興行禁止にした	同上	Stuckens "Gewan" verboten
12月	643	Adorée-Via Villeny は裸体舞踏の必要を説いた	10日、5頁と6頁	Muß man nackt tanzen?
12月	643	ノベルの平和賞金は Alfred Fried(Wien)と	11日、15頁	Der Friedens-Nobelpreis
12月	643	フイレンチエの寺で盗まれた Orcagna のクリストと聖母とが	11日、2頁	Der wiedergefundene Orcagna
12月	643	1912年4月13日から6月8日までアムステルダムで	11 日夕刊、11頁	Internationale Ausstellung von Kunstwerken lebender Meister in Amsterdam 1912
12月	643	美術学校長に Kassel で Hans Olde 又 Weimar で	同上	Von deutschen Kunstschulen
12月	643	Currie 夫人は故郷ポオランドに、ノベル賞金で試験室を	12日、15頁	Der Epilog
12月	643	少壮詩人 Alfred Doeblin の小説、戯曲の評判が好い	12日、4頁と13頁	Ein neuer Dichter
12月	643	Magnus Hirschfeld は大学生に招かれた席で wilde Ehe を	12日、13頁	Zur Naturgeschichte der Ehe
12月	643	Dernburg の支那演説を少し抜き出す。近時民政的風潮が	12日、5頁	Dernburg über China
12月	644	ベルリンの Kuenstlerisches Theater が1912年から	12 日夕刊、2頁	Eine Strindberg-Aufführung
12月	644	Hagenau in Elsass の市劇場が Thomassow の指揮の下に	同上	Eröffnung des Stadttheater in Hagenau i. Els.
12月	644	Die Maerchen der Wirklichkeit と題する Maxim Gorki の新著	同上	Ein neues Werk von Maxim Gorki
12月	644	ベルリンでは職工家庭用の家具図案を懸賞で募つている	12 日夕刊、11頁	Vorbildliche Arbeitmöbel
12月	644	ミユンヘンの Georg Mueller から出す O. J. Bierbaum の全集	同上	Kleine Mitteilungen
12月	644	Marienhoehe(Darmstadt)の Elisabeth Duncan の舞踏学校が	同上	同上

12月	641	Louvre でモンナ・リイザの懸けてあつた跡の空壁に	同上	Der Nachfolger der Mona Lisa
12月	641	ベルリンでは偶然劇場座長の進退問題は猛烈であつたが、	9 日、2頁と15頁	Oberhaus und Unterhaus
12月	641	ベルリン夜の飲食店の繁昌するのを、Edison は土地繁栄の兆	9日、3頁	Nach dem Theater
12月	642	イタリアの Corrado Ricci は Benghasi に考古学調査所を	9日、4頁	Tripolis und die Archäologie
12月	642	ドイツの Dernburg の日本に関する演説に、こんな事がある	9日、5頁	Dernburg über Ostasien
12月	642	Neue freie Buehne（ベルリン）は Stanislaus Przybyszewski の	9日夕刊、2頁	Eine pathologische Bühne
12月	642	Grundelach 塑造 Lueer 設計の Wilhelm Busch 記念像が	同上	Das Wilhelm-Busch-Denkmal
12月	642	Verband deutscher Buehnenschriftsteller から劇場年報	9 日夕刊、15頁	Der Verband deutscher Bühnenschriftsteller
12月	642	ドイツ監獄の改良をした Karl Krohne が七十五の誕生を	同上	Ein Reformator des deutschen Gefängniswesens
12月	642	Eugen Zabel の小説 Roman einer Kaiserin	同上	Ein Verbot
12月	642	小説 Die Verfuehrten を没収せられた Hans Hyan が	同上	Kleine Mitteilungen
12月	642	アメリカでクリスマスに永遠にこはれない人形を売り出した	同上	Die "ewige" Puppe
12月	642	Tripolis 事件のために、ドイツの赤十字社は補助を	10 日、1頁と2頁	Neue "Aufklärungsgefechte
12月	642	蒙古では十二萬の軍が出来て、支那の手を離れようと	10日、2頁	Unabhängigkeitsbestrebungen der Mongolei
12月	642	イギリスに Eugenies Education Society が出来て、	同上	"Eugenie"
12月	642	Pergamon 発掘を始めた考古家 Alexander Conze が	同上	Alexander Conze

12月	639	August Zeh がベルリン建築家会で報告した	6日、3頁	Das Riesentheater der Zukunft
12月	640	パリイの音楽界の近況。先ず Conservatoire は	6日夕刊、1頁と2頁と11頁	Pariser Musik
12月	640	スパニア宮廷では Eulalia 女王の著述の出版に	6日夕刊、3頁と4頁	Der Zwist im spanischen Königshause
12月	640	Santa Croce(Firenze)で Andrea Orcagna の	7日、2頁と15頁	Die Entdeckung eines Freskos von Orcagna in Santa Croce
12月	640	記者 Karl Frenzel が八十四の誕生を祝する	7日、15頁	Keine Mitteilungen
12月	640	ライプチヒで開いた Bibliophilen 大会は	7日、4頁	Bibliophilie und Pornographie
12月	640	東洋旅行をして来たヴインの女 Alice Schalek は支那人に	同上	Ein Streifzug durch China
12月	640	Ernst Guenther 公爵の Primkenau 城にドイツ帝を	7日夕刊、11頁	Das Ensemble des Residenztheaters vor dem Kaiser
12月	641	イタリアの女優 Grammatica は Hermann Bahr 作 Star	同上	Kunst und Politik
12月	641	ドユツセルドルフの Wilhelm Kreis は建築家を	同上	Wilhelm Kreis über die Erziehung des Architekten
12月	641	ブダペストで三千二百人入りの Volksoper が十二月七日に	8日、2頁と15頁	Eröffnung der Budapester Volksoper
12月	641	Kurfuerstenoper（ベルリン）も十二月七日に、	8日、15頁	Eröffnung der Kurfürstenoper
12月	641	Sorbonne 大学の医学生があばれている	同上	Studentenkrawalle in der Sorbonne
12月	641	ベルリン市庁は Park am botanischen Garten を	8日、3頁	Teuerungszulage und Kleisepark
12月	641	無線電信を空気伝導によらずに、土地伝導	8日、19頁	Der heutige Strand der drahtlosen Telegraphie
12月	641	Caruso の声を始めて発見したオペラうたひ	8日夕刊、2頁	Carusos Entdecker
12月	641	Stuck の Schwuele Nacht（鬱陶しき夜）は草原に	8日夕刊、11頁	Neues von der Münchner Kunstpolizei

12 月	638	Gesellschaft deutscher Bibliophilen は	同上	Die Gesellschaft deutscher Bibliophilen
12 月	638	十二月三日に記者 Friedrich Dernburg が死んだ	4 日、1 頁	Friedrich Dernburg
12 月	638	雑誌 Comoedia を見れば、目下パリイには劇場が	5 日、2 頁	Pariser Theater
12 月	638	Bingerbrueck に立つビスマルク記念像は	5 日、2 頁と 11 頁	Der Bismarck am Rhein
12 月	638	ニユルンベルヒで興行する Adolf Paul の	5 日、11 頁	Die Wege der Zensur
12 月	638	オオストリアからは Grillparzer 賞金を貰い、	同上	Hauptmann als Ordensritter
12 月	638	ベルリンのシヤウスピイルハウスでは Nibelungen を二晩に	同上	Theaterchronik
12 月	638	Corriere della Sera の通信員になつて、	同上	Das kann gut sein !
12 月	639	ベルリンの Neue Sezession から Bruecke と称する一派が	同上	Eine Sezession aus der "Neuen Sezession"
12 月	639	Der Dichter in Dollarika と題して、Ernst von Wolzogen	同上	Kleine Mitteilungen
12 月	639	ミユンヘンの Tschudi の後任は Dornhoefer だと云う噂	同上	Kleine Mitteilungen
12 月	639	Beethoven 演奏場として、ミユンヘンに、	5 日夕刊、2 頁	Ein deutsches Symphoniehaus
12 月	639	旧稿フランス史出版問題で、Anatole France は、	5 日夕刊、11 頁	Die Geschichte Frankreichs von Anatole France
12 月	639	ベルリイネル・タアゲブラツトは 1912 年 1 月から Hauptmann の小説	同上	Gerhart Hauptmanns neuer Roman
12 月	639	ミユンヘンの Alpines Museum が十二月十日に	6 日、2 頁と 15 頁	Ein alpines Museum
12 月	639	女優 Palmay(Graefin Ilka Kinsky)の自伝が	6 日、15 頁	Die Memoiren der Schauspielerin Palmay
12 月	639	目下ヴインに活動写真場が百〇六箇所ある	同上	Die österreichischen Theaterdirektoren gegen die Kinos

12月	636	カルルスルウエの風景画家 Gustav Schoenleber が六十の誕生を	同上	Kunstchronik
12月	636	Pichelswerder の国民劇は、1912年には Frey を舞台監督として	2日、15頁	Theaterchronik
12月	636	Ernst Reichenheim-Stiftung の賞金を得た画家は	同上	Aus der Kunstchronik
12月	637	ドイツとスカンヂナヴィアとの意志疎通を謀る	2日、4頁	"Nordland"
12月	637	ライプチヒ大学の1911年から1912年に亙る冬季の学生数は	2日、4頁と13頁	Wissenschaftliche Nachrichten
12月	637	Helene Meyer と云う女がベルリン大学で学士になつた	同上	同上
12月	637	ザツクゼンでは医事と獣医事務とを合併して取り扱う	同上	同上
12月	637	ベルリンの Martha Friedemann と云う女は詩集の出版と同時に死んだ	2日、13頁	Kleine Mitteilungen
12月	637	Curie 夫人（パリイ）Wien（ウュルツブルヒ）Gullstrand（ウプサラ）と	2日夕刊、2頁	Die Nobelpreisverteilung
12月	637	Claire Combes de Lestrade と云う女が Max Kretzer の小説	同上	Kleine Mitteilungen
12月	637	Erste Menschen を禁止せられた Otto Borngraeber と連署して	2日夕刊、15頁	Protest gegen die Zensur !
12月	637	これまで Max Halbe はミユンヘンの Polizeidirektion（警視庁）から	同上	Max Halbe und der Münchener Zensurbeirat
12月	637	ベルリンの Antoinette Dell-Era は Ducan, Fouller 以来の	3日、5頁	Muß man nackt tanzen?
12月	637	十二月三日にベルリンで催した、Goethebund の未来の	4日、2頁	Die Schule der Zukunft

11 月	630	Neues Volkstheater(Berlin, Koepenicker Strasse)	27 日、2 頁	Das Neue Volkstheater
11 月	631	デユツセルドルフとスツツトガルトとで同時に Eulenberg の	同上	Uraufführung der Tragödie "Simson"
11 月	631	Neue freie Presse によれば、Gerhart Hauptmann は	同上	Ein neues Werk Gerhart Hauptmanns
11 月	631	パリイに住んでいるロシアの伯爵夫人		
11 月	631	線画家から記者に転じて、滑稽雑誌に筆を	27 日夕刊、2 頁と 11 頁	Ludwig Pietsch
11 月	631	Technische Hochschule（ベルリン）で	27 日夕刊、11 頁	Die erste Vorlesung über Philosophie der Baukunst
11 月	631	シルレル・テアアテル（ベルリン）の興行する	28 日夕刊、2 頁と 11 頁	Lessing und Kleist - verboten
11 月	631	シルレル・テアアテル・オオ（ベルリン）で、	29 日夕刊、2 頁	Ludwig Fulda
11 月	631	ベルリンの Johannes Vahlen(klassische Philologie)	30 日夕刊、11 頁	Johannes Vahlen
12 月	631	イギリスの古い脚本 Everyman を改作した Hugo von Hofmannsthal	1 日、2 頁	Das Spiel vom Sterben des reichen Mannes
12 月	632	新興行脚本一覧		
12 月	636	Gerhart Hauptmann が書いている Parsifal は Ullstein-Jugendbuecher	1 日夕刊、11 頁	Kleine Mitteilungen
12 月	636	雑誌 Nord und Sued は嘗て Paul Lindau が創刊したものであるが	同上	"Nord und Süd"
12 月	636	Zaryzin の Isiodor と云う僧は Leo Tolstoi の像を	同上	Moderne Bilderstürmer
12 月	636	Nobel の平和賞金は国際社会党事務所に授ける	同上	Der Friedens-Nobelpreis für die Sozialisten?
12 月	636	新たに発見せられた Beethoven の C－dur-Symphonie が	同上	Die Uraufführung der jüngst aufgefundenen Beethovensymphonie

11月	628	Duesseldorfの大展覧会で、金牌を得たのは、	22日、15頁	Die goldene Medaille für Kunst
11月	628	ミユンヘンでWie Minister fallenを興行して、	同上	Der verbotene Orterer
11月	629	Salomon Reinach (パリイ) はSapphoの品行が	22日、5頁	Die gerettete Sappho
11月	629	H. G. FiedlerがOxford大学の教科用に	同上	Gerhart Hauptmann über das "Oxforder Buch deutscher Dichtung"
11月	629	ストツクホルム通信によれば、(十一月二十一日)	22日、4頁と13頁	Der kranke Strindberg
11月	629	Toselli夫婦の裁判中小児を夫の両親に	23日夕刊、3頁	Die Trennungsklage der Frau Toselli
11月	629	故人Muellerの脚本にSchoenherrの「信仰と故郷」	24日、2頁	Müller-Schönherr-Feuchtwanger
11月	629	十一月二十四日午前九時前に、Bad Thalkirchenで	24日夕刊、1頁	Wilhelm Jensen
11月	629	十一月二十三日の夜Fall bei Canstatt	24日夕刊、1頁と2頁	Hugo v. Tschudi
11月	630	Wilhelm Steiner-Ostenの旧作脚本Gudrunが		
11月	630	ノベルの平和賞金はLéon Bourgeoisが貰いそうだ	24日夕刊、11頁	Der Friedens-Nobelpreis
11月	630	Agnes SormaはEssenで胸膜炎になつたが、	25日、15頁	Agnes Sorma erkrankt
11月	630	Danzigで興行を禁ぜられたJohannes Tralow作	同上	Kleine Mitteilungen
11月	630	脚本二種をSchoenherrが新に書いている	25日夕刊、2頁	Neue Dramen von Karl Schönherr
11月	630	ストツクホルムからStrindbergの病気の事を	25日夕刊、15頁	Die Erkrankung Strindbergs
11月	630	Die Kassetteと題するCarl Sternheimの脚本は	26日、15頁	Kleine Mitteilungen
11月	630	書肆A. R. Meyer (ベルリン) が新作者紹介のために	26日、2頁と15頁	Vorleseabend

11月	627	十一月十八日に催したベルリン大学生の	19日、2頁	Kleist-Gedächtnisfeier der Berliner Freien Studentenschaft
11月	627	ドイツ文の Bjoernson 全集は S. Fischer（ベルリン）	19日、15頁	Björnsons Werke in seiner Heimat und in Deutschland
11月	627	パン雑誌社はケルの退いた跡へ W. Fred を入れた	同上	Kleine Mitteilungen
11月	627	Otto Brahm が書いた Kleist の伝は余程前に	19日、3頁と4頁と13頁	Heinrich v. Kleist
11月	627	ドレスデンの Walter Sintenis（彫）が	20日夕刊、2頁	Walter Sintenis
11月	627	Buenos Aires に立つ Juan de Gray の像を	20日夕刊、11頁	Aus der Kunstwelt
11月	627	パリイの女弁護士 Susanne Gruenberg が子を産んだ	同上	Im Interesse des Staatswohls ...
11月	627	San Marco（Firenze の寺で博物館になつている）	21日、1頁	Diebstahl in Museum San Marco in Florenz
11月	627	ミユンヘンで Adorée-Villany の舞踊を禁じたので、	21日、15頁	Der Münchener Theaterskandal
11月	627	ベルリンの書肆 Trowitzsch und Sohn（聖書類）が	同上	Das Jubiläum des Verlages Trowitzsch und Sohn
11月	627	1811年11月21日に Kleist と一しょに死んだ	21日、4頁と13頁	Kleist und die Familie Vogel
11月	628	ドイツ新聞紙を作つた Ludwig Salomon が十一月十九日に	21日夕刊、2頁	Ludwig Salomon
11月	628	パリイで1915年に催す筈の美術工芸博覧会が、	21日夕刊、2頁と11頁	Die Internationale Kunstgewerbliche Ausstellung Paris 1915 nicht verschoben?
11月	628	Lanterne 主筆 Victor Flachon は幼女数人を犯した	21日夕刊、12頁	Der Pariser Sittenskandal
11月	628	ミユンヘンでクライスト記念祭として、ヴエデキンドが	22日、2頁	Kleist und Wedekind
11月	628	エツセン市立劇場の座長 Hartmann の代りは	同上	Ein Konflikt an Essener Stadttheater

11月	624	数学家 Leonhard Euler の著述は、これまで	16 日夕刊、2 頁と 11 頁	Eine Gesamtausgabe der Werke Leonhard Eulers
11月	624	ドイツ陸軍で従来の官衙風の文章を廃し、	16 日夕刊、11 頁	Amtliche Sprachverbesserung im Heere
11月	625	Ottilie Genée が Eberswald で死んだ。八十三歳	17 日、2 頁	Ottilie Genée
11月	625	Palermo 付近にいる老優 Enrico Pinelli が百十一歳の	同上	Der älteste Schauspieler der Welt
11月	625	プロイセンの Landgericht III では、猥褻と目せられた、	17 日、15 頁	Gericht und Literatur
11月	625	Revolutionshochzeit の作者 Sophus Michaelis が	同上	Kleine Mitteilungen
11月	625	ブリユクセルの美術院で Ludwig Knaus の	同上	同上
11月	625	ミユンヘンで興行した Dauthendey の	17 日、4 頁と 13 頁	Der Drache Grauli
11月	625	Louis Tuaillon は医師 Ernst von Renvers の	17 日夕刊、11 頁	Renvers-Denkmal
11月	625	雑誌 Pan は従来 Paul Cassier, Alfred Kerr	同上	Die Trennung
11月	626	ベルジツク王は Emile Verhaeren を男爵にすると	18 日、2 頁と 15 頁	Der geadelte Dichter
11月	626	パン雑誌社から退いた Alfred Kerr は別に	18 日、15 頁	Alfred Kerr
11月	626	書肆 Axel Juncker は六年前に出版した	同上	Ein literarischer Prozess
11月	626	肖像として Verhaeren を尤も旨く描出したのは、	18 日夕刊、1 頁と 2 頁	Die Dichter Emile Verhaerens
11月	626	ベルジツクの詩人には法学士が多い。	同上	同上
11月	626	ベルリンの外科医 August Bier が十一月二十四日に	18 日夕刊、11 頁	Zum fünfzigsten Geburtstage von Professor August Bier
11月	626	十一月十八日にベルリンの Neue Sezession 展覧会	同上	Die Neue Sezession

11月	622	Witkowskiが新計画を実施したGohlisのSchillerhaeuschenが	同上	Das Schillerhäuschen in Gohlis
11月	622	ヴネチア画家の綽名を取つたFelix Ziemが	11 日夕刊、2 頁	Felix Ziem
11月	622	十一月十二日にドイツチエス・シヤウスピイルハウス	12日、15頁	Eine Komödie von Richard Dehmel
11月	622	十一月十一日はいよいよKainzの記念像が	13 日夕刊、2 頁	Die Enthüllung des Kainz-Denkmals in Wien
11月	622	「偵察犬」と題するSophoklesの脚本を	同上	Ein neues Drama von Sophokles
11月	623	十一月十二日にAix en ProvenceでMaurice Baille作の	同上	Ein Zola-Denkmal
11月	623	ライプチヒに新らしくSchiller記念像が立つ筈で	14日、15頁	Eine Schiller-Ehrung in Leipzig
11月	623	これまでノベル賞金を得た文芸家の名を排列して、	14日、4頁	Ein Nobelpreisträger-Kryptogramm
11月	623	Pawlowiceで雉狩をしているうちに、狩仲間の撃つた弾丸が	14 日夕刊、2 頁	Sienkiewicz schwer verletzt
11月	623	August Specht-Stiftung(Gotha)は自由思想の著述に	同上	Die August-Specht-Stiftung in Gotha
11月	624	十一月十四日にはホオフブルヒ（ヴイン）でTolstoiの	15日、15頁	Tolstois "Lebender Leichnam"
11月	624	クライネス・テアアテル（ベルリン）は1913年8月1日から	15 日夕刊、2 頁	Der neue Direktor des Kleinen Theaters
11月	624	レツシング・テアアテル（ベルリン）は十一月二十四日に	同上	Theaterchronik
11月	624	ビスマルク伝の筆者Erich Marcksは十一日十七日に	15 日夕刊、11 頁	Zum fünfzigsten Geburtstage von Erich Marcks
11月	624	ロオマの国際美術展覧会の受賞者は、	16日、15頁	Die Preise der Internationalen Kunstausstellung in Rom

11 月	619	シユワイツの Josef Viktor Widmann が肺炎で死んだ	7 日夕刊、2 頁と 11 頁	Joseph Viktor Widmann
11 月	619	Frau Rausenbarth と云う Max Dauthendey の脚本の筋は	7 日夕刊、11 頁	"Frau Rausenbarth"
11 月	620	病気のために Gorki が埃及へ移住すると云う説は、	8 日夕刊、2 頁	Maxim Gorki
11 月	620	田園生活を讃美した Knut Hamsun の新作は	同上	Ein neues Buch von Hamsun
11 月	620	Paul Deussen が主宰している Schopenhauer-Gesellschaft	同上	Eine Schopenhauer-Gesellschaft
11 月	620	週刊 Gegenwart を Heinrich Ilgenstein が	8 日夕刊、11 頁	Kleine Mitteilungen
11 月	620	Firenze の別荘にいる Berlin-Rixdorf の人	9 日、2 頁	Ernst Moritz Geyger
11 月	620	Woelfflin の後継者としてベルリン大学で	10 日、2 頁と 15 頁	Wölfflins Nachfolger
11 月	620	ノベル賞金を受ける文学者は Maeterlinck と決定	10 日、15 頁	Maurice Maeterlinck erhält den Noelpreis
11 月	621	Caillavet-Flers の二人が「社交哲学の基礎」	10 日、3 頁	Die Kunst, Gäste zu unterhalten
11 月	621	所謂左手の結婚 (matrimonium ad morganaticam)	10 日、4 頁と 13 頁	Die "unter ihrem Stande" heiraten
11 月	621	十一月九日にベルリンで Schoenherr の朗読した新作は、	10 日夕刊、1 頁	Schönherr in Berlin
11 月	622	Tripolis の戦乱中イタリアの兵がアフリカ語研究者	10 日夕刊、1 頁と 2 頁	Malam Musa
11 月	622	ロシア人 Alexander Solowjew の云うには、	10 日夕刊、2 頁	Eine posthume Plagiatsbeschuldigung
11 月	622	クライネス・テアアテル (ベルリン) で Jakob Wassemann	11 日、2 頁	Kleines Theater
11 月	622	ライン河畔に立てるビスマルク記念像の事務は	11 日、15 頁	Vom Bismarck-Denkmal am Rhein
11 月	622	1914年にライプチヒで開く書籍業及線画法の国際展覧会	同上	Die Internationale Ausstellung für Buchgewerbe und Graphik

11月	617	Des Fuhrmanns Engel, Die Raufer, Die Mutter(Manuscript)は	同上	Kleine Mitteilungen
11月	618	ヴインで Annie Dirkens が Veronal を飲んで自殺を謀つた	2日、2頁	Ein Selbstmordversuch von Annie Dirkens?
11月	618	Wilhelm Ostwald 云く。Fresco 画は石炭の煙（硫酸）に堪へない	2日、15頁	Freskomalerei und Steinkohle
11月	618	Der Ring des Gauklers は Max Halbe の新脚本で	2日夕刊、2頁と11頁	"Der Ring des Gauklers"
11月	618	Wagner の譜が Adolph Fuerstner（ベルリン）から	2日夕刊、11頁	Eine billige Wagner-Ausgabe
11月	618	Wilhelm Herzog の著 Heinrich von Kleist にクライストの肖像が	同上	Tasso - Kleist
11月	618	ベルリンの Residenztheater の座長 Richard Alexander が罷めて	3日、2頁	Alexanders Nachfolger
11月	618	ヴインに Sandor Jaray 作の Kainz 像が立つて、	同上	Das Wiener Kainz-Denkmal
11月	618	ノベル賞金は化学が Madame Curie になるらしい	同上	Etwas vom Nobelpreis
11月	618	ノベル賞金を理学で受けるものは Max Planck(Berlin),	5日、15頁	Der Nobel-Preis für Physik
11月	618	Madame Curie が Langevin と失踪したと云う話が	5日、3頁	Die Affäre der Madame Curie
11月	618	Charleston(South-Carokina)で自用汽船内で死んだ	6日夕刊、1頁と2頁	Der blinde Riese
11月	619	Schauspielerin と題する Heinrich Mann の脚本	7日、15頁	"Schauspielerin"
11月	619	Neues Schauspielhaus で採用した Franz Duelberg	同上	Theaterchronik
11月	619	Bruno Walter が Mottl の跡を襲いで、ミユンヘンに	7日夕刊、2頁	Der Nachfolger Mottls

10 月	616	Kuenstlerbund（ベルリン）の秋季展覧会が開かれた	同上	Der Berliner Künstlerbund
10 月	616	ハンノオエルのドイツチエス・テアアテルの Tolstoi	30 日、1 頁と 2 頁	Tolstois "Lebender Leichnam"
10 月	616	ライプチヒに Deutsche Hochschule fuer Frauen	30 日、15 頁	Die Einweihung der ersten Frauenhochschule
10 月	616	印象派と運命を共にした美術品商 Paul Durand-Ruel	30 日夕刊、2 頁と 11 頁	Durand Ruel
10 月	616	New York World の持主 Joseph Pulitzer が死んだ	30 日夕刊、11 頁	Joseph Pulitzer
10 月	616	Gedanken と云う題を予告して開いた講演で、	31 日、4 頁	Wedekind und sein neues Drama
10 月	616	Caruso の病気はカタルで、跡で神経痛的頭痛が		
11 月	616	Friedrich 大帝の滑稽脚本 Die Schule der Welt	1 日、2 頁	Theaterchronik
11 月	617	ハンブルヒで興行した Johannes Tralow 作 Peter Fehrs Modelle	同上	同上
11 月	617	ベルリン大学で教育学を教えていた Wilhelm Muench が引退する	1 日、2 頁と 15 頁	Von der Berliner Universität
11 月	617	Tulane 大学（Louisiana）の W. Benjamin Smith はドイツ文で	1 日、15 頁	Auch das freie Amerika --?
11 月	617	八十の賀をした、滑稽雑誌 Wespen の記者 Stettenheim は、	1 日夕刊、1 頁と 2 頁	Stettenheim
11 月	617	十一月一日に Zuerich で、Anna Freytag が死んで、	1 日夕刊、2 頁	Anna Freytag
11 月	617	ゴルキイの「どん底」に遠慮して、公表を見合わせた	同上	Ein nachgelassenes Vagabundenstück von Wolfgang Kirchbach
11 月	617	ライプチヒ大学の総長が更迭せられた	同上	Eine Austauschprofessur in Leipzig
11 月	617	Kantgesellschaft が Gottlob Ernst Schulz の著	同上	Wissenschaftliche Nachrichten

10月	614	1910年から1911年に跨った年度のMenzelpreisを	同上	Kleine Mitteilugen
10月	614	ドイツでのTolstoi遺稿「生きたる死骸」の第一興行	25日夕刊、2頁	Theaterchronik
10月	614	ライプチイゲル・ストラアセ（ベルリン）の料理店	25日夕刊、11頁	S.M.bei Kempinski
10月	614	ドイツではBuehnengenossenschaftの編纂する	26日、2頁	Ein Theater-Adressbuch
10月	614	肺患のためにGorkiは十一月上旬にKairoに	同上	Gorki in Aegypten?
10月	614	ドイツの主な図書館の巻数は1910年12月調で左の通	26日夕刊、1頁と2頁	Von der königlichen Bibliothek
10月	615	ドイツチエス・テアアテル（ベルリン）はGerhart Hauptmann作	27日、11頁	Theaterchronik
10月	615	フランクフルト・アム・マインでLudwig Fuldaの両親が	同上	Kleine Mitteilugen
10月	615	Haaseの記念像はJerusalemer Kirchhof	27日夕刊、11頁	Das Haase-Denkmal
10月	615	Robert Kochの記念像を作る委員が出来て、	28日、15頁	Zur Errichtung eines Denkmals für Robert Koch
10月	615	Berliner Sezessionの展覧会は十一月四日に	同上	Die nächste Ausstellung der Berliner Sezession
10月	615	本国の或る監獄からGorkiに手錠を贈ったものがある	同上	Maxim Gorki und die Fesseln
10月	615	GozziのTurandotをシルレルが訳したのは、本色を失つて	28日夕刊、1頁と2頁	Schicksale der "Turandot"
10月	616	同上	28日夕刊、15頁	Das "Mirakel" Vollmöllers
10月	616	パリイのAlfred Binet（心理）が五十四歳で死んだ	同上	Alfred Binet
10月	616	LustwaeldchenはBleiの集めた詩集（アントロギイ）で、	同上	Das gefährliche "Lustwäldchen"
10月	616	ベルリンのクンストアカデミイの賞金（1912年分）を	29日、15頁	Der Staatspreis der Kunstakademie

10月	613	Aigneperse にあつた Mantegna 作 Sebastian が	同上	Mantegnas Sebastian
10月	613	今年のノベル賞金を医学では Allvar Gullstrand	同上	Die diesjährige Nobelpreis für Medizin
10月	613	国際社会衛生博覧会がロオマで 1912年1月1日から	同上	Eine Hygieneausstellung in Rom
10月	613	今年のノベル賞金を受ける人々の候補は理学で	20日夕刊、11頁	Die diesjährige Nobelpreis
10月	613	ライプチヒの書肆 Albrecht Brockhaus は	21日、15頁	Kleine Mitteilugen
10月	613	Ole Roemer の記念に立てた Aarhus の観象台	21日夕刊、15頁	Die Sternwarte von Aarhus
10月	613	ロシアの海相 Grigorowitsch は海軍文庫から	23日、15頁	Der gefährliche Tolstoi
10月	613	ヨオロツパの諸市で Liszt の第百の誕生が	23日夕刊、2頁と11頁	Gedenkfeier zu Listzs hundertsten Geburtstag
10月	613	Kurfuersten-Oper は十一月の末に開場になる	24日夕刊、2頁	Die Eröffnung der Kurfürsten-Oper
10月	613	Gioconda 紛失事件の為めに Louvre の番人が	24日夕刊、11頁	Rache für den Raub der Gioconda
10月	613	Isserstedt, Gross-Romstedt の中間で	同上	Eine altgermanische Kultstätte
10月	613	ミユンヘンで Sturm 氏の集めた画を競売に	同上	Die Versteigerung der Galerie Sturm
10月	613	モスクワで Tolstoi 展覧会を開いていると、	同上	Es wird weiter konfisziert!
10月	613	Caruso は十月二十四日にベルリンで舞台に出た	25日、2頁	Caruso-Gastspiel
10月	613	Wolfram Waldschmidt がベルリンで Max Reinhardt を	同上	Ein Vortrag über Reinhardt
10月	614	ライプチヒの Das alte Theater は Schiller の	同上	Das alte Theater in Leipzig
10月	614	雑誌 Simplicissimus に対して、ロオマでは	25日、15頁	Gegen den Humor
10月	614	Strassburg i. E. の教授 Theobald Ziegler の後任者	同上	Wissenschaftliche Nachrichten

10月	611	離婚保険会社を Karin Michaelis が設立した	14 日夕刊、12 頁	Eine Ehescheidungsversicherung von Karin Michaelis
10月	611	十月十四日に所々で同時に興行した Schnitzler 作	15 日、2 頁と 15 頁	"Das weite Land"
10月	611	Sarah Bernhardt の顰に倣って Adele Sandrock は	15 日、15 頁	Adele Sandrock als Hamlet
10月	611	Klindworth-Scharwenka-Sall（ベルリン）で、	同上	Vorträge von Moissi, Wedekind, Schönherr
10月	611	Hochschule fuer Musik（ベルリン）で、	同上	同上
10月	612	十月十五日ベルリン大学総長が例に依って更迭	16 日、15 頁	Die Rektoratsübergabe in der Universität
10月	612	Rembrandt の聖 Franciscus（Beit から	16 日夕刊、1 頁と 2 頁	Wilhelm Bode und Rembrandts "Heiliger Franziskus"
10月	612	Capri に滞留している Maxim Gorki が大病になつて、	16 日夕刊、2 頁	Maxim Gorki schwer erkrankt
10月	612	Friedrich Paulsen の遺稿の中から、教育学	17 日、1 頁	Paulsens Vermächtnis
10月	612	Hochschule fuer die bildende Kuenste (ベルリン)	17 日、2 頁	Anton v. Werners Rücktritt
10月	612	Neue Sezession（ベルリン）は十一月中旬から	17 日、11 頁	Kleine Kunstchronik
10月	612	ドユツセルドルフの猟画専門家 Christian Kroener が	同上	Christian Kröner
10月	612	1861 年に初舞台を勤めた Ernst von Possart が	17 日、1 頁と 2 頁	Possart
10月	612	Felix Schloemp 著、Felix von Bayros 画の	18 日、15 頁	Der konfiszierte "Maikäfer"
10月	612	十月十八日の Aachen で Lederer 作の		
10月	612	イエナの Otto Liebmann が引退して代わりに Bruno Bauch	19 日夕刊、2 頁	Von unseren Universitäten
10月	612	十月十九日にいよいよ Schauspielhaus	20 日、2 頁	Der Bettler von Syrakus

10月	610	Benno Erdmann（哲学）がベルリンのアカデミイに	同上	Ein neues Mitglied der Berliner Akademie der Wissenschaften
10月	610	Bernhard Dernburg は Vereinigung fuer staatswissenschaftliche Fortbildung	11日、15頁	Staatswirtschaftliche Vorlesungen Bernhard Dernburgs
10月	610	シルレル・テアアテル（ベルリン）で Es lebe das Leben が	11 日夕刊、2頁	Schillertheater
10月	610	ハンブルヒの Kolonialinstitut を大学にする計画	同上	Eine Hamburger Universität
10月	610	Grillparzer の日記を見ると、Wilhelm von Scholz の	12 日、2 頁と 15頁	"Vertauschte Seelen" - eine dramatische Idee auch von Grillparzer?
10月	610	Michels（イエナ）が Thueringisches Woerterbuch	12日、15頁	Ein thüringisches Wörterbuch
10月	610	故人 Otto Erich Hartleben 夫人は折々朗読会で	同上	Kleine Mitteilungen
10月	610	ベルリンの無鑑査展覧会がとうとう	13 日夕刊、2頁	Juryfreie Kunstschau
10月	610	ワイマルの Kassengewoelbe は Schiller を最初に葬った墓	13 日夕刊、11頁	Das rehabilitierte Kassengewölbe
10月	610	von Puttkammer が Hannover の Intendant Koeniglicher Schauspiele	14日、2頁	Der neue Intendant
10月	610	ベルリンの Kammerspiel で興行したことのある	14日、15頁	Wedekind macht Schule
10月	611	Speier の歴史博物館に Martin Greif-Zimmer が	同上	Das Martin-Greif-Zimmer
10月	611	ベルリンの Neue freie Buehne（これまで	14 日夕刊、2頁	Die Neue Freie Volksbühne im eigenen Heim
10月	611	ストツクホルムでは今年のノベル賞金を	14 日夕刊、11頁	Maeterlinck als Nobelpreisträger?
10月	611	ベルリンの書肆 S. Fischer は十月二十二日に	同上	Der Verlag S. Fischer, Berlin

10月	608	ビスマルク伝を書いた Oskar Klein-Hattingen が	3日、15頁	Klein-Hattingen
10月	608	ベルリンの芸術史家 Heinrich Woelfflin が	9日、2頁	Heinrich Wölfflin
10月	608	Légionnaire と題する Alfred Nossig の脚本は	同上	Politik und Theater
10月	608	ドイツを見て帰った Edison の意見では、目下	同上	Edison, der Deutschenfreund
10月	608	スエエデンの新内閣は自由主義の内閣である	9日夕刊、1頁	Das neue schwedische Kabinett
10月	608	パリイの絵画界の新流行は Cubisme と云う	同上	Die Kubisten
10月	608	Henry de Groux が大ぶ大きな組立の人物画をかく	同上	同上
10月	608	Corriere della Sera 紙上で Gabriele d'Annunzio の戦争の詩	9日夕刊、2頁	Eine Ode d'Annunzios über den Krieg
10月	609	脚本 Abel und Kain は Felix von Weingartner の	同上	Felix v. Weingartner als Dichter
10月	609	ベルリンの警視総監 von Jagow は Max Reinhardt が	9日夕刊、12頁	Polizeipräsidium und Orestie
10月	609	十月十六日にモスクワの芸術家劇場で Leo Tolstoi	17日夕刊、11頁	Theaterchronik
10月	609	十月六日にノイエ・フライエ・フオルクスビユウネ（ヴイン）で		
10月	609	上に言った Gabriele d'Annunzio の詩は	10日、15頁	d'Annunzios Kriegskanzone
10月	609	レツシング・テアアテル（ベルリン）から Otto Brahm が	10日夕刊、1頁	Die Zukunft des Lessingtheaters
10月	609	瑞西の楽人 Friedrich Hegar が七十の賀をする	10日夕刊、2頁	Friedrich Hegar
10月	609	ブルク・テアアテル（ヴイン）の名優 Ernst Hartmann	10日夕刊、2頁と11頁	Ernst Hartmann
10月	609	プラハ市で Maximilian Harden の Koepfe 第二巻	10日夕刊、11頁	Hardens "Köpfe" in Prag beschlagnahmt

『椋鳥通信』の原典「ベルリナー・ターゲブラット」
（1911年10月～1912年12月）

この表は、「ベルリナー・ターゲブラット」、「スバル」、『鷗外全集』第27巻（岩波書店、1974年）にそれぞれ掲載された記事を対照したものである。「月」欄は「スバル」誌上に『椋鳥通信』として掲載された発行月号、「頁」欄は『鷗外全集』第27巻に掲載された頁数を示す。なお、「Berliner Tageblatt 日付」欄の空欄は「ベルリナー・ターゲブラット」に該当する記事が存在しないことを表す。

【1911年】

月	頁	書き出し	Berliner Tageblatt 日付	Berliner Tageblatt 見出し
10月	606	Oskar Kaufmann の立てた Bremerhaven の市劇場が	1日、13頁	Eröffnung des Stadttheaters im Bremerhaven
10月	606	Bonnier 書店（Stockholm)は August Strindberg の著述	同上	Der gerettete Strindberg
10月	607	Koenigliches Schauspielhaus（ベルリン）で		
10月	607	ベルリンの Buehnengenossenschaft に Kostuemzentral が	7日、15頁	Kostümzentrale des Frauenkomitees der Bühnengenossenschaft
10月	607	Christiania 大学で Zoologie, Oceanographie を	6日夕刊、16頁	Fridtjof Nansen
10月	607	昔脱営したことのある Henry Bernstein は再び兵役に	6日夕刊、11頁	Der kriegerische Bernstein
10月	607	1912年11月10日に発表する予定の Volksschillerpreis	6日、2頁	Die Jury des Volksschillerpreises
10月	607	Koenigsberg 市は Herbert Eulenberg 作	6日、15頁	Eine fleißige Zensur
10月	607	前ザツクゼン皇太子妃、今の Firenze の楽人 Toselli	6日、3頁	Bekenntnisse der Frau Toselli
10月	607	Metropoltheater（ベルリン）は俳優 Julius Willhain を	4日夕刊、11頁	Theaterchronik
10月	607	ベルリンの Wilhelm Dilthey(哲学）が十月三日に	4日、2頁	Wilhelm Dilthey
10月	607	Helene von Schewitsch, geb. von Doenniges は	3日夕刊、2頁	Selbstmord Helenes v. Racowitza-Dönniges

資　料

『椋鳥通信』の原典「ベルリナー・ターゲブラット」
（1911年10月～1912年12月）

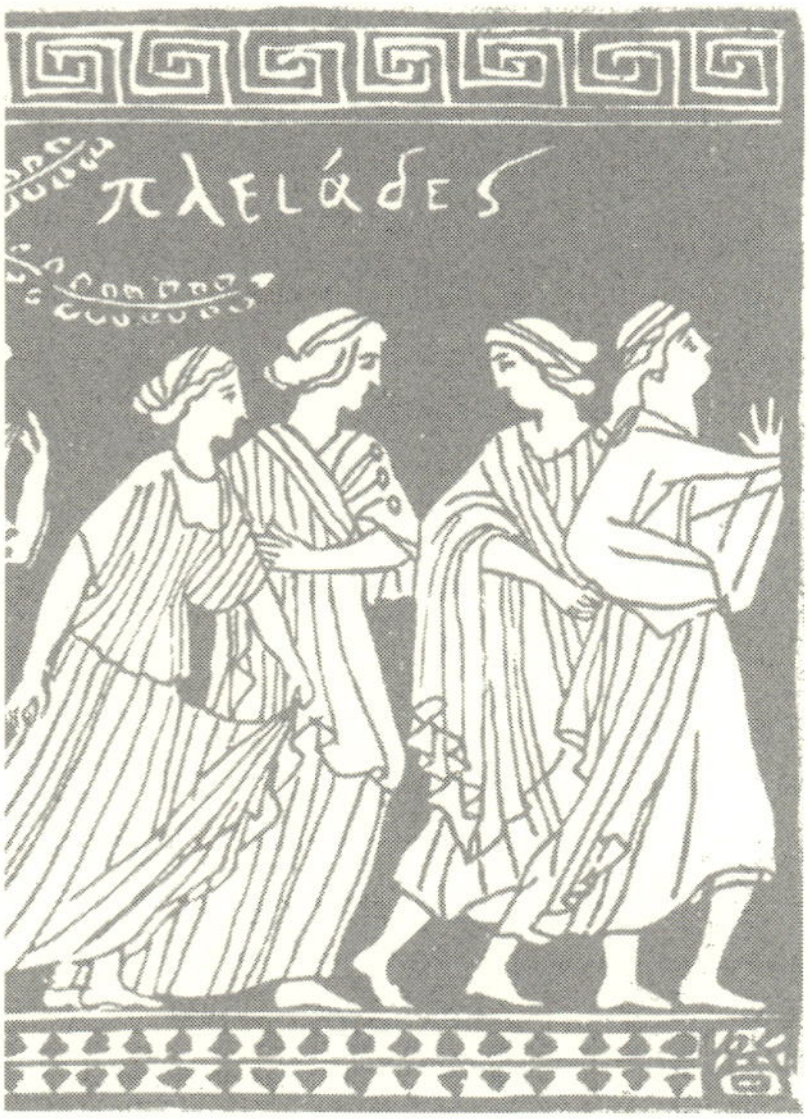

［著者略歴］
金子 幸代（かねこ さちよ）
お茶の水女子大学大学院修士課程修了、一橋大学大学院博士後期課程満期退学、富山大学名誉教授。専攻は日本近代文学・比較文学。主に森鷗外研究（特にドイツ留学時代、および日独の女性解放運動との関係）、女性雑誌の研究、映画と文学の文化史的研究を行う。
主要著書：『鷗外と〈女性〉――森鷗外論究』（一九九二年、大東出版社）、『鷗外と神奈川』（二〇〇四年、神奈川新聞社）、『鷗外と近代劇』（二〇一一年、大東出版社）、『鷗外女性論集』（編・解説、二〇〇六年、不二出版）、『『女子文壇』執筆者名・記事名データベース』（監修・解説、二〇一一年、不二出版）、『小寺菊子作品集』（編集・解説、二〇一四年、桂書房）等。

森《もり》鷗外《おうがい》の西洋《せいよう》百科事典《ひゃっかじてん》――『椋鳥通信《むくどりつうしん》』研究《けんきゅう》

二〇一九年五月二十五日　初版第一刷発行

著者＝金子幸代　発行者＝小川義一　発行所＝有限会社鷗出版
〒二七〇―〇〇一四　千葉県松戸市小金四四七―一―一〇二　電話＝〇四七―三四〇―二七四五
ＦＡＸ＝〇四七―三四〇―二七四六　郵便振替＝〇〇一〇〇―〇―六四八九二三
装幀＝鷗出版編集室　印刷製本＝株式会社シナノパブリッシングプレス

Printed in Japan　ISBN978-4-903251-15-8 C3095

【鷗外関連書のご案内】

鷗外研究年表
……本体一二〇〇〇円（税別）

苦木虎雄著／森鷗外について実証的な考究を続け執筆開始から脱稿まで十七年を費やした大著。鷗外誕生の文久二年（一八六二）から死去の大正十一年（一九二二）までの鷗外の生涯に関する事項を可能な限り探索し、各年別、月日単位で詳細に記す。補足説明が必要な箇所には適宜解説を施す。

『鷗外全集』の誕生　森潤三郎あて与謝野寛書簡群の研究
……本体六〇〇〇円（税別）

森富・阿部武彦・渡辺善雄著／森鷗外没後、与謝野寛は最初の『鷗外全集』（鷗外全集刊行会）を編集、それを陰で支えた鷗外の末弟森潤三郎。本書では、その潤三郎あての寛書簡群を解読して注解を加え、編集者として有能だった寛とそれを誠実に助けた潤三郎に光をあてる。

鷗外全集刊行会版『鷗外全集』資料集
……本体四八〇〇円（税別）

鷗出版編集室編／鷗外没後間もなく国民図書・春陽堂・新潮社の三社が共同し、鷗外全集刊行会として初の『鷗外全集』を刊行。最初に菊判・全一八巻、次に普及版（四六判・全一七巻）を出した。その全巻目次、肉筆（与謝野寛等）入朱校正刷および普及版月報全頁と普及版内容見本を影印掲載。歴代鷗外全集月報の目次・題名索引・執筆者索引も併載。

森鷗外主筆・主宰雑誌目録
……本体七八〇〇円（税別）

苦木虎雄著／鷗外が主筆または主宰者として関わった雑誌『東京医事新誌』『衛生新誌』『医事新論』『衛生療病志』『公衆医事』『しがらみ草紙』『めさまし草』『芸文』『万年草』全号の目次を収め、説明と注釈を付す。執筆者名索引付き。

日清戦争と軍医森鷗外
……本体四八〇〇円（税別）

森富著／明治二十七年、中路兵站軍医部長として朝鮮へ、さらに第二軍兵站軍医部長として清国へと出征した鷗外の事跡を、孫であり同じ医学者である著者が、史料『明治二十七八年役陣中日誌』（大本営野戦衛生長官部）を紹介しつつ鷗外の「徂征日記」「日清役自紀」とも比較しながら検証。